KB242055

글누림세계명작선

첫사랑

이반 투르게네프 소설 선집

국문학 교수들이 추천한
글누림세계명작선

글누림

삶을 견디는 것, 삶을 살아내는 것

첫사랑

이반 투르게네프 Ivan Turgenev 소설 선집

윤여천 옮김 · 김석봉 해설

Perbaya Lyubov

글누림

차 례

삶을 견디는 것, 삶을 살아내는 것

투르게네프 소설 선집

첫사랑

첫사랑

손님들은 벌써 다 돌아갔다. 시계는 0시 30분을 가리키고 있다. 방에 남아 있는 사람은 주인, 세르게이 니콜라에비치, 블라지미르 페트로비치 이 세 사람뿐이다. 주인은 벨을 누르더니 밤참 먹은 상을 치우라고 하인에게 일렀다.

"자, 그럼 이제부터 그렇게 하도록 하지요."

주인은 안락의자에 깊숙이 몸을 파묻고는 담배에 불을 붙이면서 이렇게 말하는 것이었다.

"이제 자기의 첫사랑을 각자 이야기해 보는 겁니다. 자, 세르게이 니콜라에비치! 당신부터 시작해볼까요?"

세르게이 니콜라에비치는 금발머리에 얼굴은 하얗고 몸은

뚱뚱한 사내였다. 그는 힐긋 주인의 얼굴을 살피더니, 이내
시선을 돌려 천장을 멍하니 바라보았다.

"나에겐 첫사랑이라는 것이 없습니다."

그는 한참 후에 입을 떼었다.

"나는 두 번째 사랑부터 시작했어요."

"어떻게 그럴 수가 있습니까?"

"매우 간단합니다. 나는 열여덟 살에 난생 처음으로 아주
귀여운 어떤 처녀의 뒤를 쫓아다닌 적이 있습니다. 그런데
누군가를 쫓아다닌다는 것이, 전혀 새롭지도 신기하지도 않
았어요. 나중에 다른 여자들을 쫓아다닐 때와 큰 차이는 없
는 것 같았어요. 그저 똑같은 느낌이었답니다. 사실을 고백
하자면, 나의 첫사랑이자 마지막 사랑은 여섯 살 때였던 것
같습니다. 상대방은 나의 유모였습니다. 아무튼 이건 아주
옛날 일입니다. 자세한 일들은 내 기억에서 사라져 버렸고,
또 다행히 기억하고 있다고 한들 그런 걸 누가 듣고 싶어 하
겠습니까."

"이런, 어떻게 하면 좋겠습니까?"

이윽고 주인이 말을 시작했다.

"내 첫사랑 역시 그렇게 재미있지는 않군요. 나는 지금의
아내인 안나 이바노브나를 만나기 전까지 누구 한 사람 사

랑한 기억이 없어요. 더구나 처음 만남 이후 두 사람의 모든 일들이 순조롭게 잘 풀려 나갔어요. 양가 부모님께서 혼삿말을 꺼낸 이후, 우리들은 날이 갈수록 서로 좋아져서 곧 결혼에 이르렀으니까요. 그러니까 내 첫사랑 이야기는 단 두어 마디면 끝나 버리는 셈입니다. 솔직히 말하자면, 나는 당신들에게서 첫사랑 이야기를 듣고 싶어서 이야기를 꺼낸 거랍니다. 두 분은 나이가 많다고는 할 수 없지만, 그렇다고 또 젊다고도 할 수 없는 독신자들이니까요. 어떤가요, 당신 입에서는 뭔가 재미있는 이야기가 나올 수 있을 것 같은데요, 블라지미르 페트로비치?"

"내 첫사랑은 세상에 흔해 빠진 첫사랑 이야기는 아닙니다."

말을 약간 더듬거리며 블라지미르 페트로비치가 대답했다. 그는 40대의 검은 머리에 흰 머리털이 듬성듬성 난 사내였다.

"오우, 드디어 시작되는군요. 어디 한번 들어봅시다. 어서 이야기 해봐요!"

주인과 세르게이 니콜라에비치가 이야기를 재촉했다.

"좋습니다. 아, 아니, 좀 곤란하겠는데요. 이야기로 하는 건 그만둡시다. 나는 이야기가 서툴러서, 내가 하는 이야기를 듣다보면 점점 재미없고 맥이 빠지거나, 두서없이 되어 버리고 말아요. 아! 그래도 좋으시다면, 떠오르는 걸 모두 수첩에 적어서 읽어 드리도록 하는 건 어떨까요?"

두 사람은 안 된다고 막무가내였다. 하지만 블라지미르 페트로비치는 결국 자기가 원하는 대로 했다.

그리고 두 주일 후 그들이 다시 모였을 때, 블라지미르 페트로비치는 그 약속을 이행하였다. 그의 수첩에는 다음과 같은 내용이 적혀 있었다.

1

그 당시 나는 열여섯 살이었다. 1833년 여름이었다.

나는 모스크바에서 부모님과 함께 살고 있었다.

부모님께서 세를 든 별장은 카르 가의 관문 근처 네스크치느이 공원 앞에 있었다.

나는 당시 대학 입학을 준비 중이었다. 물론 부모에게는 공부한다고 말했으나 실제로 노력을 그다지 많이 하는 편은 아니었다. 그때 내 자유를 속박하는 사람은 아무도 없었다. 나는 내키는 대로 행동하였고, 마지막 가정교사와 헤어지고 나서부터는 더욱더 그랬다. 그 프랑스 가정교사가 자기가 마치 '떨어진 폭탄처럼' 러시아에 낙하됐다는 생각에 사로잡힌 채 안절부절못하고 여러 날을 줄곧 침대 속에서 뒹굴어대던 모습이 기억난다.

아버지는 나에게 친절하였지만 한편으로는 시종일관 냉담했다. 그건 어머니도 마찬가지였다. 슬하에 자식이 나 하나밖에 없었음에도 나에게 무관심히였다. 어머니는 다른 걱정거리만으로도 벅찼다.

아버지는 아직 젊고 꽤 미남이었음에도 불구하고 오로지 재산 때문에 십년 연상의 어머니와 결혼했다.

어머니는 슬픔 속에서 하루하루를 보내고 있었다. 종종 흥분하고, 질투하고, 투덜거리기도 하였으나, 아버지 앞에서만은 내색하지 않았다. 어머니는 아버지를 무서워했다. 아버지는 어머니에게 언제나 차갑고 쌀쌀한 태도를 보였다. 나는 아버지만큼 세련되면서도, 자존심 강하고 무뚝뚝한 성격의 남자를 본 적이 없다.

그 별장에서 보낸 첫 2~3주일을 결코 잊지 못할 것이다.

우리가 시내에서 이사한 때는 5월 9일로 마침 성 니콜라이의 날이었다. 화창한 날씨가 계속되었었다. 나는 별장 뜰, 네스크치느이 공원, 혹은 관문 밖까지 여기저기로 자주 산책을 나갔다. 늘 카이다노프의 세계사 교과서 같은 책을 한 권 가지고 나갔지만, 그것을 들춰보는 일은 거의 없었고, 암송하고 있던 시를 큰소리로 낭송하는 것이 보통이었다. 몸 안에서는 뜨거운 피가 들끓었고, 가슴은 벅찼으며 때때로 달콤한 기분이 드는 것이, 왠지 스스로도 우스꽝스럽다는 생각이 들곤 했던 날들이었다.

나는 끊임없이 뭔가를 기다리고 있었으며 무언가에 깜짝깜짝 놀랐고, 보는 것, 듣는 것에 떨며, 온 신경이 긴장되어 있었다. 생생한 공상에 눈을 뜨고 언제나 같은 환상의 울타리 안에서 뛰노는 모양새가, 어떻게 보면 아침놀에 하늘의 제비 떼가 종루 주변을 날아도는 모습과 흡사했을 것이다.

그러나 감동적인 시의 구절이나 저녁때의 아름다운 경치가 주는 눈물과 애수를 느낄 때마다 언제나 내 안에서는 봄풀처럼 파릇파릇한 삶의 기쁨이 솟아나오는 것이었다.

내게는 승마용 말 한 마리가 있었다. 나는 그 말에 손수 안장을 얹고, 혼자서 어디든 멀리 타고 나갔다.

말을 몰고 나가면, 마치 내가 경기에 나간 중세의 기사나 되는 듯한 상상이 들곤 했다. ― 그때 내 귀에 스치던 바람은 얼마나 화창했었던가! 나는 고개를 들어 하늘을 바라보며 그 눈부신 태양빛과 푸른 하늘을 활짝 열어젖힌 가슴 속 깊이 들이마시곤 했었다.

지금 돌이켜 보면, 그때의 나에게 여자의 모습이라든지, 여자의 사랑이라든지 하는 것이 한 번도 확실한 형태로 떠오른 적은 없었다. 그러나 내가 생각하고 느끼는 모든 것에는 여성적인 것에 대한 예감들이 무의식적으로 잠겨 있었다.

이 예감은 나의 온몸에 스며들었고, 나는 그것을 호흡하였다. 그것은 한 방울 한 방울의 피마다 퍼져 내 혈관을 타고 흘렀다. 그리고 그것은 얼마 안 가서 실현될 운명에 놓여 있었다.

우리 별장은 둥근 기둥이 늘어선 목조의 지주 저택과, 또 두 채의 작은 별채로 이루어져 있었다. 왼쪽의 별채는 값싼 벽지를 만드는 허름한 공장으로 사용되고 있었다. 나는 두어 번 그곳을 구경하러 갔었다. 그곳에서는 기름때 묻은 옷을 입고 헝클어진 머리에 볼이 야윈 얼굴을 한 사내 녀석들이 열 명쯤 있었고, 그들은 네모난 인쇄 판목을 누르는 나무 지렛대에 달라붙어서는, 자기들의 얼마 되지 않는 체중으로 벽지의 무늬를 찍어내곤 하였다.

그때까지도 오른쪽 별채는 아직 비어 있었다.

우리가 별장에 온 지 3주일쯤 지난 어느 날, 어느 가족이 이사를 왔다. 별채 창문에 내려져 있던 덧문이 열리고, 여자들의 얼굴이 아른거리는 것이 보였다.

그날을 잊을 수가 없다.

그날 저녁 식사 때, 어머니는 하인에게 이웃에 누가 이사를 왔냐고 물었다. 공작부인 자세키나라는 말을 듣자 그녀는 관심 밖이라는 듯 무미건조한 투로 말했다.

"흥, 공작부인이라……. 귀족이긴 하지만 틀림없이 가난뱅이겠군."

"세 대의 짐마차로 이사해 오셨습니다."

하인이 조심스레 접시를 내밀면서 대답했다.

"자기 마차도 가지지 못한 것 같았고, 가구도 허름해 보였습니다."

"그래? 하지만, 어쨌든 잘됐어."

아버지가 싸늘한 눈빛으로 어머니 쪽을 바라보자, 어머니는 곧 입을 다물고 말았다.

실제로 자세키나 공작부인이 부유할 리는 없었다. 그녀가 세를 든 집은 낡고 비좁았으며, 천장까지 매우 낮아서 웬만하면 살고 싶은 마음이 들지 않는 그런 집이었기 때문이다. 실상이 그렇기는 하지만 나는 그것에 크게 신경 쓰지 않고 흘려버렸다. 공작이라는 지위도 내게는 무의미했다. 그 얼마 전에 나는 실러의 『군도』를 읽은 터였다.

2

　나는 매일 저녁마다 총을 들고 우리 집 뜰을 서성거리며 까마귀를 지켜보는 버릇이 생겼다. 나는 오래전부터 이 탐욕스럽고 얍삽한 새가 그다지 맘에 들지 않았다.

　바로 그날도, 나는 뜰로 나가서 가로수길이란 가로수길은 모두 뉘시고 돌아다니다가—까마귀들은 나를 알아보고는 단지 멀리서만 울어댈 뿐이었다.—우연히 그 나지막한 담장으로 다가가게 되었다. 담장은 오른쪽 별채 쪽으로 뻗어나가, 별채의 뜰과 우리 집 소유지와 경계를 이루고 있었다.

　고개를 숙이고 한참 동안을 걷고 있는데, 귓전으로 어디선가 떠들썩한 소리가 들려오는 것이었다. 나는 소리가 나는 쪽을 돌아보고는 그 자리에 멈추어 섰다. 담 너머로 묘한 풍경이 눈에 들어왔다.

　나로부터 몇 걸음 떨어진 그곳에 파릇한 딸기나무로 둘러진 뜰에, 한 소녀가 장밋빛의 줄무늬 원피스를 입고, 하얀 모자를 머리에 쓰고 서 있었다. 그 주변을 네 명의 청년이 둘러싸고 있었는데, 소녀는 청년들의 손등을 작은 꽃다발로 차례차례 두드리고 있었다. 그 꽃의 이름이 생각나지는 않지만, 아이들에게 분명 익숙한 꽃이었던 것으로 기억한다. 작은 주머니 모양의 그 꽃은 뭔가 단단한 것에 닿을 때마다 자꾸 펑펑 하면서 터지는 것이었다. 청년들은 그것이 꽤나 즐거운 듯이 저마다 손등을 내밀고 있었다.

내가 옆에서 바라본 소녀의 동작들은 품위 있으면서도 누구도 거역할 수 없는, 다정하고 애틋하면서도, 이따금 사람들을 비웃는 것 같은 모습이었다. 그 표정이 너무나 귀여웠다. 나는 놀랍고도 흐뭇한 마음에 절로 감탄이 흘러 나왔다. 나도 저 소녀에게 손등을 맞을 수 있다면! 이런 마음이었다. 그 순간 나는 지금 세상의 모든 것을 내던질 수 있을 것만 같았다.

총은 이미 내 손에서 미끄러져 내렸고, 나는 모든 것을 잊은 채 그 소녀의 늘씬한 몸, 가느다란 목, 깨끗한 두 손, 하얀 모자 아래로 살짝 보이는 약간 헝클어진 노랑머리, 그리고 영리해 보이는 눈꺼풀, 윤기가 흐르는 탐스러운 볼을 하염없이 바라보고 서 있었다.

"여보시오. 거기, 여봐요!"

"남의 집 귀한 따님을 그런 식으로 훔쳐보면 안 되지요."

갑자기 귓전에 들려오는 남자목소리에 나는 깜짝 놀라 소리 나는 쪽으로 고개를 돌렸다. 바로 옆의 담 너머로 검은 머리를 짧게 쳐올린 낯선 남자가 서 있는 것이 눈에 들어왔다. 그는 나를 조소하는 듯 보였다. 그 순간, 소녀가 내 쪽을 돌아다보았다. 내가 소녀의 커다란 눈동자를 마주한 것도 잠시, 그녀의 얼굴이 미세하게 떨리는 듯하더니 그녀는 크게 웃음을 터뜨렸다. 새하얀 이가 번쩍거리고, 눈썹이 한껏 치켜 올라갈 정도였다.

나는 순간적으로 얼굴이 붉어져 땅에 떨어졌던 총을 다시 주워들고는 그 웃음소리에 쫓기듯 내 방으로 도망쳐 들어오고 말았다. 내 방 침대에 엎드려 두 손으로 얼굴을 감쌌다. 심장은 당장이라도 터질 듯 뛰고 있었다. 그 순간 나는 그때까지 한 번도 경험해 보지 못한 흥분을 느꼈던 것 같다.

나는 잠깐 숨을 돌린 후, 말끔하게 단장을 하고 차를 마시러 내려갔다. 좀 전에 보았던 소녀의 모습이 자꾸 눈앞에 아른거리고, 심장은 여전히 고동치고 있었다. 가슴이 기분 좋게 죄어드는 느낌이 들었다.

"무슨 일이 있었니?"

갑자기 아버지가 물었다.

"오늘은 까마귀 사냥을 잘 하였느냐?"

나는 좀 전에 있었던 일들을 아버지에게 이야기해 버릴까도 생각했지만, 그냥 참고 혼자서 비시시 웃었을 뿐이었다.

잠에 들기 전, 나는 무슨 생각에서였는지 한쪽 발로 세 번쯤 빙빙 돌고, 머리에 기름을 잔뜩 바르고 눕기가 무섭게 깊이 잠이 들었다. 새벽녘에 잠깐 깨어 벌떡 일어나, 감격에 넘쳐 사방을 두리번거리다가 그리고는 다시 잠들어 버렸다.

3

'어떻게 하면 그들과 어울릴 수 있을까…….'

다음 날 아침, 눈을 뜨자마자 가장 먼저 머리에 떠오른 생각이었다.

나는 차를 마시기 전에 잠깐 뜰에 나갔으나 – 담 쪽으로는 다가가지 않았다. – 오늘은 아무도 없는 듯 보였다.

차를 마신 후, 나는 두어 번 별장 앞길을 서성거리며 멀리 창문을 들여다보았다. 커튼 뒤에 얼핏 그 사람의 얼굴이 보인 듯하여, 나는 당황한 나머지 빠른 걸음으로 그 앞을 지나쳐 버렸다.

'무슨 일이 있더라도 그녀와 친해지고 싶어!'

나는 네스크치느이 공원 앞에 펼쳐진 모래사장을 걸으며 생각했다.

'그런데 어떻게 접근하는 것이 좋을까? 그게 문제야.'

어제 잠깐 마주쳤을 때의 상황들을 생각해 보았다. 무슨 이유에서인지 그녀가 나를 보며 크게 웃었던 것이 자꾸 생각이 났다. 그런데 내가 이렇게 애태우며 이런저런 생각에 골치를 썩고 있는 사이, 운명은 너무도 쉽게 나의 고민을 해결해주었다.

내가 집에 없는 사이, 어머니는 새로 온 이웃집 부인에게서 한 통의 편지를 받았다. 그런데 편지를 봉한 밀랍의 재질이 우체국의 통고장이나, 값싼 포도주 마개로 밖에는 쓰지 못하는 그런 것이었다.

그 편지는 공작부인이 우리 어머니에게 보호를 요청하는 내용이었는데, 문법도 잘 맞지 않고 상당히 지저분한 필체로 쓰여 있었다. 편지 내용에 의하면, 지금 공작부인은 중요한 소송을 진행 중인데, 우리 어머니가 알고 지내는 분들 중 몇몇 분이 그 재판을 손에 쥐고 있는 분들이라고 하였다.

편지의 내용은 '갑작스러운 일인 줄 알고 있으나 저로서는' 하거나, '직위 있는 부인으로서 귀부인인 당신께 편지를 드리옵니다. 이런 기회를 얻게 되어 정말 기쁘기 한이 없사오며' 하는 식이었으며, 마지막에는 집으로 방문하고 싶다는 내용이 적혀 있었다.

어머니는 편지를 다 읽고 나더니 좀 난처한 표정이었다.

지금은 아버지가 출타 중이셔서 이 일에 대한 의논 상대가 없었던 것이다. 그러나 적어도 '귀부인'에게, 게다가 공작부인이나 되는 사람에게 답장을 하지 않을 수는 없었다. 어머니는 난처해하며 어떻게 해야 좋을지 고민하였다. 프랑스어로 답장을 써 보내는 것은 좀 건방진 듯한 느낌이 들었고, 그렇다고 러시아어로 써 보내자니 철자법에 자신이 없었다. 어머니 자신이 그것을 더 잘 알고 있었고 이런 일로 창피를 당하고 싶지는 않았던 터에 그때 집에 돌아온 나를 보자 몹시 반가워하였다. 지금 곧 공작부인에게 가서 구두로, 우리 어머니는 힘닿는 데까지 공작부인을 돕겠다고 하십니다. 언제든지 열두 시가 지난 시간에 방문하시면 영광으로 생각하겠다고 전하라 분부하셨다.

내가 은근히 바라던 일이 뜻밖에도 빠르게 진행되었으므로, 나는 매우 기쁘면서도 한편으로는 조금 두려운 마음까지 들었다. 그렇지만 나는 당황하지 않고 내 방으로 들어가서 새 넥타이를 매고, 조그마한 프록코트를 입었다. 사실 나는 집에 있을 때는 아직 짧은 저고리를 입고, 접어 넣은 칼라를 달고 있었는데, 요즘은 그것이 싫어서 죽을 지경이었던 것이다.

별채의 좁고 약간 더러운 대기실로 내가 억제할 수 없는 용맹심에 몸을 떨면서 들어갔을 때, 거기서 나를 맞아준 것은 백발의 늙은 하인이었다. 햇볕에 그을어 구릿빛을 띤 얼굴에 볼품없는 작은 눈을 하고 있었고, 이마에서 관자놀이까지 이어지는 깊은 주름을 가진 사내였다.

그는 먹다 남은 청어 등뼈가 담긴 접시를 들고는 안방으로 통하는 문을 발뒤꿈치로 닫으면서, 좀 괴팍한 목소리로 나에게 물었다.

"무슨 일이오?"

"자세키나 공작부인은 계십니까?"

내가 물었다.

"보니파치!"

늙은 하인의 대답을 듣기도 전에 문 저쪽에서 여인의 괄괄한 목소리가 들려왔다.

늙은 하인이 몸을 돌렸을 때, 너무 낡아서 등짝이 온통 번들거리는 제복이 눈에 띄었다. 벌겋게 녹슨 문장이 새겨진 단추가 딱 하나 남아 있었다. 그는 들고 있던 접시를 그대로 마룻바닥에 놓더니 안으로 들어가 버렸다.

"경찰엔 다녀왔나?"

같은 여인의 목소리가 또 났다.

늙은 종이 소곤소곤 몇 마디를 건네자 되묻는 여인의 목소리가 들려왔다.

"뭐? 누가 왔다고? 옆집 도련님이라고? 그럼 들여보내."

늙은 하인은 다시 내 앞에 나타나 아까 놓았던 접시를 마룻바닥에서 집어 들며 말했다.

"응접실로 들어가십시오."

나는 옷차림을 매만지고 그가 응접실이라 칭하는 공간으로 들어갔다.

응접실이라 하여 들어간 공간은 아담하다고도 할 수 없는 그냥 좁은 방이었다. 깨끗하지도 않았고, 가구도 여기저기서 구해다가 급히 진열해놓은 느낌이었다.

창가에는 한쪽 팔걸이가 부러진 안락의자에 50쯤 되어 보이는 부인이 앉아 있었는데, 머리칼을 드러내고 있는 모습이 그다지 아름답지 못하였다. 부인은 오래되어 보이는 녹색 옷을 입고 얼룩덜룩한 숄을 두르고 있었다. 그녀는 작고 검은 눈으로 나를 가만히 노려보았다.

나는 그 옆으로 다가가 공손히 인사하였다.

"실례합니다. 자세키나 공작부인이신지요?"

"그래요. 내가 자세키나 공작부인이에요. 당신은 V씨의 아드님 되시나요?"

"네, 어머니의 심부름으로 찾아왔습니다."

"어서 앉으세요. 보니파치! 내 열쇠는 어디 있지? 내 열쇠 보지 못했나?"

나는 자세키나 부인에게 편지에 대한 어머니의 회답을 직접 전했다. 그녀는 내가 전하는 이야기를 들으면서 굵고 붉은 손가락으로 창틀을 가볍게 두드리다가 내 말이 끝나자 나를 또 가만히 바라보았다.

"고맙습니다. 꼭 찾아뵙도록 하지요."

할 말을 다한 듯 보였던 공작부인이 다시 나에게 말을 걸었다.

"실례지만 나이가 어떻게 되시는지요? 아직 젊어 보이는데."

"열여섯입니다."

나는 나도 모르게 더듬으며 대답했다.

공작부인은 주머니를 뒤적거리더니 무언가 잔뜩 쓰여 있는 낡은 수첩 같은 것을 꺼내어 그것을 코끝까지 가지고 가서 천천히 들여다보기 시작했다.

"좋은 나이로군요."

그녀는 의자 위에서 몸을 가만히 두지 않고 계속 움직여 대다가 갑자기 말을 꺼냈다.

"편히 앉으세요. 이 집에서는 모두가 격식 없이 지내니까."

'격식이 없어도 이건 좀 지나치군.'

그녀의 무례한 모습을 보고 있자니 나는 나도 모르게 그녀에 대해 싫은 감정이 생겨났다.

그 순간, 응접실의 다른 문 하나가 느닷없이 활짝 열리더니, 문지방 위로 누군가 모습을 드러내었다. 다름 아닌 어제 뜰에서 보았던 그 처녀였다. 한 손을 올린 그녀는 얼굴에 엷은 웃음을 띠고 있었다.

"아, 내 딸이에요."

팔꿈치로 딸을 가리키면서 공작부인이 말했다.

"지노치카, 이웃집 V씨의 아드님이시다. 아, 이름이 어떻게 되죠?"

"블라지미르입니다."

나는 너무 흥분한 나머지 자리에서 벌떡 일어나 말끝을 더듬으며 대답했다.

"아버지 성함은?"

"페트로비치입니다."

"맞아요! 내가 잘 아는 분 중에 경찰서장이 한 분 있었는데, 그분 성함도 블라지미르 페트로비치였어요. 보니파치!
열쇠는 찾지 않아도 되겠어. 내 주머니 속에 있으니까.”

공작부인 댁의 소녀는 가느다랗게 실눈을 뜨고 웃으며 고
개를 약간 기웃한 채로 나를 바라보고 있었다.

“저는 이미 무슈 볼리데마르를 한 번 뵈었어요.”

은방울이 굴러가는 듯한 그녀의 목소리가 내 온몸에 스미
는 것 같았다.

“제가 그쪽을 그리 불러도 되겠지요?”

“그야 물론……:”

나는 더욱더 말끝을 더듬었다.

옆에서 공작부인이 무엇인가를 물었지만 그녀는 어머니의
물음에는 대꾸도 하지 않았다.

“지금 바쁘세요?”

그녀는 내게서 눈을 떼지 않고 물었다.

“바쁜 일은 없지만……:”

“그럼 내 방에서 털실 푸는 걸 조금 도와주시겠어요?”

그녀는 내게 고갯짓을 하더니 곧 응접실에서 나갔다.

나는 그 뒤를 따랐다.

소녀를 따라 들어간 방은 응접실에 비해 가구가 조금은
더 좋았고, 여기저기 신경을 쓴 흔적이 보였다. 하지만 사실

나는 그런 주변의 것들을 신경 쓸 여유가 없었다. 마치 꿈속에 있는 느낌이 들었다. 행복한 꿈에서 깰까봐 긴장되는 그런 행복감조차 느끼고 있었다.

그녀는 궤짝에서 붉은 털실 뭉치를 꺼내더니 건너편 의자를 내게 가리켜 보이고, 열심히 뭉친 실을 풀더니 그것을 내 양손에 걸었다. 그러는 동안 그녀는 한마디 말도 없었으며, 다만 입가에 짓궂은 미소를 띠고 있을 뿐이었다.

그녀는 트럼프를 반으로 접어 털실을 감기 시작했는데, 그때 갑자기 눈을 치켜뜨고 내 얼굴을 한참 쏘아보는 것이었다. 나는 너무 놀라 얼굴을 숙이고 말았다. 그녀는 평소에는 살짝 감은 듯한 눈을 뜨고 있는데, 간혹 그녀가 눈을 치켜뜨면 그 모습이 확 달라져 마치 그녀 주변에 환한 빛이 흐르는 것처럼 느껴졌다.

"어제 저를 어떻게 생각하셨나요, 무슈 볼리데마르?"

그녀가 물었다.

"당신은 분명 나를 성미 고약한 여자라고 생각하셨겠지요?"

"아닙니다. 난…… 아가씨…… 난 아무것도…… 제가 그럴리가요……"

나는 어떻게 답을 해야 좋을지 몰라 허둥대었다.

"알았어요."

그녀가 대꾸했다.

"당신은 아직 나를 잘 모르시겠지만, 나라는 사람은 꽤 묘한 구석이 있어요. 나는 말이에요, 언제나 나에게 진실만을 얘기해주는 걸 좋아해요. 아까 얼핏 들으니까 열여섯이라는 것 같던데, 나는 스물 한 살이니까 내가 더 위겠네요. 흠, 그렇다면 더욱 내게 진실만을 말해야 해요. 그리고 내 말을 들어야 해요."

그녀가 덧붙였다.

"내 얼굴을 똑바로 봐요. 왜 나를 보고 있지 않죠?"

나는 더욱더 당황하였지만, 일단은 눈을 들어 그녀의 얼굴을 보았다. 그녀는 방긋 웃었는데, 아까와는 달리 호의를 품은 듯한 미소였다.

"어서 내 얼굴을 봐 줘요."

그녀는 소리를 낮추어 상냥하게 말했다.

"그렇게 있더라도 나는 싫지 않아요. 난 당신 얼굴이 마음에 들어요. 당신과는 친해질 수 있을 것 같은 기분이 들어요. 당신은 내가 마음에 드시나요?"

그녀는 내가 끼어들 틈도 없이 말했다.

"아가씨……"

내가 말을 꺼냈다.

"우선 나를 지나이다라고 불러 주세요. 그리고 어린 주제에, 아니 젊은 사람이 마음에 있는 걸 솔직히 말하지 않는 건 나빠요. 그건 어른들이나 하는 짓이죠. 어때요, 당신은 내가 마음에 들어요?"

그녀가 나를 상대로 이렇게 허물없이 이야기를 했다는 것만은 정말 기쁜 일이었다. 그렇지만 그녀의 말투에 배알이 좀 꼬이는 것은 사실이었다. 내가 그렇게 호락호락한 어린아이로 보이냐는 반발심이 들었던 것이다. 나는 되도록 태연스럽게, 그리고 어른스러운 표정을 지으며 이렇게 말했다.

"물론 무척 마음에 들어요, 지나이다 씨. 그걸 숨기고 싶은 마음도 없고요."

그녀는 천천히 머리를 끄덕였다.

"아! 당신은 가정교사가 있나요?"

"아니오, 내게 가정교사 같은 건 없습니다."

그건 거짓말이었다. 그 프랑스 가정교사와 생이별한 지가 아직 1개월도 되지 않은 시점이었다.

"호호호! 그렇군요. 당신은 완전한 어른이 되었다는 거군요."

그녀가 내 손가락을 가볍게 두드렸다.

"손을 좀 똑바로 들고 있어요!"

그러더니 다시 부지런히 털실뭉치를 감기 시작했다.

그녀의 눈을 피해 나는 그녀를 뜯어보기 시작하였다. 처음에는 흘긋 거리며 훔쳐보았지만 나중에는 점점 대담해졌다. 그녀의 얼굴은 어제보다도 한층 더 매력이 있어 보였다. 눈이며 코, 그 발그레한 볼까지 생김새 하나하나가 정말 잘 다듬어져 있어 귀여운 데가 있었다. 그녀는 흰 커튼이 내려진 창을 등지고 앉아 있었다. 커튼을 통해 들어온 햇살이 그녀의 금빛 머리와 깨끗한 목덜미, 매끈한 어깨의 곡선, 부드럽고 아늑한 가슴 언저리를 어루만지고 있었다.

조용히 그녀를 바라보는 순간, 나는 이미 오래 전부터 그녀를 알고 있었던 것처럼 친밀한 느낌이 들었다. 그리고 그녀를 알기 이전까지는 아무 것도 모르고 산 것 같다는 기분까지 들었다.

그녀는 오래 입은 듯한 짙은 색깔의 옷을 입고, 앞치마를 걸치고 있었다. 나는 그 옷과 앞치마의 주름 하나하나를 쓰다듬어 보고 싶은 충동이 들었다. 그녀의 구두 끝이 치맛자락 아래로 삐져나와 있었다. 나는 그 구두 앞에라도 엎드려 예의를 갖추고 싶었다.

'내가 이렇게 그녀 앞에 앉아 있구나!'

나는 생각했다.

'나는 이제 그녀와 친분이 있는 사이가 된 것이다. 이 얼마나 행복한 일인가!'

나는 속으로 기뻐하는 것이 지나쳐 순간 의자에서 뛰어내릴 뻔했는데, 다행스럽게도 바닥에 대고 발을 좀 구르고 말았을 뿐이었다.

나는 어항 속 물고기처럼 만족스러웠다. 평생 이 방을 떠나고 싶지 않았다. 이곳에서 절대 움직이고 싶지 않다고 생각했다.

그녀가 눈을 들어 나에게 상냥한 눈빛을 던져주는가 했더니, 갑자기 비웃는 듯이 웃었다.

"어째서 그렇게 나를 쳐다보고 있는 거지요?"

그녀는 이렇게 말하고는 내 눈앞에 손가락을 흔들어댔다. 순간 얼굴에 열이 올랐다.

'지나이다는 이미 내 마음속을 다 알고 있는 거다. 나의 모든 것을 짐작하고 있다.'

이런 생각이 내 뇌리를 스쳤다.

'아, 이 고귀한 숙녀가 무엇이든 모를 리가 있겠는가. 무엇이든 짐작 못할 리가 없지!'

갑자기 옆방에서 뭔가 부딪치는 것 같더니, 긴 칼 소리가 들렸다.

"지나이다야!"

응접실에서 공작부인이 불렀다.

"베로브조로프씨가 너에게 새끼 고양이를 가져왔다."

"새끼 고양이!"

지나이다는 벌떡 의자에서 일어나더니 털실 뭉치를 내 무릎에 던진 채 방에서 뛰어나갔다.

나도 일어나서 털실 뭉치를 창틀 위에 올려놓고 그녀를 따라 나갔다. 나는 놀라서 방 끝에 가만히 서 있어야 했다. 방 한복판에 줄무늬 새끼 고양이가 조그마한 네 발을 활짝 펼치고 누워 있었으며, 지나이다는 그 앞에 무릎을 꿇고 고양이의 얼굴을 어루만지고 있었다.

공작부인 옆에는 노란 곱슬머리의 훤칠한 청년이 창과 창 사이의 벽을 자신의 몸으로 가리고 서 있었다. 뒤에서 쏟아지는 햇살 속에서 그 남자를 살펴보니 경기병의 사관이었다.

"어쩜 이렇게 귀엽게 생길 수가 있을까!"

지나이다가 거듭 말하였다.

"눈은 회색빛이 아니라 파란빛이 돌고, 귀도 크고. 베로브조로프! 당신은 정말 친절하시군요!"

그 경기병은 어제 보았던 청년들 중 한 사람이었다. 그가 웃으며 고개를 숙이는 순간, 긴 칼이 무엇엔가 부딪히는 소리가 났다.

"당신이 어제 귀가 큰 줄무늬 고양이를 갖고 싶다고 하셨죠. 그래서 오늘 당장 구하였습니다. 남자의 말은 꼭 지켜져야 하니까요."

그는 이렇게 말하고는 또 한 번 고개를 숙였다. 새끼 고양이는 가냘픈 소리로 울어대다가, 이윽고 마룻바닥에 코를 대고 냄새를 맡기 시작했다.

"어머, 배가 고픈 모양이에요!"

지나이다는 하인들에게 우유를 가져오도록 시켰다.

하인은 오래된 노란 옷에 색이 바랜 수건을 목에 두르고, 우유 접시를 들고 들어오더니 그 접시를 새끼 고양이 앞에 놓았다. 새끼 고양이는 부르르 몸을 떨더니 눈을 가늘게 뜨고 우유를 핥기 시작했다.

"어쩜 이렇게 빨갛고 작은 혀를 가질 수가 있죠?"

지나이다는 머리가 땅에 닿도록 엎드려, 고양이를 들여다보았다.

새끼 고양이는 배가 차자, 얌전하게 앞발을 비비적거리더니 다시 울음소리를 내기 시작했다. 지나이다는 일어나서 하인에게 말했다

"이제 됐어요. 저리 가져가요."

"새끼 고양이를 가져왔으니…… 이제 당신의 손을……."

경기병은 빙그레 웃으며 새 군복을 입은 몸을 뒤로 활짝 뻗었다.

"양손 모두요."

지나이다는 대답하면서 그에게 손을 내밀었다. 경기병이 키스를 하는 동안, 그녀는 어깨 너머로 나를 보고 있었다.

나는 그 자리에 가만히 서 있었지만, 지금 내가 어떤 행동을 해야 할지 고민이 되었다. 함께 웃어야 하는지, 아니면 무슨 말이라도 해야 하는 건지, 그렇지 않으면 그냥 가만히 있는 게 좋은지 알 수 없었다. 그때, 열려 있던 바깥문 사이로 우리 집 하인 표도르의 모습이 눈에 들어왔다. 나를 찾는 것 같았다. 나는 잠깐 바깥으로 나갔다.

"무슨 일이지?"

내가 물었다.

"어머님께서 모셔 오라고 하셨습니다."

그가 작은 소리로 말했다.

"도련님이 답을 가지고 돌아오지 않으신다며 몹시 화를 내고 계세요."

"그렇게 시간이 오래 되었나?"

"한 시간도 더 되었습니다."

"한 시간도 더 되었다고!"

나도 모르게 그의 말을 되받고는 얼른 응접실로 돌아가 작별 인사를 하기 시작했다.

"가시려고요?"

지나이다가 경기병의 어깨 너머로 바라보며 말했다.

"집으로 돌아가야 해서요. 그럼, 한 시간 후에 부인께서 방문하실 거라 전하겠습니다."

나는 노부인을 향하여 덧붙였다.

"그래요. 그렇게 전해주세요."

공작부인이 갑자기 담배를 꺼내어 초조하게 냄새를 맡기 시작하여 나는 깜짝 놀랄 수밖에 없었다.

"그렇게 전해주세요."

그녀는 눈물에 젖은 눈을 깜빡이더니, 신음하면서 거듭 말했다.

나는 또 한 번 인사를 하고 방을 나왔는데, 등 뒤에서 그녀가 보고 있다고 생각을 하니 어색해서 견딜 수가 없었다.

"무슈 볼리데마르! 또 놀러 오세요, 네?"

지나이다는 내 뒤에 이렇게 외치더니, 큰소리로 웃음을 터뜨렸다.

왜 항상 그녀는 저렇게 웃고만 있을까? 나는 집으로 돌아
오는 내내 생각했다. 표드르는 내게 말 한마디 걸지 않고,
못마땅하다는 표정으로 따라왔다.

어머니는 나를 꾸짖으며, 볼 것도 없는 공작부인 집에서
왜 그리 오래 머물렀느냐고 어이없어 하셨다. 나는 아무 말
도 하지 않고 내 방으로 들어와 버렸다. 나는 갑자기 밀려오
는 슬픔을 수체할 수 없있다. 울지 않으려고 애를 썼다. 나
는 경기병이 너무나 부러웠다.

5

공작부인은 약속한 시간에 어머니를 찾아왔다. 하지만 어
머니 마음에는 들지 못했던 모양이다. 나는 두 사람이 만나
는 자리에는 참석하지 않았으나, 저녁 식사 때에 어머니가
아버지에게 하는 이야기를 듣고 알 수 있었다. 어머니는 자
세키나 공작부인이 속물 같은 사람이라고 했다.

공작부인은 제발 자신을 위하여 세르게이 공작에게 부탁
해 달라고 끈질기게 졸라 대며 어머니를 짜증나게 했던 것
이다. 어머니는 공작부인은 항상 소송이나 사건을 몰고 다니

기에 — 특히 금전 문제로 — 이번 부탁도 무언가 석연치 않은 부분이 있을 것이라고 했다. 그럼에도 불구하고 어머니는 공작부인을 따님과 함께 내일 저녁 식사에 초대했다고 덧붙였다. — '따님과 함께'라는 말을 듣는 순간 나는 순간 접시에 코를 박을 뻔하였다. — 자세한 사정이야 어찌 되었든 공작부인은 이제 우리 이웃이며, 아직은 이름 있는 분이라는 것이 어머니가 그들을 초대한 이유였다.

이야기를 듣고 있던 아버지는 그때서야 기억이 났는지 그 부인이 어떤 사람이었는지 생각났다며 말을 꺼냈다. 아버지는 젊었을 때에 지금은 고인이 된 자세킨 공작을 알고 있었다고 했다. 공작은 당시 훌륭한 교육을 받긴 했지만 얄팍한 수를 쓰고 깊은 생각을 하는 사람은 아니었으며, 오랫동안 파리에 머물러 '파리 사람'이라고 불리고 있었고, 대단한 부자였지만 카드 노름으로 전 재산을 탕진했다고 했다.

'아무리 돈을 노렸더라도 더 좋은 조건을 찾을 수 있었을 텐데……'

아버지는 혼잣말을 하더니, 냉소적인 표정으로 계속 공작의 이야기를 하였는데, 이후 말단 관리의 딸과 결혼하여 살다가 투기에 손을 대 완전히 파산하였다는 애기였다.

"식사 자리에서 그 부인이 돈을 빌려 달라는 말만은 하지 않았으면 좋겠는데."

어머니가 재빨리 말했다.

"그럴 수도 있을 거야."

아버지가 태연스럽게 말을 받았다.

"그 부인은 프랑스어는 좀 하던가?"

"좀 서투른 것 같아요."

"어쨌든 그런 거야 상관없지. 부인의 따님도 초대했다고 한 것 같은데, 소문에는 꽤 귀엽고 교양도 갖춘 처녀라는 것 같더군."

"그래요? 어머니를 닮지는 않았다는 거군요. 다행이네요."

"아버지를 닮지도 않았지."

아버지가 대답했다.

어머니는 한숨을 내쉬며 생각에 잠기고 말았다. 아버지도 곧 말이 없어졌다.

이런 이야기가 오가는 동안 나는 정신이 멍하고 아무 생각도 들지 않았다.

저녁 식사 후에 나는 여느 때처럼 뜰로 나갔는데, 오늘은 총은 두고 나가기로 했다. 나는 자세킨 댁의 뜰에는 가까이 가지 않으려 하였으나, 나도 모르게 알 수 없는 힘에 이끌려 그쪽으로 발을 향하게 되었다. 역시 그리 나쁘지 않았다. 내가 담 곁으로 다가가자 지나이다의 모습이 보였던 것이다.

그녀는 혼자였다. 두 손으로 책을 받쳐 들고 좁은 길을 천천히 걷고 있었다. 그녀는 내가 있는 것을 알지 못하였다.

나는 하마터면 그녀를 그냥 지나칠 뻔했으나, 정신을 차리고 그 앞에서 헛기침을 했다.

그녀는 나를 향해 돌아보았지만 걸음을 멈추지는 않았다. 둥근 밀짚모자를 두르고 있는 폭넓은 파란 리본을 한 손으로 살짝 들어 올려 나를 보고 방긋 웃더니, 또다시 눈을 책으로 가져가고 말았다.

나는 잠시 모자를 벗고 주변을 서성거리다가 무거운 마음을 안고 거기를 떠났다.

'나는 도대체 그녀의 무엇이란 말인가?'

무슨 바람이 불었는지 나는 프랑스어로 생각하는 중이었다.

귀에 익은 발걸음 소리가 들려 뒤를 돌아다보니, 아버지가 이쪽으로 걸어오고 있었다.

"저 여자가 공작부인 댁의 아가씨더냐?"

아버지가 물었다.

"네, 맞아요."

"그래, 넌 저 아가씨를 알고 있느냐?"

"오늘 아침 공작부인 댁에서 만났어요."

아버지는 내 옆에 가만히 섰다가 급히 걸음을 돌려 되돌아갔다. 그리고 담을 사이로 하고 지나이다와 어깨를 나란히 할 만큼 가까이 다가가 그녀에게 친절한 인사를 건넸다. 그녀는 약간 놀라는 빛을 띠며 인사를 받더니, 들고 있던 책을 슬며시 아래로 내렸다.

나는 그녀가 우리 아버지의 뒷모습을 바라보고 있다는 것을 알 수 있었다.

아버지는 언제나 품위가 있어 보였고, 꾸밈없이도 독특하였다. 그러나 지금만큼 아버지의 모습이 늘씬하고 품위 있어 보인 적은 없었다. 늘상 쓰고 다니는 회색 모자가 아버지의 곱슬머리 위에 얹어진 것이 이토록 잘 어울려 보인 순간도 없었다.

나는 지나이다가 있는 쪽으로 가려고 했는데, 그녀는 내게 눈길조차 주지 않고 다시 책을 들어 올리더니 반대편으로 걸어가기 시작하였다.

6

그날 밤과 그 다음 날 아침까지, 나는 무겁고도 우울한 기분에 빠져 있었다. 공부를 하려고 카이다노프의 교과서를 읽기 시작했으나 빽빽하게 짜인 문장들과 페이지가 눈앞에 아른거릴 뿐, 한 자도 제대로 읽을 수가 없었다. 열 번도 더 계속해서 나는 '율리우스 케사르는 무용이 세상에 뛰어나' 하는 문장을 읽는 중이었다. 그래도 머리에 들어오는 것은 없었다. 나는 결국 책을 내던지고 말았다.

저녁 식사 때가 되어 나는 머리에 기름을 바르고 프록코트를 입고 넥타이를 맸다.

"어쩌자고 그런 차림인거냐?"

어머니가 물었다.

"너는 아직 대학생이 아니야. 시험도 붙을지 어떨지 모르는 상황에서 그런 차림이라니! 그 짧은 저고리도 맞춘 지가 얼마 되지 않았잖니? 너무하는구나."

"저녁에 손님이 오시잖아요."

나는 어머니의 말씀에 이렇게 대답하였다.

"바보 같은 소리! 그런 사람이 어디 손님이라고 볼 수 있니?"

결국 어머니의 말을 듣는 수밖에 없었다. 나는 프록코트를 짧은 저고리로 바꿔 입었다. 그러나 넥타이는 풀지 않았다.

공작부인은 딸과 함께 저녁 식사 30분 전에 도착했다. 어머니는 눈에 익은 파란 옷에 노란 숄을 걸치고, 새빨간 리본이 달린 구식 실내모를 쓰고 그들을 맞았다.

공작부인은 오자마자 어음 얘기를 꺼내었다. 그녀는 한숨을 쉬면서 자신의 가난을 호소하며 조금 '무리한 요구'를 하기 시작했다. 예의도 범절도 전혀 찾아볼 수 없이 평소처럼 요란스럽게 담배 냄새를 맡기도 하고, 의자 위에서 멋대로 몸을 꼬아대는 등 공작부인이라는 위치와 체면 따위는 전혀 의식하지 않는 행동거지를 보였다.

공작부인과는 반대로 지나이다는 약간 거만해 보일 정도로 얌전히 앉아 귀족다운 품위를 유지하고 있었다. 그녀는 식사시간 내내 엄숙하고도 냉정한 표정을 하고 있었기에, 나에게 그녀는 완전히 다른 사람처럼 보일 정도였다. 평소의 눈매나 미소도 전혀 볼 수 없었다. 그러나 내게는 그녀의 새로운 모습조차 아름다워 보였다. 그녀는 연한 푸른색 띠를 두른 얇은 비단 원피스를 입고 머리는 영국식으로 길게 땋아 늘어뜨렸다. 양쪽으로 땋아 내린 머리는 그녀의 냉정한 표정과 잘 어울렸다.

아버지는 식사 시간 동안 계속 그녀 옆에 앉아서 타고난 기품과 점잖은 태도로 그녀를 상대해 주었다. 그리고 때때로 그녀의 얼굴을 흘긋 바라보기도 하였다. 그녀도 가끔 아버지를 바라보았는데 왠지 적의를 품은 듯한 눈빛을 하고 있었다. 두 사람은 프랑스어로 이야기를 주고받았는데, 나는 지나이다의 유창한 프랑스어 실력에 깜짝 놀랐다. 공작부인은 식사를 하는 동안에도 체면 같은 것은 생각도 안하고 음식을 먹어대며 어머니의 요리를 칭찬했다.

어머니는 공작부인의 말에 대꾸하기가 귀찮았는지 무뚝뚝한 표정으로 마지못해 대꾸를 했다. 아버지도 가끔씩 얼굴을 찌푸렸다. 어머니는 지나이다 역시 썩 마음에 들지 않는 모양이었다.

"아가씨가 꽤 교만하더군요. 제까짓 게 뭐 자랑할 것이 있다고……. 그리세트(프랑스 하류 계층의 말괄량이 처녀) 같은 얼굴을 해 가지고는."

"당신은 그리세트를 본 적도 없지 않소."

아버지가 어머니에게 말했다.

"네, 고맙게도, 본 적이 없지요!"

"물론 고마운 일이지. 그런데 당신은 왜 본 적도 없는 그리세트에 빗대어 가며 그 아가씨를 비난하는 것이오?"

어머니는 무안함을 애써 감추는 눈치였다.

우리 집을 방문했던 그날 지나이다는 나를 전혀 의식하지 않는 눈치였다. 식사가 끝난 후에 공작부인은 작별 인사를 하면서 말했다.

"앞으로 두 분께서 큰 힘이 되어주셨으면 해요. 마리아 니코라예브나, 표토르 바실리에비치!"

그녀는 우리 부모에게 마치 노래를 부르듯 살가운 투로 말하는 것이었다.

"어쩔 수 없더군요! 좋은 시절도 있었지만 그것도 한때였고, 이제는 다 지난 이야기가 되어 버렸어요. 아직 귀족 신분이기는 하지만요."

그녀는 염치없이 웃어대더니 이렇게 덧붙였다.

"입에 풀칠도 제대로 못하는 처지에 명예는 아무 소용이 없더라구요."

아버지는 예의를 갖추어 인사하고 그녀를 응접실 입구까지 배웅했다. 나는 구식 재킷을 입고 그곳에 멈춰 선 채 마치 사형 선고를 받은 죄수처럼 서 있었다. 어쩐지 지나이다의 냉랭한 태도가 나를 주눅 들게 했던 것이다. 그래서 그녀가 내 옆을 지나면서 전처럼 부드러운 표정을 지으며 다음과 같이 속삭였을 때 얼마나 놀랐는지 모른다.

"오늘 밤 여덟 시에 우리 집에 오세요. 아셨죠? 꼭 오세
요."

내가 대답할 틈도 없이 그녀는 벌써 흰 스카프를 머리에
쓰고 저만치 사라져 갔다.

7

여덟 시 정각이 되어 나는 프록코트를 걸치고 앞머리를
높이 빗어 올려 단장한 후, 공작부인의 별채 현관으로 들어
섰다.

어제의 그 늙은 하인이 나를 보더니 예의 그 무뚝뚝한 얼
굴로 마지못해 의자에서 일어났다. 안 쪽에서 사람들의 목소
리가 들려 왔다. 문을 여는 순간 깜짝 놀라 한 걸음 뒤로 물
러서고 말았다. 방 한가운데 놓여 있는 의자 위에 지나이다
가 남자의 모자를 받쳐 들고 서 있었는데 그 주위에는 다섯
명의 남자들이 웅성거리고 있었다. 그들이 모자 속에 손을
집어넣으려고 할수록 그녀는 모자를 더욱더 높이 들어 올리
며 흔들어대고 있었다. 그녀는 나를 발견하고는 큰소리로 말
했다.

"잠깐만요, 잠깐만 기다려 주세요! 새 손님이 왔으니 우리 인사를 하기로 해요."

그녀는 말을 마치고 갑자기 의자에서 뛰어내리더니 내 프록코트 소매를 잡아끌었다.

"어서 들어와요!"

그녀가 말했다.

"거기 왜 그렇게 멍청히 서 있어요? 여러분, 소개 할게요. 무슈 볼리데마르예요. 우리 옆집 도련님이지요. 그리고 이분들은……."

그녀는 차례로 남자들을 가리키며 나에게 인사시켰다.

"말레프스키 백작, 의사 루신, 시인 마이다노프, 예비역 대위인 닐마츠키, 그리고 경기병인 베로브조로프예요. 아! 베로브조로프와는 전에 만난 적이 있지요? 모두 서로 사이 좋게 지내시기 바라요."

나는 너무 놀라 어느 누구에게도 제대로 인사 하지 못했다. 이윽고 루신이라는 이름의 의사가 그때 뜰에서 내게 무안을 주었던 그 검은 머리의 남자라는 것을 눈치챘다. 그 의사 외의 다른 사람들은 모두 낯선 얼굴이었다.

"말레프스키!"

지나이다가 말을 이었다.

"무슈 볼리데마르에게도 패를 만들어 주세요."

"그건 불공평하지 않나요?"

백작은 가벼운 폴란드 사투리가 섞인 말투로 조심스럽게 얘기했다.

백작이라는 사람은 멋진 옷차림새를 한 미남이었다. 검은 머리칼과 표정이 풍부한 푸른 눈, 날카로운 콧날을 가졌으며, 멋진 콧수염도 기르고 있었다.

"이 사람은 우리와 함께 내기를 한 적이 한 번도 없지 않습니까."

"맞아요!"

베로브조로프의 말을 예비역 대위라던 사람이 옆에서 끼어들었다. 40세 전후로 보이는 대위는 얼굴이 곰보였다. 흑인의 곱슬머리를 가지고 있는데, 자세히 보니 등도 굽고 다리도 휘어졌으며, 견장도 없는 낡은 군복을 단추도 채우지 않은 채 입고 있었다.

"내가 패를 만들어 주라고 했을 텐데요!"

지나이다가 말레프스키 백작을 다그쳤다.

"지금 내 말을 듣지 않겠다는 건가요? 무슈 볼리데마르는 오늘 처음 우리와 어울리기 때문에 규칙을 적용할 수 없어요. 오늘은 특별하다는 얘기죠. 여러 소리 말고 만들어 줘요.

내가 그렇게 하고 싶으니까요.”

백작은 어깨를 살짝 들어보였을 뿐, 그녀에게 예의를 갖추고 반지를 낀 하얀 손으로 종이를 찢어 그 위에 이름을 쓰기 시작했다.

“그렇다면 볼리데마르 씨에게는 이 내기에 대한 설명이 필요하겠군요.”

루신이 비웃음 섞인 목소리로 말을 이었다.

“지금 보면 어떻게 돌아가는 상황인지 몰라 얼떨떨해 하는 것처럼 보이니까요. 이제까지 우리는 제비를 뽑으며 놀고 있었는데 지금은 지나이다가 술래가 되어, 이번에 제비에 당첨된 사람은 그녀의 손에 키스하는 권리를 갖게 되네. 내 말 알아듣겠나?”

나는 그의 얼굴을 멍하니 바라보며, 여전히 영문을 모르는 상태로 가만히 서 있었는데, 그 사이에 아가씨는 다시 의자 위로 뛰어올라가서 모자를 흔들어 대기 시작했다. 모두들 손을 뻗어 올려 그것에 손을 넣으려 하기에 나도 똑같이 따라했다.

“마이다노프!”

지나이다는 키가 큰 청년을 불렀다. 그는 바짝 마른 얼굴에 작은 눈을 반짝거리는 검은 머리칼을 가진 남자였다.

"당신은 시인이니까, 너그러운 마음을 가지고 있겠지요? 오늘은 무슈 볼리데마르에게 패를 양보하는 것이 어떨까요? 그럼 이분은 두 번의 기회를 얻게 되는 거나 다름없으니까요."

그러나 마이다노프는 고개를 가로저으며 긴 머리를 뒤로 넘길 뿐이었다. 나는 마지막으로 모자에 손을 넣어 꺼낸 종이를 펼쳐 보았다. 아! 순간의 아찔함에 쓰러질 것만 같았다. 그 종이에는 '키스'라고 적혀 있는 것이 아닌가!

"키스!"

나도 모르게 큰소리를 질렀다.

"브라보! 당신이군요."

그녀는 재빨리 말을 이었다.

"정말 기뻐요!"

그리고는 의자에서 내려와 그 맑고 달콤한 눈으로 가만히 나를 바라보는 것이었다. 내 심장은 터질 듯이 뛰기 시작했다.

"당신도 기쁜가요?"

그녀가 내게 물었다.

"나 말인가요?"

말이 제대로 나오지 않았다.

"그 종이를 나에게 팔게나."

내 뒤에서 베로브조로프가 급한 목소리로 말했다.

"백 루블에 내가 사겠네."

내가 대답 대신 경비병을 노려보자 지나이다는 손뼉을 치며 좋아하였다.

루신은

"잘했다!"

하고 소리를 질렀다.

"그럼 이렇게 되었으니……."

루신이 말을 이었다.

"나는 이 내기의 사회자로서 모든 것은 규칙대로 돌아가도록 해야 합니다. 무슈 볼리데마르, 어서 한쪽 무릎을 꿇으시오. 우리의 규칙입니다."

지나이다는 내 앞에 다가와 얼굴이 잘 보이는 위치에 서서 정중하게 내게 손을 내밀었다.

나는 눈앞이 캄캄해졌다.

한쪽 무릎만 꿇으려 하였으나, 나도 모르게 양쪽 무릎을 꿇으며 풀썩 내려앉고 말았다. 그리고 지나이다의 손에 내 입술을 서툴게 가져다 대었기에 그녀의 손톱이 내 코끝에 가벼운 상처를 남겼다.

"좋아요!"

루신은 이렇게 외치고는 나를 일으켰다.

벌칙놀이는 계속되었다. 지나이다는 나를 자기 옆에 있게 했다. 그녀는 조금씩 방법을 바꾸어 참으로 많은 놀이를 생각해 냈다. 그러던 중에 그녀가 동상처럼 서 있어야 하는 벌칙을 수행해야 할 때가 있었는데, 그녀는 동상의 받침으로 얼굴이 못생긴 닐마츠키를 엎드리도록 했을 뿐만 아니라, 얼굴을 가슴까지 끌어당기도록 했다. 웃음소리가 끊이지 않았다.

엄격한 집안 분위기 속에서 혼자 정해진 교육을 받아왔던 나에게 도를 넘어서는 놀이들이 가득한 이 모임은 매우 자극적이었고, 신선하게 느껴졌다. 난생 처음 접하는 모든 것들로 인해 나는 금세 머리가 멍해졌고 마치 술에 취한 것처럼 그 분위기에 완전히 도취되어버리고 말았다.

나는 거기 모인 누구보다도 큰소리로 웃고 떠들기 시작했다. 옆방에서 일 때문에 부른 이베르스키이 성문 근처의 하급 관리와 이야기하던 공작부인이 놀라서 나와 보기도 하였다. 그러나 나는 완전한 행복감에 도취되어 누구의 시선도 신경 쓰지 않았다.

지나이다는 여전히 나를 옆에 두고 살피면서 떠나지 못하게 하였다. 어느 벌칙을 받을 때였다. 내가 그녀와 나란히

한 장의 비단 보자기에 싸이게 되었다. 나는 내 비밀을 그녀에게 고백하지 않으면 안 되었다.

그날의 기억은 잊을 수가 없다. 그 안에서 우리는 정신이 아득해졌다. 보이지 않는 향기로운 기운들에 둘러싸이면서, 그녀의 부드러운 숨결이 느껴졌다. 그녀는 점점 크게 웃어 보이며 내 곁으로 몸을 기울였다. 나는 그저 가만히 있을 수밖에 없었나.

"왜 그래요?"

그녀가 알 수 없는 미소를 지으며 속삭였을 때 나는 금세 얼굴이 붉어졌다. 곧 얼굴을 돌리고 숨을 죽일 수밖에 없었다.

이 벌칙놀이가 싫증이 나자 우리는 지나이다가 생각해낸 줄 돌리기 놀이를 시작하였다. 나는 우두커니 서 있었다. 일부러 약간은 얼이 빠진 듯한 표정을 하고 그녀의 손길을 기다렸지만, 그녀는 닿을 듯 말 듯 가까이만 왔지 내 손을 치려고 하진 않았다.

그날 밤, 우리들의 놀이는 그것으로 끝나지 않았다. 우리는 피아노를 치며 노래하고, 춤을 추고, 집시 흉내도 내었다. 닐마츠키를 곰으로 변장시켜놓고 소금물까지 먹였다.

말레프스키 백작은 트럼프로 여러 가지 재주를 보여주고,

마지막에는 패를 섞어 나누더니 으뜸패를 모두 자기에게로 오게 하였다. 루신은 거기에 대해 축사를 하였다. 마이다노프는 자작시 「살육자」 몇 구절을 낭송하였다. 그는 검은 표지에 핏빛처럼 붉은 글씨를 박아 시집을 출판할 계획이라고 했다.

이런저런 놀이에도 무료해진 우리는 이베르스키이 성문에서 온 관리의 무릎 위에서 모자를 슬쩍하고는 그 모자를 다시 돌려주는 조건으로 그에게 카자흐 춤을 추게 하였다. 또 늙은 보니파치에게 부인용 모자를 씌우기도 하고, 지나이다가 남자용 모자를 쓰기도 하였다.

우리의 놀이는 끝이 없었다. 다만 오직 한 사람, 베로브조로프만은 성난 얼굴로 방 한구석에 처박혀 있었다. 그는 가끔 얼굴이 붉어지고 눈에 핏발이 서면서 당장에라도 우리에게 달려들 것 같은 기세로 우리를 바라보곤 하였다. 그러나 그때마다 지나이다가 손가락으로 그를 진정 시키는 것 같은 신호를 보내면, 그는 다시 구석으로 몸을 숨기는 것이었다.

마침내 우리는 완전히 녹초가 되어버렸다. 그녀 자신의 표현에 의하면 공작부인은 매우 너그러운 성품이기에 우리가 아무리 떠들어도 못마땅한 기색 한 번 하지 않았지만, 그런 그녀도 그날은 일찍 피로를 느꼈는지 좀 누워야겠다고 말하였다.

밤 11시쯤 밤참이 나왔다. 오래 되어 딱딱해진 치즈와 햄을 다져 넣은 듯한 다 식은 고기만두뿐이었다. 그러나 나에게는 그 고기만두가 세상 그 어떤 고급 만두보다도 더 맛있었다. 포도주도 딱 한 병 나왔는데, 그것 역시 색이 거무튀튀하고 병마개 주변이 약간 부풀어 오른 것 같았으며, 병도 가득 차지 않은데다가 속에 든 포도주에서두 어째 붉은 물감 냄새가 났다. 그래선지 아무도 포도주에는 손을 대지 않았다.

나는 완전히 녹초가 되어서도 묘한 행복감에 젖어 별채에서 나왔다. 지나이다는 헤어질 때 내 손을 꼭 잡더니, 알 수 없는 미소를 보여주었다.

무겁고 축축한 밤공기가 뜨거워진 나의 뺨을 스쳐 갔다. 당장이라도 한바탕 비를 퍼부을 것 같은 날씨였다. 검은 비구름이 피어올라 순식간에 연기처럼 변하면서 하늘을 가득 덮어버렸다. 숲길 나무 사이에서 한줄기 바람이 불안스레 휘몰아치고, 지평선 너머 먼 곳 어디선가 천둥소리가 무섭게 으르렁거리고 있었다.

나는 뒷문을 통해 살며시 내 방으로 들어갔다. 나의 몸종이 마루에 잠들어 있었으므로, 나는 그의 몸을 넘어가지 않을 수 없었다. 그가 눈을 뜨고 나를 보더니, 저녁에 어머니께서 화를 내시며 나를 데리러 사람을 보내려는 것을 아버지께서 말리셨다고 말하였다. 나는 지금까지 밤마다 어머니께 인사를 드리고, 어머니의 축복을 받으며 잠자리에 들었지만, 오늘만은 어쩔 수 없었다. 나는 하인에게 옷은 알아서 갈아입고 자겠다고 말하고 불을 껐다.

그러나 나는 옷을 갈아입지도, 그렇다고 자리에 눕지도 않았다.

나는 의자에 걸터앉아 오랜 시간 생각에 잠겼다. 내가 오늘 경험한 것은 새롭고 감미로운 것들이었다. 나는 가끔씩 주위를 둘러볼 뿐 꼼짝도 않고 조용히 숨을 들이마셨다. 그리고 오늘 밤의 일을 생각하며 혼자 웃기도 했다. 문득 오늘 새로이 느낀 감정에 대해서도 곰곰이 생각해 보았다.

'이게 바로 사랑일까?'

이런 생각이 들자, 갑자기 마음속이 서늘해지는 것이었다. 어둠 속에서 지나이다의 얼굴이 떠올랐다. 그녀의 얼굴은 사라지지 않고 어둠 속에 머물러 있었다. 나를 보는 그녀의 입술은 신비로운 미소를 띠고 있었으며, 나를 바라보는 눈은 호기심에 차 있는 것 같으면서도 상냥했다. 아까 그녀가 나를 배웅하던 순간과 똑같은 눈이었다.

시간이 얼마쯤 흘렀을까. 나는 의자에서 일어나 조심스럽게 발끝으로 침대에 다가가서는 옷도 갈아입지 않고 가만히 베개에 얼굴을 묻었다. 몸의 움직임으로 인해 마음속에 가득 찬 감정들이 달아나버릴까 염려하는 사람처럼.

나는 자리에 눕긴 했지만, 눈을 감을 생각은 없었다. 곧 희미한 한줄기의 빛이 내 방을 비치고 있는 것을 깨달았다. 나는 몸을 일으켜 창밖을 바라보았다. 마른번개가 치고 있었다. 번개는 번개였으나, 얼마나 먼 곳인지 천둥소리조차 들리지 않았다. 다만 수없이 가지가 뻗은 듯 보이는 커다란 번개가 하늘에서 쉴 새 없이 번쩍거리고 있었다. 그것은 죽어가는 새의 날개가 떨리는 듯 보이기도 하였다.

나는 일어나서 창가로 다가가 아침까지 그대로 서 있었다. 번개는 잠시도 쉬지 않았고 흔히 애기되는 '참새의 밤(7월20일경, 밤이 가장 짧을 때)'이었다. 나는 드넓은 모래밭과 네스크치느이 공원의 시커먼 숲과 번개가 번쩍일 때마다 몸을 떨고 있는 것 같이 보이는 먼 곳의 건물 정면을 바라보고 있었다. 나는 잠시도 시선을 돌릴 수 없었다. 이 소리도 없이 쳐대는 번갯불의 희미한 섬광이 마치 내 마음속에서 남모르게 타오르는 말 못할 충동에 대답하는 듯 여겨졌다.

날이 밝아 오기 시작하였다.

아침 해가 떠오르기 시작하자 번개도 점차 빛을 잃어갔다. 떠오른 아침 해의 찬란한 빛에 지난밤 번쩍이며 내리꽂히던 번개도 그 모습을 감추었다.

그와 동시에 내 마음속에 내리꽂히던 번갯불도 사라졌다. 나는 말할 수 없는 피로와 고요를 느꼈다. 지나이다의 모습이 내 마음속에 떠돌고 있었는데, 그 모습이 점점 희미해진 것처럼 느껴졌다. 나의 마음은 마치 연못가의 숲속에서 날아오르는 백조와도 같았다. 잠자리에 들기 전, 나는 다시 한 번 신뢰와 존경의 마음으로 그녀의 모습에 온 마음을 다하여 키스를 하였다.

오, 불타오르는 사랑이여, 부드러운 영혼의 울림 같은 그 아름다움이여! 첫사랑의 감각이 녹아드는 설렘이여! 그대들은 지금 어디에 있는가? 아아, 대체 어디에 있는 것인가!

8

이튿날 아침에 차를 마시러 아래층으로 내려가니, 어머니는 어김없이 내게 잔소리를 하였다. 어머니의 잔소리는 예상보다 심하진 않았지만, 어젯밤에 무엇을 하며 놀았는지를 자꾸 캐묻는 것이어서 나는 매우 곤란하였다. 나는 자세한 것은 생략하고, 어제의 많은 일들을 간단히 요약하여 대답하였다.

"그 사람들은 그리 점잖은 사람들은 아닌 것 같구나."

어머니는 말하였다.

"그러니 그 집에 드나들지 말고, 시험 준비나 열심히 하렴."

나는 어머니가 하는 공부 이야기는 고작해야 몇 마디면 끝이라는 것을 알고 있었기에, 하나하나 대꾸할 필요는 없다고 생각하고 있었다. 그런데 차를 다 마시고 나자 이번엔 아버지가 내 팔을 붙잡고 정원으로 나와서, 나에게 어제 자세킨 댁에서 본 것을 모두 이야기하도록 하였다.

아버지는 나의 마음을 움직이는 무언가를 가지고 있었다. 여느 집과는 달리 아버지와 나 사이에는 묘한 기운이 흘렀다. 아버지는 나의 교육에 대해 전혀 개입하지 않았지만, 그렇다고 나를 무시하는 일 또한 없었다. 아버지는 어디까지나 나의 자유를 존중해 주었다. 다만 내가 자기 곁에 가까이 가는 것을 허락지 않을 뿐이었다.

나는 아버지가 무척 좋았다. 아버지는 남자들 중에서도 으뜸이었다. 만약 아버지가 언제나 나를 경계하고 있다는 느낌만 아니라면, 아버지를 귀찮도록 따라다녔을 것이다.

아버지는 마음만 먹으면 한두 마디의 말이나 손짓 하나로 순식간에 무한한 신뢰감을 불러일으키는 힘을 가지고 있었다. 그럴 때면 닫혀 있던 내 마음의 문이 열리고, 나는 말이 잘 통하는 친구나 관대한 스승과 이야기 하듯, 아버지에게 이런저런 이야기들을 털어놓는 것이었다. 그러다가도 어느 순간 아버지는 또다시 나를 멀리 했다. 아버지의 손이 다시 나를 밀어내는 것이다. 부드럽지만 나를 밀어 내는 것임에는 틀림없었다.

아버지도 때로는 기분이 몹시 명랑해질 때가 있었다. 그럴 때면 나는 아버지와 함께 장난을 치고, 마음껏 뛰어놀 수 있었다. 아버지는 과격한 운동을 즐겼다. 그것은 단 한 번, 오직 한 번 밖에 없었던 일이다. 그날따라 아버지는 무척 다정하게 나를 감싸 안아주어, 나는 하마터면 울음을 터뜨릴 뻔했다.

그러나 아버지의 인자하고 명랑한 모습은 잠시 잠깐 뿐이었다. 그 시간이 지나면 마치 모든 것이 꿈인 것처럼 허전하게 느껴지는 것이었다.

가끔씩 이런 일들이 있었다. 나는 아버지의 멋지고 시원스러운 모습을 물끄러미 쳐다보면 가슴이 두근거렸다. 몸과

마음이 저절로 아버지를 향한다. 그럴 때면 아버지는 나의
마음을 다 알고 있기라도 한 듯, 아무렇지 않게 나의 뺨을
살짝 두드려주고 그대로 지나가거나 다른 일을 시작했다. 그
러나 어떤 때는 다른 사람에게서는 찾아 볼 수도 없을 정도
로 싸늘한 표정을 짓기도 했다. 그럴 때면 나는 더욱더 위축
되어 나 자신도 아버지와 같이 표정이 싸늘하게 굳어버리곤
했다.

아버지를 향한 나의 애정은 가끔씩 발작처럼 나타나는 것
이었다. 내가 드러내어 말하지 않더라도 바로 알아볼 수 있
을 정도의 애원에 의해 일어나는 것도 아니었다. 그것은 언
제나 뜻하지 않은 상황에 갑자기 나타났다.

나중에 아버지의 성격에 대하여 돌이켜 생각해 보았을 때,
아버지는 나나 가정생활 같은 곳에 관심을 둘만한 여유가 없
었던 것으로 생각된다. 아버지가 사랑한 것은 다른 것이었으
며, 그 즐거움을 만끽하느라 정신이 없었을 것이기 때문이다.

"네가 가질 수 있는 것은 모두 너의 소유로 만들어야 해.
남에게 넘겨줘서는 안 된다. 그리고 너는 항상 너 자신의 것
이어야만 한다. 이게 바로 인생의 묘미라는 거다."

언젠가 아버지는 나를 앉혀놓고 이런 얘기를 했었다. 그
리고 또 언젠가 나는 젊은 민주주의자의 입장에서 아버지와

자유에 대하여 토론할 일이 있었다. 그날은 아버지가 '기분이 좋은 날'이었는데, 그럴 때면 나는 아버지에게 이런저런 이야기를 꺼낼 수 있었다.

"자유?"

아버지가 되뇌었다.

"너는 인간에게 자유를 주는 것이 무엇인지는 알고 있느냐?"

"그게 무엇입니까?"

"의지란다. 자기 자신의 의지란 말이야. 그것은 우리에게 자유보다 귀중한 권력도 가져다준다. 삶을 자신의 의지대로 할 수만 있다면…… 우리는 자유로운 몸이 될 수도 있을 것이고, 남을 다스리는 위치에도 설 수 있겠지."

아버지는 무엇보다도 먼저 삶을 즐기려고 하였다. 어찌 보면 아버지는 자기가 인생의 묘미를 오래 맛볼 수 없다는 것을 그때부터 미리 직감하였는지도 모른다. 아버지는 불과 42세라는 나이에 세상을 떠났다.

나는 자세킨 댁에서의 일들을 아버지에게 자세히 이야기했다. 아버지는 벤치에 앉아서 채찍 끝으로 모래 위를 쳐대면서 귀를 기울이는 것도, 그렇다고 무관심한 것도 아닌 애매한 태도로 나의 이야기를 들었다. 이따금 아버지는 크게 웃기도 하고, 매우 즐겁다는 눈을 하고 나의 얼굴을 바라보면서 짤막한 질문을 던지기도 하며 나를 한껏 부풀게 해주었다.

처음에는 지나이다의 이름을 입 밖에 낼 용기가 없었지만, 나중에는 참을 수가 없어 그녀에 대한 칭찬을 하기 시작하였다. 아버지는 여전히 입가에 웃음을 띠고 나의 이야기를 듣다가, 잠깐 생각에 잠기는 듯싶더니 기지개를 펴고 자리에서 일어섰다.

나는 집을 나서면서 아버지가 말에 안장을 올리라고 했던 것이 떠올랐다. 아버지는 기마에 능하고 사나운 말을 다루는 솜씨도 레리 씨보다도 뛰어났다.

"아버지, 제가 따라가도 되요?"

내가 물었다.

"안 된다."

아버지는 단호한 어조였다. 아버지는 상냥하기는 했지만 평소의 무관심한 표정으로 되돌아가 있었다.

"오늘은 너 혼자 가서 타거라. 그리고 나는 오늘 나가지 않는다고 마부에게 일러라."

아버지는 나에게서 등을 돌리고 재빨리 걸어가 버렸다. 나는 아버지의 뒷모습을 물끄러미 바라보았다. 아버지의 모습이 문밖으로 사라진 후 나는 그의 모자가 담을 따라 움직이는 것을 보았다. 아버지는 자세킨의 집으로 들어갔다.

아버지는 그 집에서 한 시간 이상 머물지 않았다. 그는 곧 시내로 걸음을 옮겼다가 늦은 저녁이 되어서야 집으로 돌아왔다.

점심을 먹은 후, 나도 자세킨 댁으로 향했다. 응접실에는 공작부인이 혼자 앉아 있었다. 뜨개바늘 끝으로 실내모자 밑으로 머리를 긁적거리던 그녀는 집에 들어선 나를 발견하고는 느닷없이 진정서 한 장을 써 줄 수 있겠느냐고 물었다.

"물론이지요."

나는 대답하면서 의자 끝에 걸터앉았다.

"될 수 있으면 글자를 크게 써줘요."

몹시 더러운 종이 한 장을 나에게 내밀면서 공작부인이 말하였다.

"도련님, 오늘 안으로 써줄 수 있을까요?"

"오늘 안으로 써드릴게요."

잠시 옆방 문이 살짝 열리더니, 그 틈으로 머리를 아무렇게나 쓸어 넘긴 지나이다의 모습이 보였다. 창백한 얼굴에 수심 가득한 얼굴은 한 그녀는 크고 싸늘한 눈으로 나를 흘긋 바라보더니 그대로 문을 닫아버렸다.

"지나이다, 지나이다!"

공작부인이 불렀으나 지나이다는 대답하지 않았다.

나는 공작부인의 진정서를 가지고 돌아와서 밤을 새며 그것을 써내려갔다.

9

나의 '번뇌'는 그날부터 시작되었다.

나는 지금도 생생하게 기억하고 있지만, 그때 나는 처음으로 직장에 들어간 사람이 느끼는 것과 비슷한 감정을 가지게 되었다. 나는 이미 단순한 학생이 아니라, 사랑을 하는 남자가 되어 있었다. 내가 지금 나의 번뇌가 그날부터였다고 말하였지만, 나의 괴로움도 바로 그날부터 시작되었다고 말할 수 있을 것이다.

나는 지나이다가 없으면 슬픔에 잠기고, 아무 것도 손에 잡히지 않아 무엇을 해도 제대로 되는 일이 없었다. 온종일을 오직 그녀 생각에만 매달렸다.

그러나 그녀가 곁에 있어도 결코 마음이 편안하지만은 않았다. 나는 다른 이를 질투하거나, 나 자신이 무능력한 존재

임을 스스로 느낄 뿐이었고, 화가 치밀어 바보처럼 굴기도 하였다. 그러면서도 어떤 강한 힘에 이끌려 그녀에게로 가는 것이었다. 그리고 나도 모르게 행복을 느끼며, 그녀의 방에 들어서는 것이었다.

지나이다는 내가 그녀를 사랑한다는 것을 알고 있었다. 나 역시 그것을 숨길 생각이 없었다. 그녀는 나의 마음을 달래기도 하고 또 괴롭히기도 하며, 자신이 다른 사람의 기쁨과 슬픔을 가르는 원인이 되면서 그에 대한 책임은 지지 않는 상황을 즐기는 것 같았다. 사람에게 있어 힘을 가진다는 것은 기분 좋은 일일 것이다.

나는 지나이다의 말 한마디면 모든 것을 내던질 수도 있는 그런 상태가 되어 있었다. 그런데 나 혼자만이 그녀를 사랑하고 있었던 것은 아니었다. 그녀의 집을 드나드는 남자들 모두가 그녀를 사랑하고 있었다.

그녀는 그들 모두를 자기 옆에 묶어 두었다. 그녀는 그들의 마음속에 때로는 희망을, 때로는 끝없는 불안감을 가져다 주었다. 그녀는 그들끼리 경쟁을 붙이고, 또한 그들을 자기 마음대로 쥐고 흔들며 즐거워하였다. 그러나 그들은 어느 누구 하나도 그녀에게 반감을 가지지 않는 것이었다.

젊고 아름다운 그녀에게는 교활함과 무관심, 기교와 단순함이 뒤섞여 알 수 없는 독특한 매력이 넘쳐흘렀다. 아무리 사소한 움직임이라도 그녀가 하는 모든 동작들은 다른 사람이 흉내 낼 수 없는 생명력을 가지고 있었다.

쉴 새 없이 변화하는 그녀의 표정들은 냉소와 수심과 정열을 거의 동시에 나타냈다. 바람이 살랑거리며 부는 날의 맑게 갠 하늘이 구름처럼 가볍고 빠르게 그녀의 눈과 입가를 끊임없이 맴놀고 있었다.

항상 지나이다 주변에서 맴도는 이들은 한 사람 한 사람 모두가 그녀에게 필요한 존재였다. 때때로 그녀가 '나의 맹수', '나의 사람' 하고 부르는 베로브조로프는 그녀를 위해서라면 불 속에라도 뛰어들 사람이었다. 그는 자신의 지식수준이나 재능이 다른 이들보다 부족한 것을 잘 알고 있었다. 그래서였는지 그는 항상 지나이다에게 청혼하면서 다른 이들은 말로 모든 것을 채우려 한다며 넌지시 말하곤 했었다.

마이다노프는 그녀의 영혼 속에 있는 시적 감성들을 자극하였다. 그는 대부분의 문학하는 사람들처럼 상당히 냉정한 성격이었지만, 그녀에게만은 항상 여유롭고 친절하게 굴며 그녀를 항상 사랑하고 있다고 맹세하였다. 어쩌면 그는 자기 자신의 마음속으로 그처럼 다짐했었던 건지도 모른다. 그는 항상 그녀를 위해 수없이 많은 시를 지었으며, 그것을 약간은 어색하면서도 감탄스러운 투로 낭송하여 그녀에게 들려 주는 것이었다. 하지만 그녀는 그를 별로 좋아하지 않았다. 항상 그의 작품을 듣고 나서는, 꼭 분위기를 좀 바꿔야겠다 며 다시 푸시킨의 시를 낭송하게 하였다.

루신은 가끔 빈정거리기도 하고 노골적인 말들을 거침없 이 해대는 사람이었다. 하지만 그는 누구보다도 그녀를 잘 알고 있었다. 그는 그녀가 있고 없음에 상관없이 그녀를 마 구 욕했지만, 누구보다도 그녀를 사랑했다. 그녀는 그를 존 경하였지만, 그렇다고 그에게 관대하지는 않았다. 때때로 루 신은 자신이 그녀의 손 안에 있다는 것을 은근히 보여 주고 는, 거기에서 쾌감을 느끼는 것이었다.

"나는 사랑을 모르는 경박한 여자에요! 배우의 소질을 타 고난 모양이에요."

언젠가 한 번은 그녀가 내 앞에서 그에게 이런 말을 한 일이 있었다.

"아, 잠깐 손을 좀 내놓으세요. 바늘로 찔러드릴 테니까. 이 젊은 분 앞에서도 괜찮으시겠어요? 하긴, 당신은 솔직한 분이니까 아픈 것은 생각하지 않고 거리낌 없이 웃으시겠지 요."

루신은 얼굴을 붉히며 고개를 옆으로 돌리고 입술을 깨물었지만, 이내 손을 내밀었다.

그녀가 바늘로 그의 손을 찌르자 그는 정말 웃기 시작했다. 그녀는 바늘을 더 깊이 찌르고는, 이리저리 시선을 피하고 있는 그 남자의 눈을 보며 깔깔 웃어 대었다.

내가 가장 이해하기 어려운 것은, 지나이다와 말레프스키 백작의 관계였다. 그는 잘생기고, 유머도 갖추었으며, 영리하기까지 하였으나 아직 어린 내기 보아도 어딘가 사기꾼 같은 기질이 보였다. 나는 지나이다가 아직 그것을 깨닫지 못하고 있다는 것이 놀라웠다. 어쩌면 그녀는 이미 그런 점을 알고 있지만 그러한 점을 별로 싫어하지 않는 것인지도 모른다.

불규칙한 교육과 약간은 기묘한 사람 관계, 가난하고 무질서한 생활, 약간의 자유와 공작의 딸이라는 우월감이 그녀의 그런 성격을 만든 것 같았다. 예를 들어 그녀는 자신에 대한 좋지 못한 소문이 돌거나 자신의 집에서 손님끼리 싸움이 나더라도 그저 머리를 흔들며 하찮은 일로 치부하고 별로 신경 쓰지 않는 것이었다.

가끔 나는 끓어오르는 화를 참을 수 없을 때가 있었다.

교활한 말레프스키가 건들거리며 그녀에게로 다가가서는 그녀의 의자 뒤에 기대어 이상한 미소를 지으며 그녀의 귀에 무엇인가를 소곤거리면, 그녀는 팔짱을 끼고 그 남자를 보며 미소 짓거나 고개를 갸웃거렸다. 이럴 때면 나는 정말 견딜 수가 없었다.

"말레프스키 같은 사람을 집에 드나들게 하다니……. 당신 참 알 수 없는 사람이군요!"

내가 언젠가 그녀에게 말하였다.

"하지만 그분의 수염은 정말 근사하잖아요."

그녀는 대답하였다.

"그런 것은 당신이 상관할 것이 아니에요. 혹시 당신은 내가 그분을 사랑하고 있다고 생각하나요?"

그녀는 언젠가 나에게 말한 적이 있었다.

"절대 그렇지 않아요. 나는 내가 높은 위치에서 내려다보아야 할 그런 사람은 사랑하지 않아요. 나는 나를 꼼짝도 못하게 하는 그런 사람만을 사랑할 수 있어요. 그렇지만 다행이에요! 그런 사람과는 마주치지 않을 것 같으니까요. 나는 결코 누구의 손아귀에도 잡히지 않을 거예요."

"그럼 당신은 사랑 같은 건 하지 않겠다는 건가요?"

"어머, 당신은요? 내가 사랑하는 건 당신 아닌가요?"

그녀가 내 콧등을 가볍게 두드렸다.

사실 지나이다는 나를 멋대로 가지고 놀았다. 나는 3주

동안 하루도 거르지 않고 그녀를 만났는데, 그녀는 온갖 방법들로 나를 골려 주었다. 그녀는 우리 집에 거의 놀러오지 않았으나, 나는 그리 섭섭하게 생각하지 않았다. 간혹 그녀가 우리 집에 방문할 일이 생기면 그녀는 전혀 다른 사람처럼 굴었고, 나도 그녀를 피했다. 어머니가 눈치 채는 것이 두려웠던 것이다.

어머니는 지나이다를 못마땅하게 여기고 있었기에 언제나 우리를 불쾌한 눈으로 감시하였다. 나는 아버지는 별로 두려워하지 않았다. 아버지 역시 어머니처럼 나에 대해서 크게 신경을 쓰지 않는 것 같았다. 특별히 지나이다와 이야기를 나누는 일도 많지 않았다. 하지만 아버지가 그녀와 주고받은 짧은 대화들이 무언가 의미심장하게 느껴졌다.

나는 공부도 하지 않았다. 산책도 말을 달리는 것도 그만두었다. 나는 언제나 별채 주변을 서성거릴 뿐이었다.

하지만 내가 언제나 그곳에 있을 수만은 없는 노릇이었다. 무엇보다도 어머니의 잔소리가 심했고, 어느 때는 지나이다가 직접 나를 쫓아 버렸기 때문이다. 그럴 때면 나는 내 방에 틀어박히거나, 뜰 한구석에 자리한 높은 석조 온실 위에 올라가기도 했다. 그리고는 오로지 어느 한 곳을 주시하면서 그저 멍하니 앉아 있었다.

먼지를 뿌옇게 뒤집어쓴 쐐기풀 위에 하얀 나비 몇 마리가 하릴없이 날개를 팔랑거리고 있었다. 참새 한 마리가 반쯤 깨진 벽돌 위에 앉아서는 앞뒤로 제 몸을 돌리다가 가끔씩 재잘거리고 있고, 앙상한 자작나무 가지에는 까마귀가 앉아 있었다. 따스한 햇살과 바람이 나뭇가지 사이를 조용히 지나 돈스코이 수도원의 종을 울려댔다.

나는 가만히 앉아서 먼 곳을 응시한 채 주변의 소리들에 귀 기울였다. 그러고 있으면 가끔씩 뭐라 말로 표현할 수 없는 뿌듯한 느낌이 밀려오곤 했다. 그 속에는 슬픔과 환희, 미래에 대한 작은 희망, 삶에 대한 두려움 그리고 그 밖의 모든 것들이 들어 있었다.

하지만 나는 그 시절 그런 것을 알지 못하였기에 마음속에 떠오르는 감정들에 대한 표현을 어떻게 해야 할지 몰랐다. 아니 그때의 나는 이 모든 것을 단지 지나이다라는 이름 하나로 불렀을지 모른다.

지나이다는 마치 고양이가 쥐를 가지고 놀듯 언제나 나를 가지고 놀았다. 그녀는 때때로 나에게 달콤한 말을 속삭여 넋을 잃게 하는가 하면 어느 때는 갑자기 태도를 바꾸어 냉담해지는 것이었다. 그러면 나는 그녀 옆에서 어쩔 줄을 몰라 하며, 그녀의 얼굴도 제대로 쳐다볼 수가 없었다. 한 번은 그녀가 며칠 동안 계속 내게 냉담한 태도를 보인 적이 있었다. 나는 그녀의 태도에 기가 눌려 조용히 별채에 들어가서는 되도록이면 공작부인의 곁을 떠나지 않았다. 그런데 바로 그 무렵이 공교롭게도 공작부인이 신경이 날카로울 때였다. 지난번의 수표 사건이 불리하게 되어 두 번이나 경찰서에 다녀왔던 것이다.

어느 날, 나는 담 옆의 뜰을 걷고 있다가 지나이다의 모습을 발견하였다. 그녀는 쪼그려 앉아서는 두 손으로 땅을 짚고는 풀 위에 앉아 꼼짝도 않고 있었다.

나는 그냥 살며시 지나가려고 하였으나, 그녀가 갑자기 고개를 들어 나에게 명령하듯이 손짓을 해 보였다. 나는 놀라 그 자리에 멈춰 섰지만, 처음에는 그 손짓이 무엇을 의미하는지 알지 못했다. 그녀는 다시 한 번 나에게 손짓해 보였다.

나는 급히 담을 뛰어넘어 그녀에게 달려갔다. 그러자 그녀가 눈짓으로 나를 제지하고는 두어 걸음 정도 떨어진 좁은 길을 가리키는 것이었다. 어떻게 해야 좋을지 몰라 한참을 고민하던 나는 그 길가에 무릎을 꿇었다. 그녀의 얼굴은 몹시 창백해져 있었다. 눈이며 코며 할 것 없이 그녀의 온 얼굴에는 피로함과 함께 어떤 비애 같은 것이 담겨져 있었다. 나는 가슴이 터질 듯하였다.

"혹시 당신에게 무슨 일이 있었던 건가요?"

내가 무의식중에 중얼거렸다.

지나이다는 이름 모를 풀잎을 뽑아 이로 씹다가 곧 저쪽으로 던져 버렸다.

"당신은 정말 나를 사랑하지요?"

잠시 후에 또 그녀가 물었다.

"그렇죠?"

나는 아무 대답도 할 수 없었다. 아니 지금에 와서 새삼스럽게 무슨 대답이 더 필요하단 말인가?

"그렇죠?"

그녀는 나를 계속 빤히 쳐다보며 같은 물음을 되풀이하였다.

"뭐, 알아요. 당신의 눈이 모든 것을 말해주고 있으니까요……."

이렇게 말하던 그녀는 갑자기 무슨 생각에라도 잠긴 듯 눈을 감더니, 갑자기 두 손으로 얼굴을 감싸 쥐었다.

"아, 난 세상 모든 게 다 싫어졌어."

그녀는 중얼거렸다.

"이 세상 밖으로 나가버리고 싶어. 난 지금 이 상황을 견딜 수가 없어. 나는 이런 일을 감당해낼 자신이 없어…….
앞으로 어떤 일이 다가올지 알고 있으니 너무 괴로워. 괴로
워 죽을 것만 같아!"

"왜 그래요?"

나는 놀라서 물었다.

그녀는 아무 대답도 없이 어깨만 움찔해 보였다. 나는 여
전히 무릎을 꿇은 채 슬프고 괴로운 마음으로 그녀를 바라
보았다. 그녀가 한마디 한마디를 뱉어낼 때마다 내 가슴 속
에는 깊이 더 깊이 무언가가 파고들었다. 그때의 나로선 그
녀의 슬픔이 사라질 수만 있다면, 기꺼이 내 생명을 바쳤을
것이다.

나는 옆에서 그녀를 바라보고 있었으나 무엇 때문에 그녀
가 괴로워하는지는 알 수 없었다. 그녀는 견딜 수 없는 슬픔
으로 발작을 일으키듯 뜰로 뛰어나가더니, 갑자기 발목이 부
러진 사람처럼 그 자리에 쓰러지고 말았다. 지금도 그 장면
을 생생하게 그려낼 수 있다. 눈부신 햇살로 인해 우리 주위
는 온통 푸르게 빛나고 있었다. 나뭇잎 사이를 스쳐가던 산
들바람이 지나이다의 머리 위에 뻗어 있던 딸기나무 가지를
흔들어댔다. 어디선가 울리는 비둘기 울음소리, 꿀벌의 날갯
짓 소리, 푸른 하늘 아래 모든 것이 평화로웠지만 나는 말할

수 없는 슬픔에 싸여 있었다.

"어떤 시든 상관없으니 나에게 시를 들려주세요."

지나이다가 작은 소리로 말하며 팔꿈치로 몸을 받쳤다.

"나는 당신이 시를 낭송하는 것이 좋아요. 가끔은 노래를 부르는 것처럼 들리기도 하지만, 그래도 좋아요. 「그루지야의 언덕에서」를 들려주세요. 자, 이 옆에 앉아요."

나는 지나이다의 옆에 앉아서 「그루지야의 언덕에서」를 낭송하였다.

"사랑하지 않을 수 없기 때문에."

지나이다가 한 구절을 되풀이 하였다.

"나는 시의 이런 점이 좋은 것 같아요. 이 세상에 없는 것들, 있을 수 없는 이야기를 들려주니까요. 그리고 실제로 있는 것보다 더 훌륭하고, 가끔은 진실에 더 가깝기도 하니까요. 사랑하지 않을 수 없기 때문에…… 사랑하지 않으려 다짐하는 데도 마음은 그렇게 되지 않으니까요!"

그녀는 말을 멈추더니 갑자기 벌떡 일어섰다.

"이제 갈까요? 집에 마이다노프가 와 있어요. 그가 지은 장편시를 갖고 온 것을 그대로 두고 나와 버렸어요. 지금쯤 이런저런 걱정을 하고 있겠지요. 하지만 어쩔 수 없어요. 당신도 언젠가는 알게 되겠지만…… 다만 그때 내게 화내지 말아줘요."

지나이다는 나의 손을 잡고 급히 뛰기 시작했다. 우리는 별채로 돌아갔다.

마이다노프는 새로 나온 그의 작품 「살육자」를 낭송하기 시작했지만, 나는 귀담아 들으려 하지 않았다. 그는 끝에 운을 달아 짓는 사운각의 시를 낭송하였지만, 각운은 무언가 맞지 않아 여러 개의 작은 방울이 한꺼번에 울리는 듯 시끄럽기만 하였다.

나는 돌아오고 나서부터 계속 지나이다의 얼굴을 바라보며, 그녀가 나에게 했던 말의 뜻을 생각해 보려고 노력했다.

혹시 누군가 다른 이가 당신의 마음을 먼저 사로잡은 것이 아닐까?

마이다노프가 갑자기 소리를 높여 이렇게 외쳤다. 순간 지나이다와 눈이 마주쳤는데, 그녀는 눈을 살짝 내리뜨고는 얼굴을 붉힌 채 무언가 생각에 잠기는 듯 보였다.

나는 그녀가 얼굴을 붉히는 모습을 보고 너무 놀라 등골이 싸늘해졌다. 전부터 어느 정도 예상은 하고 있었지만, 순간 내 머릿속에는 그녀가 사랑에 빠졌구나 하는 생각이 스쳤다.

‘아! 이를 어쩐단 말인가! 그녀는 분명 누군가를 사랑하고
있구나!’

10

그때부터 나의 번민이 시작되었다. 그때 이후로 나는 이
런저런 생각에 사로잡혀 있었지만, 되도록이면 내색을 하지
않고, 지나이다의 행동을 끊임없이 감시하였다. 그녀의 마음
속에 어떠한 변화가 생긴 것이 분명하였다.

그녀는 혼자서 산책을 하러 나가서 오랜 시간 돌아오지
않는 날이 많아졌다. 손님이 와도 몇 시간씩 자기 방에 틀어
박혀 나와 보지 않은 일도 있었다. 이전에는 한 번도 그런
적이 없었다. 나는 갑자기 뛰어난 통찰력을 가지게 된 것 같
았다. 아무튼 적어도 내 생각은 그러하였다.

‘저 남자일까? 아니야, 그 남자일지도 몰라!’

나는 그녀를 따르는 남자들 모두를 하나하나 떠올리면서
자문하기 시작했다.

말레프스키 백작—이렇게 가정한다는 것은 지나이다 입

장에서는 수치스러운 일이겠지만—그 다른 누구보다도 가장 의심 가는 사람이라고 생각하자 속이 쓰려왔다.

그러나 나의 통찰력은 바로 자신의 코앞까지밖에는 보지 못했으며, 나만의 생각들을 모두가 알고 있는 듯한 느낌이 들었다. 적어도 의사 루신은 나의 속을 빤히 들여다보고 있었다. 하지만 루신 자신도 최근에는 태도가 달라져 있었다. 그의 얼굴은 홀쭉해지고, 전처럼 곧잘 웃기는 하였지만 그 웃음소리가 어딘지 답답하고 신경질적인 듯한 느낌이 들었다. 사람들을 즐겁게 하던 가벼운 농담들과 약간은 노골적이었던 풍자를 이젠 들을 수가 없었다.

"여보게, 자네는 대체 왜 이런 곳을 드나드는가?"

어느 날 그가 자세킨 댁 응접실에서 나와 단둘이 있을 때 물었다. 지나이다는 아직 산책을 나가서 돌아오지 않았고, 공작부인은 이층에서 버럭버럭 소리를 지르며 하녀에게 잔소리를 하고 있었다.

"자네는 아직 공부도 해야 하고, 또 일도 구해야 할 나이가 아닌가? 그런데 자네는 지금 대체 무엇을 하고 있는 건가?"

"내가 집에서 공부를 하는지 안하는 지는 당신이 알 수 없지 않습니까?"

즉시 반박하기는 했지만 나는 나도 모르게 당황하는 빛을 숨길 수가 없었다.

"자네가 공부를 한다고? 정신은 온통 딴 곳에 집중되어 있으면서……. 물론 지금 자네에게 시비를 걸자고 이러는 것은 아니네. 자네 나이에는 그것이 오히려 당연할지도 모르지. 그런데 자네는 상대를 잘못 고른 것 같아. 자네는 이 집이 어떤 집인지 전혀 모르고 있지 않은가?"

"무슨 말씀을 하고 싶으신 건지 잘 모르겠군요."

나는 대꾸하였다.

"내 말이 이해되지 않는가? 그럼 안 되지. 나는 자네에게 충고를 해줄 의무가 있다고 생각하네. 우리처럼 쓴맛 단맛 다 본 나이 먹은 독신자들이야 이런 데 드나들어도 별일이 없을 테지만, 자네처럼 살가죽이 얇은 어린 사람에게는 이 집 공기가 해롭다는 것일세……. 내 말을 새겨듣는 게 좋을 걸세. 곧 이 집 공기에 전염될지도 모르니까."

"그건 또 무슨 말이지요?"

"내 말 그대로일세. 자네는 지금 자네의 생각이 정상적이라 생각하나? 자네는 지금 상태가 정상적이라 할 수 있느난 말일세. 자네의 지금 그 감정이 과연 자네에게 이로운 것인가?"

"나의 감정이 어떻다는 건가요?"

이렇게 말하긴 했지만, 속으로는 의사의 말이 맞다고 인정하고 말았다.

"젊은이 내 말을 더 들어보게……."

의사는 지금부터 할 이야기가 나에게 하기 좀 곤란하다는 듯한 표정을 하고서는 말을 이었다.

"지금 이 대화를 대충 듣고 넘기려 하지 말게. 자네는 마음속으로 생각하고 있는 것이 모두 얼굴에 그대로 나타난다 이 말이네. 그나저나 나 역시도 자네에게 무어라 말할 수 있는 처지는 아니니까. 만약에……(이때 루신이 말을 하려다 말고 갑자기 자기 아랫입술을 깨물었다.) 만약에 말일세, 자네처럼 정신 나간 사람이 아니라면 이런 곳에 드나들 리가 없을 테니까. 다만 한 가지 이상한 것은 자네처럼 똑똑한 사람이 어째서 자기 옆에서 일어나는 일은 모르고 있는가 하는 것이지."

"대체 내 옆에서 어떤 일이 일어나고 있다는 겁니까?"

나는 그의 말에 지지 않으려 신경을 곤두세웠다. 의사는 동정과 조소가 뒤얽힌 듯한 표정으로 나를 물끄러미 바라볼 뿐이었다.

"그렇지만 나도 사정은 비슷하니 말이야……."

그는 혼잣말을 하듯 중얼거렸다.

“하긴 자네에게 이런 이야기를 한들 무슨 소용이 있겠나. 그게 참⋯⋯.”

그는 소리를 높여 덧붙여 말하였다.

“다시 말하지만, 이 공간은 자네에게 이롭지 못해. 지금 자네에게는 재미있는 곳일지도 모르지. 그러나 사실은 그런 게 아닐 거야! 온실 속에서도 기분 좋은 향기를 느낄 수 있겠지만, 그렇다고 그 속에서 아주 살 수는 없지 않은가. 알겠는가? 내 말을 알아들었다면 카이다노프의 책이나 들여다보게!”

막 이야기가 끝나자 공작부인이 들어와서 의사에게 이가 아프다고 하소연을 했다.

그 뒤에 자니아다도 얼굴을 내밀었다.

“이봐요, 의사 선생!”

공작부인이 말했다.

“저 애를 좀 나무라 주세요. 하루 종일 얼음물만 마시고 있으니⋯⋯. 그렇지 않아도 가슴이 안 좋은 아인데, 저런 식이면 어디 몸이 견딜 수 있겠어요?”

“왜 그러시는 거죠?”

루신이 물었다.

“그게 뭐 어떻다는 거죠? 문제라도 있나요?”

"문제라도 있냐고요? 감기에 걸려 죽을지도 몰라요."

"정말요, 아, 차라리 그렇게라도 되었으면 좋겠어요."

"아이고, 저런!"

의사가 중얼거렸다.

공작부인은 그대로 밖으로 나가버렸다.

"아이고, 저런!"

지나이다는 의사의 말을 흉내 내었다.

"산다는 것이 그렇게 즐겁기만 한 일일까요? 주위를 둘러보세요. 뭔가 좋은 일이 있나요? 설마 당신은 내가 아무것도 모르고 있다고 생각하는 건가요? 나는 지금 얼음물을 마시는 것이 무척 즐거워요. 이런 말을 하면 당신은 또 순간적인 행복감에 취해 일생을 망쳐서는 안 된다고 설교하시겠지요, 하지만 난 이제 행복이라는 것에 대해서는 입 밖에도 내기가 싫어졌어요."

"아! 그랬었죠."

루신이 입을 열었다.

"당신은 변덕과 고집, 딱 이 두 마디 말로 설명되었지요. 당신의 성격은 이 두 마디 말 속에 전부 들어 있으니까요."

지나이다는 신경질적으로 웃어대기 시작했다.

"당신의 진찰은 틀렸어요. 잘나신 의사 선생님, 미안하지만 당신은 시대에 뒤떨어지는군요. 아무래도 새 안경이라도 쓰셔야겠어요. 내가 당신들을 놀리거나 내 자신이 바보 같은 행동을 좀 한다고 해서 그것이 무슨 재미가 있겠어요? 그리고 내가 고집을 부리다니요!"

"무슈 볼리데마르!"

그녀는 갑자기 나를 쏘아보더니 쿵 하고 발을 굴렀다.

"그렇게 우울한 표정을 짓지 말아요. 나는 남에게서 동정 받는 게 제일 싫으니까요."

그녀는 신경질적인 걸음으로 나가 버렸다.

"해롭단 말이야. 이런 분위기는 자네에게는 해롭단 말일세, 젊은이!"

루신은 다시 한 번 나에게 말하였다.

11

그날 저녁, 자세킨 댁에는 평소와 다름없이 손님들이 모여 들었다. 나도 여전히 그 무리 속에 있었다.

그날의 화제는 마이다노프의 장편시였다. 지나이다는 그 시를 좋아하고 칭찬했다.

"그런데, 이렇게 하면 어떨까요?"

그녀는 마이다노프에게 말하였다.

"만일 내가 시인이라면 다른 주제를 선택했을 것 같아요. 약간은 어리석은 생각일지도 모르겠지만, 나는 가끔 기이한 생각들이 떠오를 때가 있어요. 이른 새벽, 하늘이 온통 잿빛으로 물들어 가고 있을 때쯤 가끔 잠을 이루지 못할 때가 있어요. 혹시 내가 이런 말을 한나고 지금 나를 비웃고 있는 것은 아니겠지요?"

"당신을 비웃다니요!"

우리 모두가 동시에 입을 떼었다.

"나라면 이렇게 하겠어요."

그녀는 두 손을 가슴에 얹고, 조용히 눈길을 돌리면서 말을 이어나갔다.

"캄캄한 밤, 조용한 강 위에서 커다란 배에 몸을 싣고 노래하는 젊은 처녀들을 주제로 할 거예요. 달빛이 환하게 비치는 가운데 하얀 옷을 입은 처녀들이…… 그래요! 찬미의 노래를 부르는 것이죠!"

"아, 그렇군요. 알겠습니다. 계속 말씀해주세요."

마이다노프는 눈을 감고 마치 꿈을 꾸는 듯한 목소리로 말하였다.

"그때, 갑자기 강기슭에서 무언가 요란한 소리와 함께 사람들의 웃음소리, 장구 소리 같은 것이 들려오지요. 횃불을 든 사람들이 등장하는데, 그것은 바커스 신의 여종들이 소리 높이 노래를 부르며 떼를 지어 달려오고 있는 장면이지요. 이런 광경을 묘사하는 것은 시인 양반인 당신이 해야 할 일이지요…… 내가 바라는 것은 횃불이 무섭게 연기를 내며 빨갛게 타오르는 것과, 머리에 둘러쓴 화환 밑의 여종들의 눈이 반짝반짝 빛나고, 화환도 뭔가 검은 빛을 띠어야겠지요. 그리고 호랑이 가죽이나 술잔을 잊어서는 안 되지요. 또한 금도 많이 써야겠어요."

"금은 어디에 쓰려는 것이지요?"

머리를 뒤로 쓸어 넘긴 마이다노프가 질문하였다.

"어디다 쓰려느냐구요? 어깨든 손이든 어느 곳에나 다 쓰려고요. 옛날에는 여인들이 발목에는 팔찌 같은 것을 끼고 다녔잖아요? 바커스의 여종들은 배에 오른 처녀들을 자기들에게로 부르죠. 처녀들은 찬송가를 부르다가 중지하지요. 노래를 계속할 수가 없기 때문이죠. 그러나 처녀들은 꼼짝도 않고 서 있지요. 물결은 배를 강 언덕으로 밀고 나가지요. 그러자 그 중의 한 처녀가 조용히 일어서는 거예요…… 여기 이 장면을 잘 묘사해야 하지요. 달빛을 받으며 조용히 일

어서는 것이라든지, 다른 친구들이 깜짝 놀라는 광경 말이에
요…… 그 처녀를 둘러싸서 그녀를 끌고 어둠 속으로 재빨
리 사라지는 거예요. 여기서 갑자기 연기가 솟아오르고, 모
든 것이 연기 속에 뒤범벅이 되어 버리는 광경을 묘사해야
지요. 그러고 나서는 다만 처녀의 화환이 하나 외로이 떨어
져 있는……"

여기까지 이야기하고는 지나이다는 입을 다물었다.

'아, 그녀는 지금 사랑을 하고 있구나!' 나는 생각하였다.

"이게 다입니까?"

마이다노프가 물었다.

"네, 이게 다에요."

그녀는 대답하였다.

"흠, 이것만으로는 버젓한 서사시의 테마는 될 수 없겠지
만, 그래도 서정시의 재료로 쓸 수 있을 것 같군요. 당신의
생각을 잘 살려보도록 하지요."

그가 점잔을 빼며 이야기하였다.

"무척 로맨틱한 작품이 되겠지요?"

말레프스키가 물었다.

"물론 로맨틱한 것이 될 것입니다. 바이런의 시처럼 말이
죠."

"내 생각에는 바이런보다는 위고가 더 좋지 않을까 생각하는데요."

말레프스키는 무뚝뚝하게 말하였다.

"그의 것이 훨씬 재미있으니까요."

"위고는 제 1급에 속하는 작가지요."

마이다노프가 대답하였다.

"내 친구 톤코세프는 스페인 식으로 쓴 자신의 작품『엘트로바도로』라는 소설에서……."

"아아, 그 물음표가 거꾸로 인쇄된 책 말이지요?"

지나이다가 말을 가로채었다.

"네, 스페인 사람들은 이미 그게 습관인 모양이더군요. 그나저나 내가 하고자 하는 말은 그 톤코세프가……."

"어머나! 지금 또 고전주의니 낭만주의니 하는 것들로 논쟁을 벌이려는 거군요?"

또다시 지나이다가 그들의 말을 막아섰다.

"재미없는 그런 이야기보다는 뭔가 재미있는 놀이를 하는 게 어떨까요?"

"벌칙놀이를 할까요?"

루신이 맞장구를 쳤다.

"아니, 벌칙놀이도 이젠 재미없어요. 오늘은 비유놀이(이것은 지나이다가 고안해 낸 것인데 무엇이든 하나의 소재를 놓고, 그것을 다른 것과 비교하여 가장 훌륭한 비유를 생각한 사람이 상을 받는 놀이였다.)를 합시다.”

그녀는 창가로 다가가서는 저녁놀 끝자락에 물들어 높이 떠 있는 구름을 가리켰다.

“저기 저 구름은 무얼 닮았을까요?”

지나이다가 물었다. 질문을 하긴 했지만 그녀는 우리의 대답 같은 것은 기다리지도 않고 말을 이어갔다.

“저 구름, 클레오파트라가 안토니우스를 맞이하러 갈 때 타고 간 황금배의 붉은 돛과 비슷하지 않나요? 마이다노프, 당신이 저번에 그 얘기를 들려주었지요?”

우리는 모두 ‘햄릿’에 나오는 폴로니스처럼, 지나이다의 비유에 동의하였고, 그보다 더 근사한 비유는 누구도 생각해 내지 못했을 것이라고 말하였다.

“그런데 그때 안토니우스는 몇 살이었을까요?”

지나이다가 물었다.

“분명히 젊었겠지요.”

말레프스키가 대답하였다.

“그래요. 젊었을 것이에요.”

마이다노프가 자신 있는 투로 말하였다.

"아닙니다."

루신이 큰소리로 소리쳤다.

"안토니우스는 그때 40이 넘은 나이였습니다."

"정말 40이 넘었었나요?"

지나이다는 그를 흘깃 쳐다보며 다시 물었다. 저녁이 되어 나는 집으로 돌아왔다.

"그녀는 사랑에 빠진 게 분명해."

나는 무의식중에 말을 내뱉었다.

"도대체 누구지?"

12

며칠이 흘러갔다. 지나이다는 점점 더 속을 알 수 없게 변해 갔다.

어느 날인가 내가 그녀의 방에 들어갔을 때, 그녀는 책상 모서리에 얼굴을 파묻고 엎드려 있었는데, 몸을 일으켜 세운 후 발견한 그녀의 얼굴은 온통 눈물로 뒤범벅이 되어 있었다.

"아! 당신이군요."

그녀는 알 수 없는 미소를 지으며 말하였다.

"이리로 와요."

나는 그녀 곁으로 다가갔다. 그녀는 느닷없이 나의 머리 위에 손을 얹고 머리털을 움켜쥐고 비틀기 시작하였다.

"아야!"

나는 비명을 질렀다.

"그래요. 아프겠죠! 이런 난 아프지 않을 줄 아세요, 네?"

그녀는 혼잣말을 되풀이하였다.

"어머나!"

그녀는 나의 머리에서 머리카락이 뽑혀진 것을 보자, 제정신이 들었는지 깜짝 놀라며 외쳤다.

"내가 이게 무슨 짓이람? 미안해요, 무슈 볼리데마르!"

그녀는 뽑혀진 내 머리카락을 조심스럽게 모아서 반지처럼 손가락에 감았다.

"내가 당신의 머리털을 로켓(여자 장신구의 일종)에 넣어 항상 가지고 다닐게요."

그녀의 눈에는 여전히 눈물이 고여 있었다.

"이렇게 하면 당신의 노여움이 어느 정도 풀리겠지요? 오늘은 이만 돌아가 주세요."

나는 집으로 돌아왔다. 하지만 집에서는 그리 달갑지 않은 일이 나를 기다리고 있었다.

어머니가 아버지와 말다툼을 하고 있었다. 어머니가 아버지에게 무엇인가를 추궁하는 듯 보였지만, 아버지는 여느 때처럼 냉정하고 점잖은 태도로 침묵을 지키고 있었다. 그러다가 곧 밖으로 나가 버렸다.

나는 어머니가 무슨 말을 하는지 잘 알아들을 수 없었다. 게다가 나로서는 그런 것에 귀를 기울일 여유가 없었다. 말다툼이 끝난 후 어머니는 나를 방으로 불러, 내게 공작부인에 대한 이야기를 했다. 그리고는 공작부인 댁에 방문하는 것에 대해 훈계하였다. 나는 어머니의 이야기를 중단시키기 위해 어머니의 손에 키스를 하고 내 방으로 돌아왔다.

나는 무엇을 어떻게 해야 할지 도무지 알 수가 없었다. 그저 울고 싶은 마음뿐이었다. 지나이다의 눈물은 나의 마음을 큰 혼란에 빠뜨렸다. 열여섯의 나는 그녀 옆에서 그저 어린 아이일 수밖에 없었다. 말레프스키 백작을 노려보는 베로브조로프의 눈빛은 날이 갈수록 날카로워졌다. 하지만 나는 이미 말레프스키 백작 같은 이에게는 관심조차 두지 않았으며, 어느 누구에게도 관심을 두지 않았다.

그날 이후로 나는 온종일을 여러 생각들에 사로잡혀 이곳저곳을 돌아다녔다. 그중 가장 마음에 드는 곳은 반쯤은 허물어져 있는 석조 온실이었다. 그 높은 담 위에 올라가서 세상에서 가장 불행하고 고독한 젊은이처럼 앉아 있으면, 정말로 내 자신이 세상에서 가장 비참하게 느껴졌다. 그 슬픔 가득한 감정들은 나를 기쁘게 하고, 또 황홀한 기분을 느끼게 해주었다.

그날도 나는 온실 담장 위에 앉아 물끄러미 먼 곳을 바라보며 종소리에 귀를 기울이고 있었다. 그런데 갑자기 무엇인가가 내 앞을 스쳐 지나가는 것이었다. 조용히 불어가는 바람과도 같은 느낌의 그것은 마치 누군가의 숨결과도 같이 느껴졌다.

나는 아래를 내려다보았다. 담 아래에는 연회색빛 옷을 입은 지나이다가 장밋빛 양산을 들고 내가 있는 쪽으로 걸어오고 있었다. 그녀는 나를 보자 발걸음을 멈추고, 밀짚모자의 챙을 추켜올리면서 비단결 같은 그 맑은 눈으로 나를 쳐다보았다.

"무슈 볼리데마르, 그렇게 높은 곳에서 무얼 하고 있는 거죠?"

그녀는 알 수 없는 미소를 지으며 물었다.

"아, 그랬었죠?"

그녀는 말을 이었다.

"당신은 언제나 입버릇처럼 나를 사랑한다고 말했었죠? 정말 나를 사랑한다면 지금 내 옆으로 와요. 이 아래로 뛰어 내려 와요."

지나이다가 말을 다 마치기도 전에, 나는 누군가 뒤에서 등을 밀기라도 한 것처럼 아래로 뛰어내렸다. 2미터도 넘는 담의 높이를 생각할 틈도 없었다. 발이 땅에 닿았을 때 충격으로 몸의 중심을 잃은 나는 그대로 쓰러져 정신을 잃고 말았다. 잠시 후 정신이 들었을 때, 나는 느낌만으로도 지나이다가 곁에 있다는 것을 알 수 있었다.

"귀여운 나의 도련님!"

그녀가 내 귀에 속삭이듯 말했다. 그녀의 목소리는 상냥하면서도 약간의 근심이 묻어 있었다.

"도대체 어쩌자고 당신은 이런 무모한 짓을……. 내가 뛰어내려보라 하긴 했지만, 그렇게 내 말을 곧이듣다니요. 이렇게 걱정이 되는 것을 보니 나도 당신을 사랑하나 봐요. 어서 일어나 봐요."

그녀가 바로 나의 곁에서 숨을 쉬고, 그녀의 손으로 내 머리를 쓰다듬고 있었다. 그러고는 갑자기 그녀의 부드러운 입술이 내 얼굴에 키스를 퍼붓기 시작했다. 그녀의 입술이 내 입술에도 닿았다. 심장이 요동치기 시작했다. 그때, 내가 눈

을 뜨지 않았음에도 지나이다는 내 얼굴만 보고도 내가 정
신을 차렸다는 것을 알아챈 것 같았다. 그녀는 재빨리 몸을
일으키며 이렇게 말했다.

"어서 일어나요! 장난꾸러기, 아직 철부지로군요. 어쩌자
고 이런 먼지 속에 그대로 누워 있는 거예요?"

나는 자리에서 일어났다.

"자, 양산을 들어 줘요."

지나이다가 말했다.

"아니, 어쩌자고 저렇게 높은 곳에서 뛰어내릴 생각을 했
어요? 그렇게 나를 원망하는 눈으로 바라보지 말아요. 시킨
다고 생각지도 않고, 그런 어리석은 행동을 하다니! 다치지
는 않았어요? 쐐기풀에 좀 찔리긴 했겠죠? 나를 보지 말라니
까요. 안 들려요? 이 사람은 정말 아무것도 모르는가 보네,
대답도 하지 않는 걸 보니."

그녀는 혼잣말처럼 덧붙였다.

"자, 어서 집으로 돌아가세요, 무슈 볼리데마르. 그리고
더러워졌을 테니 깨끗이 씻어요. 내 뒤를 따라오면 안 돼요.
따라온다면 난 화를 낼 거예요. 그리고 절대로……"

그녀는 말끝을 맺기도 전에 재빨리 저쪽으로 뛰어가 버렸
다.

나는 길 한가운데 주저앉았다. 다리가 말을 듣지 않았다. 쐐기풀에 찔린 두 손은 따끔거렸고, 등이 아팠으며, 머리가 빙빙 돌았다. 그러나 그 순간 내가 경험한 그 행복감은 내 평생에 두 번 다시 맛 볼 수 없는 것이었다. 아픔마저도 행복이 되어 내 온몸을 타고 흘렀다. 나는 아직 어린아이에 불과하였다.

13

나는 그날 온종일이 즐겁기만 하였다. 지나이다의 키스, 그 감촉이 나의 얼굴에 생생하게 남아 있었다.

그녀의 말 한마디, 한마디는 되새길 때마다 내 심장을 떨리게 만들었다. 나는 이 누를 수 없는 행복에 취해 있다가 갑자기 두려운 생각마저 들었다. 그녀를 다시 본다는 것이 무서웠다. 더 이상의 것은 바라지 않았다. 오직 지금 이 순간 머리에 떠오르는 것은 '마지막 숨을 쉬고 이대로 죽어 버렸으면……' 하는 생각이었다.

나의 이런 기쁨들은 이튿날 별채에 들어서면서 모두 사라져버렸다. 나는 꼭 지켜야만 하는 비밀이 있다는 것을 다른 사람에게 알리고 싶어 하는 여느 사람들처럼 가면을 쓰고 나의 지금 심경을 숨기려고 하였지만 소용이 없었다.

지나이다는 아무 일도 없었다는 듯 태연하게 나를 맞았다. 그저 손가락으로 나를 몇 번 위협하는 듯하더니, 어디 다친 데가 없느냐고 물었을 뿐이었다. 비밀을 감추려고 노력할 필요도 없었고, 걱정은 더욱 쓸데없는 것이었다. 물론 지나이다에게 어떤 특별한 깃을 기대하지는 않았지만, 그녀의 침착한 태도는 좀 전까지 들떠 있던 나의 기분을 단숨에 가라앉혔다.

나는 나 같은 사람은 그녀에게 아직 어린아이에 불과하다는 것을 깨달았다. 나는 괴로워서 견딜 수가 없었다. 지나이다는 방 안을 이리저리 거닐면서 나와 얼굴이 마주치면 생긋이 웃곤 하였다. 그러나 그녀의 생각은 다른 곳에 있었다. 그때 나는 분명히 알 수 있었다.

'내가 먼저 어제 이야기를 꺼내는 것이 좋을까?'

나는 생각했다.

'어제 어디를 그렇게 바쁘게 갔었느냐고 물어볼까?'

하지만 나는 곧 체념하고는 손을 저으며 자리에 앉았다.

베로브조로프가 들어왔다. 나는 그 순간만큼 그의 등장이 반가웠던 적이 없었던 것 같다.

"노력은 해 보았지만 순한 말을 구하기가 쉽지 않군요."

그가 들어오자마자 그녀를 향해 말했다.

"프라이타크가 꼭 순한 놈으로 한 필 구해 준다고는 했지만, 어디 믿을 수가 있는 친구라야지요. 걱정이군요."

"뭐가 걱정이라는 거예요?"

지나이다가 물었다.

"어디 뭐가 걱정인지 말해보세요."

"뭐가 걱정이냐고요? 일단 당신은 아직 말을 탈줄 모르지 않습니까? 말을 타다가 무슨 일이라도 생기면 어쩌시려고 그래요? 그건 그렇고 갑자기 말을 타고 싶다는 생각은 왜 하게 된 거죠?"

"당신이 그런 것까지 걱정할 필요는 없을 텐데요. 정 그러시다면 차라리 표토르 바실리에비치에게 부탁해야겠네요!"

표토르 바실리에비치. 나의 아버지였다. 나는 그녀가 아무렇지도 않게 내 아버지의 이름을 말하며, 그라면 청을 뭐든 들어줄 거라는 투로 말할 때 놀라지 않을 수가 없었다.

"그런 것이었나요?"

베로브조로프가 말을 받았다.

"그 사람과 함께 말을 타려고 나에게 그런 부탁을……."

"네, 그분과 함께 하거나, 다른 사람과 함께 하거나 하겠죠. 무엇이 되었든 당신과는 상관없을 텐데요. 내가 당신과 함께 하지 않을 거라는 것만은 분명하거든요.”

“나와는 함께 하지 않을 거라고요?”

베로브조로프가 그녀에게 거듭 물었다.

“좋아요. 마음대로 해요. 할 수 없는 일이지요. 어쨌든 말은 구해 드리겠습니다.”

“아! 소처럼 크기만 한 말들은 필요 없어요. 미리 말씀드리지만, 나는 마음껏 달릴 거니까요.”

“달리는 것도 좋지요. 하지만 도대체 누구와 함께요? 혹시 말레프스키입니까?”

“그분과 함께 가지 말라는 법은 없지요. 하지만 걱정 말아요.”

그녀가 덧붙여 말하였다.

“그렇게 쳐다볼 것 없어요. 당신도 함께 갈 거니까요. 당신도 잘 알고 있잖아요. 말레프스키 같은 사람에게 내가 관심 두지 않는다는 것을.”

이렇게 말하면서 그녀는 고개를 가로저었다.

“지금 나를 안심시키려는 거죠?”

베로브조로프가 투덜거렸다.

지나이다는 가늘게 뜬 눈으로 그저 먼 곳을 바라보았다.

"고작 그런 말로 안심이 되나요? 당신도 참 딱하시군요!"

딱히 변명할 말이 없었는지 그녀는 이렇게 말하고는 나에게로 얼굴을 돌렸다.

"무슈 볼리데마르, 당신도 우리와 함께 가는 게 어때요?"

"글쎄요. 나는 사람들이 많은 곳에는 흥미가 없어서요."

나는 그녀와 눈을 마주치지 못하고 중얼거렸다.

"당신은 단 둘이 이야기하는 편이 좋겠네요. 뭐, 자유를 원하는 자에게는 자유를 주고, 구원받을 자는 천국으로 인도하라는 말이 있으니까요……"

그녀는 한숨을 쉬며 중얼거렸다.

"그렇다면 베로브조로프, 어서 좀 알아봐 주세요. 어찌되었든 나는 내일 당장 말이 필요하니까요."

"돈이 어디에 있어 말을 구한다는 것이냐?"

어느샌가 공작부인이 옆에 와 있었다. 어머니를 보자 지나이다는 눈살을 찌푸렸다.

"어머니에게 부탁하지 않았잖아요. 베로브조로프가 나를 믿고 빌려 줄거니까요."

"빌려 준다, 빌려 준다고?"

공작부인은 혼자 이렇게 중얼거리더니, 갑자기 집안이 울리도록 크게 소리를 질렀다.

"두냐시카!"

"어머니, 지난번에 제가 벨을 드리지 않았나요?"

지나이다가 주의를 주었다.

"두냐시카!"

이번에는 부인이 더 큰소리로 외쳤다.

베로브조로프가 인사를 하고 집을 나서기에 나도 그와 함께 밖으로 나왔다. 지나이디는 내가 가는 것에 신경 쓰지 않았다.

14

다음 날, 나는 날이 밝자마자 성문 밖으로 산책을 나섰다. 밖으로 나가서 우울한 마음을 좀 떨쳐버릴 생각이었다.

하늘은 맑게 개어 있었고, 날도 그리 덥지 않았다. 상쾌한 바람이 살랑거리며 불어오며 세상 만물을 들뜨게 했다. 나는 오랜 시간동안 숲길을 걸었다. 나는 방황하는 마음이었다. 나 자신의 불행을 마음속 깊이까지 느껴볼 생각으로 집을 나온 것이다.

그러나 좀 걷다보니 곧 상쾌한 날씨와 맑은 공기로 인해 마음이 다소 누그러졌다. 푹신한 풀 위에 누워서 나는 잊을 수 없는 지나이다와의 키스를 떠올렸다. 어쨌든 그녀가 나의 용기 있는 행동을 좋게 보아 줄 것이라는 생각이 들자 기분이 매우 좋아졌다.

"하지만 그녀 눈에는 다른 사람들이 나보다 더 멋지고 훌륭해 보이겠지."

나는 생각하였다.

'그래도 이렇게까지 염려할 건 없어. 다른 남자들은 단지 입으로만 말하던 것을 나는 직접 그녀 앞에서 보여주었으니까! 나는 그녀를 위해서라면 어떤 일이라도 할 수 있어!'

나는 기분 좋은 상상을 펼치기 시작하였다. 나는 내가 직접 그녀를 구해내는 상상부터 시작했다. 온몸이 피투성이가 되어 그녀를 구출해내는 모습이라든지, 그녀 앞에서 멋지게 숨을 거두는 모습들을 머릿속에 그려 보았다. 나는 우리 집 거실에 걸려 있는 그림 하나가 떠올렸다. 말레이크 아델이 마틸다를 말 위에 태우고 달려 나가려는 장면…….

이런 생각들에 잠겨 있던 나는 문득 커다란 딱따구리 한 마리에 정신이 팔리고 말았다. 마치 콘트라베이스의 손잡이 뒤에서 가끔씩 얼굴을 내미는 연주자처럼 딱따구리는 쉴 새 없이 나무를 쪼아대다가 나무 뒤에서 좌우로 얼굴을 내미는 것이었다.

그러다 나는 노래를 부르기 시작하였다. 노래는 '흰 눈이 아닐지라도'에서 당시 크게 유행하던 '산들바람 불어 올 때', 나 '그대를 기다리네'로 바꾸어 불렀다. 호미야코프의 비극 속에 나오는 엘마크의 별에 붙이는 구절을 낭송하기도 했는데, 무슨 생각이었는지 나도 감상적인 시를 지어보려는 생각에 '오오, 지나이다! 지나이다!' 하는 구절만 떠올리다가 결국 변변한 시 하나 제대로 만들어 내지 못하였다. 그렇게 시간을 보내는 사이 점심때가 되었다.

골짜기를 내려오려니 좁다란 모래밭 길이 길게 뻗어 시내까지 연결되어 있었다. 나는 길을 따라서 걷기 시작했는데, 문득 등 뒤에서 말발굽 소리가 들려 왔다. 뒤를 돌아보았을 때 내가 발견한 것은 아버지와 지나이다의 모습이었다.

두 사람은 말 머리를 나란히 하고 내 쪽으로 다가오고 있었다. 그녀에게 무슨 이야기를 하는지, 아버지는 그녀 쪽으로 몸을 숙이고 얼굴에 미소를 띠고 있었다. 지나이다는 눈을 내리뜨고 입을 꼭 다문 채 아버지의 이야기를 듣고만 있었다.

처음에는 보지 못했으나, 두 사람의 뒤쪽 모퉁이에서 베로브조로프도 말을 타고 있었다. 보기에도 근사한 검은색 말은 힘겹게 달려왔는지 머리를 흔들며 날뛰고 있었다. 베로브 조로프는 그런 말을 진정시키려고 고삐를 당기고 박차를 가하기를 반복했다.

나는 길 한쪽으로 비켜섰다. 아버지는 숙였던 몸을 바로 세우고 표정을 굳히더니, 지나이다와 함께 말을 몰고 사라졌다. 베로브조로프도 서둘러 그들의 뒤를 쫓아 말을 몰았다. 허리에 찬 칼이 절그럭거리는 소리가 요란하게 들렸다.

'어째 얼굴이 새빨갛군.'

나는 생각하였다.

'그나저나, 지나이다는 어째서 저렇게 얼굴이 창백한 거지? 아침부터 말을 달렸을 텐데도 얼굴이 창백하다니……'

나는 걸음을 빨리하여 점심 식사 바로 전에 집으로 돌아올 수 있었다. 아버지는 벌써 돌아와 옷을 갈아입고 세수를 하고는 어머니의 안락의자 옆에서 부드러운 목소리로 평론 잡지의 사회면을 읽어 주고 있었다. 하지만 어머니는 별로 흥미로운 표정이 아니었다.

어머니는 나를 보자마자 하루 종일 어디에 있었느냐고 물었다. 그리고 잘 알지 못하는 사람들과 아무 곳에나 돌아다니는 것은 좋지 않다며 나에게 주의를 주었다.

나는 혼자서 산책을 하고 왔다고 말하고 싶었지만, 아버지의 얼굴을 보자 생각이 사라져 그만두었다.

15

그 후 5, 6일이 지나는 동안, 지나이다를 거의 만날 수 없었다. 그녀는 몸이 아프다고 했다 그러나 그녀를 찾아오는 남자들은 여전히 별채를 드나들며 번갈아 당직을 서고 있었다. 다만 마이다노프만은 그의 시에 감격해주는 사람이 없어지자 하루 종일 시무룩한 모습이었다. 베로브조로프는 무척 상기된 얼굴로 한쪽 구석에 앉아 있었다.

지나이다의 총애를 잃은 말레프스키 백작은 언제나 음흉한 미소를 띠운 얼굴로 공작부인의 비위를 맞추기에 바빴다. 한 번은 공작부인과 함께 모스크바 총독에게까지 다녀온 일이 있었는데 그 일로 공연히 옛 일까지 들추어지는 바람에 매우 불쾌해 하였다. 백작이 과거 말썽을 일으켰던 일을 총독이 새삼스레 끄집어내었기에 그는 당시의 경험 부족으로 인해 그런 일이 있었다며 변명을 거듭해야 했기 때문이다.

루신은 하루에 두어 번씩이나 찾아오긴 했지만, 그리 오래 앉아 있지는 않았다. 얼마 전 그와 언성을 높인 후로는 그와 마주치는 것이 다소 어색했지만, 나는 한편으로 그를 진심으로 따르게 되었다. 한 번은 그와 함께 네스크치느이 공원에 산책을 나간 적이 있었는데 그때 그는 이것저것을 친절하게 설명해 주었다. 그러다가 불쑥 자기 이마를 치며 이렇게 소리쳤다.

"아, 내가 어리석었군. 그 여자를 그저 여러 남자들과 놀기에 바쁜 여자로만 생각했으니! 아마도 사람에 따라서는 자기를 희생하는 것에서 기쁨을 찾는 사람도 있는 거겠지."

"그게 무슨 말입니까?"

내가 물었다.

"아니네, 자네에게 한 말은 아니라네."

루신이 갑자기 무뚝뚝하게 대답하였다.

분명 지나이다는 나를 피하고 있었다. 나와 마주칠 때마다 매우 불쾌한 표정을 지었기 때문에 나는 그것을 눈치 챌 수밖에 없었다. 그녀는 무의식 중에도 나에게서 얼굴을 돌리곤 하였다. 나는 너무도 괴롭고, 안타까웠다. 그러나 어찌할 도리가 없었다. 그래서 선택한 방법이 최대한 그녀의 눈에 띄지 않는 것이었다. 그저 먼발치에서 바라만 보기로 결심하였다. 하지만 그녀에게는 끝없이 변화가 일어났다. 그녀는 하루하루가 지날수록 전혀 딴 사람이 되어 가는 느낌이었다.

그녀의 변화는 나를 놀라게 하였다. 어느 따뜻하고 조용한 밤, 나는 평소 내가 좋아하는 나무 그늘 아래 낮은 벤치에 앉아 있었다. 내가 그곳을 좋아하는 이유는 그곳에 앉아 있으면 지나이다의 방 창문이 보였기 때문이었다.

그날도 나는 꼼짝 않고 그 앞에 앉아 있었다. 머리 위에는 조그마한 새 한 마리가 분주하게 움직이고 있었고, 뜰 안으로는 회색빛 털로 덮인 고양이가 이슬렁거리며 들어와 있었다. 그리고 오늘 처음 보는 딱정벌레가 내 옆 어딘가에서 윙윙거리는 소리를 내고 있었다. 나는 가만히 앉아 창문이 열리기만을 기다리고 있었다. 그리고 드디어 창문이 열리고 지나이다가 나타났다.

그녀는 하얀 옷을 입고 있었다. 그런데 자세히 보니 그녀의 얼굴도, 옷 밖으로 들어난 손이나 어깨도 너무도 창백해 보였다. 그녀는 꼼짝도 하지 않고 한참을 그 자리에 서 있었다. 잔뜩 찌푸린 눈은 오랫동안 한 곳을 응시하고 있었는데, 나는 이제껏 그녀의 그런 눈길을 본 적이 없었다.

갑자기 그녀는 두 손을 불끈 쥐고 그것을 입술과 이마에 가져다 대고는, 이내 귀를 덮은 머리카락을 넘기며 머리를 가로 저었다. 그리고 어떤 결심이라도 한 사람처럼 고개를 다시 아래위로 끄덕이더니 창문을 탁 닫아 버렸다.

사흘쯤 지났을까, 나는 정원에서 그녀와 마주쳤다. 나는 알아서 옆으로 피하려 하였으나 그녀가 나를 붙잡았다.

"손 좀 잡아 줄래요?"

그녀는 예전처럼 상냥한 말투로 이렇게 말하는 것이었다.

"당신과 이야기한 지가 꽤 오래된 것 같아요."

나는 그녀의 얼굴을 올려다보았다. 그녀의 눈은 예전처럼 빛나고 있었고, 얼굴에는 포근한 미소를 띠고 있었다.

"아직도 많이 아프세요?"

나는 물었다.

"아뇨, 이젠 다 나은 것 같아요."

그녀는 이렇게 대답하더니 갑자기 장미꽃 한 송이를 따 들었다.

"사실 아직까지 좀 피곤하긴 하지만 곧 괜찮아질 거예요."

"아, 그럼 다시 저를 전처럼 대해주실 겁니까?"

나는 물었다.

지나이다는 장미꽃을 얼굴로 가져다 대었다. 그 모습이 나에게는 붉은 꽃잎이 그대로 하얀 볼에 떨어져 스민 것처럼 보였다.

"내가 그렇게나 많이 변한 것 같나요?"

그녀가 물었다.

“네, 정말 많이 변하셨지요.”

나는 작은 소리로 대답하였다.

“내가 당신에게 쌀쌀맞게 굴었던 것은 나도 알고 있어요.”

지나이다가 다시 입을 열었다.

“하지만 그런 일에 신경 쓸 필요는 없어요. 나도 어쩔 수 없었으니까요……. 그리고 이제 와서 새삼스럽게 말해봐야 무엇 하겠어요!”

“당신은 내 사랑이 싫은 것이겠지요. 단지 그것뿐이 아닐까요?”

나는 나도 모르게 우울한 목소리로 이렇게 소리쳤다.

“아니에요, 나를 사랑해 주세요. 하지만 지금과는 좀 다르게.”

“어떻게 말이죠?”

“우리, 친구가 되는 거예요. 그게 좋겠어요!”

지나이다는 내게 장미꽃을 내밀어 향기를 맡게 하였다.

“네, 이해하겠나요? 나는 당신보다 훨씬 나이가 많아요. 거의 당신의 아주머니뻘은 될 텐데 말이에요. 아주머니가 안 된다면 누님 정도는 될 수 있겠죠. 그런데 당신은…….”

“당신 눈에는 그저 내가 어린아이처럼 보이나요?”

내가 그녀의 말을 가로채었다.

"당연히 어린아이이지요. 그렇지만 귀엽고 착한 어린아이 같은 당신이 난 정말 좋아요. 우리 이렇게 해요. 나는 오늘부터 당신을 내 종으로 삼을게요. 종은 언제나 주인 곁을 떠나서는 안 된다는 것을 명심하세요. 자, 그럼 당신이 새로 얻은 직위에 대한 표시로 이것을."

이렇게 말한 후에 그녀는 장미꽃 한 송이를 나의 윗옷 단춧구멍에 꽂아 주었다.

"이건 내 사랑의 증거이기도 해요."

"나는 전에 당신으로부터 이것과는 다른 사랑을 받아 왔지요."

내가 작은 소리로 중얼거렸다.

"어머!"

지나이다는 놀라는 눈을 하고는 나를 옆으로 흘겨보았다.

"정말 기억력이 좋군요! 좋아요! 그럼 지금……."

그녀는 몸을 굽히더니, 내 이마에 정숙하면서도 조용한 키스를 해 주었다.

나는 가만히 그녀를 바라보았다. 그러자 그녀는 재빨리 얼굴을 돌리며 별채 쪽으로 걸어가기 시작했다.

"어서 내 뒤를 따라와요. 나의 종."

나는 그녀의 뒤를 따라가면서 여러 생각에 잠겼다.

'과연 이 아가씨가 내가 아는 지나이다와 같은 사람일까?'

자세히 보니 그녀의 걸음걸이까지도 전보다 더 의젓해지고 무게감이 있어 보였다.

아! 어찌된 일인지 내 마음속에는 이때 새로운 사랑의 불길이 강렬하게 타오르기 시작하고 있었던 것이다.

16

식사를 끝난 후, 손님들이 다시 별채로 모여들었다. 지나이다도 그 자리에 나왔다. 내가 절대 잊을 수 없는 그 첫날 저녁 모임의 멤버들이 모두 참석했다. 이날은 닐마츠키까지도 어슬렁거리며 나타났다. 누구보다도 먼저 나타난 것은 마이다노프였다. 그는 새로 창작된 자신의 시를 들고 왔다.

오늘도 역시 벌칙놀이가 시작되었지만, 전처럼 기묘한 방법이나 장난, 시끄러운 소음 같은 것들은 찾아볼 수가 없었다. 집시를 흉내 내던 요란한 모양새가 사라져 버린 것이다.

지나이다는 모두에게 새로운 분위기로 놀이에 임해줄 것을 부탁했다. 나는 종 역할로 그녀의 곁에 앉아 있었다.

그녀는 오늘은 제비를 뽑은 사람이 자신의 꿈 이야기를

하자고 제안하였다. 그러나 그녀가 제안한 꿈 이야기는 예전과 같은 재미를 가져다주지 못했다. 특히 베로브조로프는 말에게 잉어를 먹였더니 말의 목이 나무로 변하는 꿈을 꾸었다고 하는 등, 약간은 부자연스럽거나 마치 꾸며낸 느낌이 강한 이야기들만 등장하였다. 마이다노프는 한 편의 소설과도 같은 꿈 이야기를 들려주었다. 이야기 속에는 무덤과, 악기를 든 천사, 말하는 꽃이 등장하는가 하면 어디선가 이상한 소리가 들려온다는 이야기도 있었다. 결국은 지나이다가 그 이야기를 가로막았다.

"꿈 이야기가 꾸며진 이야기로 되어 버렸군요."

그녀는 말하였다.

"그럼 이번에는 즉흥적으로 꾸며낸 이야기를 하기로 해요. 반드시 자기가 생각해낸 것이 아니면 안돼요."

이번에도 베로브조로프가 맨 먼저 이야기를 하게 되었는데 그는 적잖이 당황하는 눈치였다.

"아무것도 생각해낼 수가 없어요!"

그는 소리를 질렀다.

"바보 같은 소리!"

지나이다가 반박하였다.

"당신에게 예쁜 아내가 있다고 생각해 보세요. 그리고 당신은 그 아내와 어떤 결혼 생활을 하고 싶은지, 그것을 우리에게 들려주면 되지 않겠어요? 아마도 당신은 아내를 방에 가둬 두려고 하겠지요?"

"아니, 가둬 놓지 않을 거예요……."

"그러면 당신은 아내의 곁에 꼭 붙어 있겠지요?"

"그럼요! 반드시 붙어 있을 거예요."

"어머! 그렇지만 만일 그 아내가 당신에게 싫증이 나서 떠나려고 한다면?"

"아마 쫓아가서 죽이려고 하겠죠."

"그래요. 그런데 만일 내가 당신의 아내라면, 그때는 어떻게 하시겠어요?"

베로브조로프는 잠시 생각에 잠긴 듯 입을 다물었다.

"자살해 버릴 겁니다!"

지나이다는 웃음을 터뜨렸다.

"역시 당신은 당신이군요."

두 번째 제비는 지나이다가 당첨되었다. 그녀는 천장을 바라보더니 이윽고 생각에 잠겼다.

"자, 들어 보세요."

드디어 그녀가 입을 열었다.

"나는 지금 이런 생각을 했어요. 아주 근사한 장소를 하나

상상해 보세요. 그곳에서는 지금 젊은 여왕이 베푸는 여름밤
의 호화로운 무도회가 열리고 있어요. 그곳은 황금과 대리석
수정, 비단, 그리고 등불, 다이아몬드, 꽃, 곳곳이 사치스러
운 것들로 가득 차 있어요.”

“정말 사치스러운 것을 좋아하는군요?”

루신이 그녀의 말에 끼어들었다.

“사치란 아름다운 것이니까요.”

그녀는 대답하였다.

“나는 아름다운 것이 좋아요.”

“얼굴이 잘생긴 청년보다도 더 좋단 말입니까?”

다시 그가 물었다.

“그런 식의 질문에는 대답하지 않겠어요. 그런데 자꾸 다
른 사람의 이야기를 끊지 말아 주세요. 뭐, 어쨌든 호화로운
무도회에요. 젊고, 아름답고, 또 씩씩하기까지 한 많은 손님
들이 모여 있어요. 그리고 그들 모두가 여왕을 사모하고 있
어요.”

“손님 중에 여자는 없는 건가요?”

말레프스키가 물었다.

“없어요. 아니, 있기는 하겠군요.”

“있어도 모두 추녀들뿐인가 보군요?”

"아뇨, 모두 근사한 미인들이지요. 하지만 남자들은 모두 여왕에게 반했으니까요. 여왕은 키가 크고 날씬하며, 검은 머리 위에는 금관을 쓰고 있어요."

나는 지나이다를 바라보았다. 그 순간만큼은 그녀가 우리들보다 훨씬 더 귀한 사람처럼 생각되었다. 그녀의 흰 이마와 움직일 줄 모르는 눈썹을 바라보니 그 안에는 알 수 없는 지혜와 위엄이 담겨 있었다.

'여왕이란 바로 당신이군요!'

나는 순간 마음속으로 이런 생각을 할 정도였다.

"모두가 여왕을 둘러싸고, 있는 지혜를 총동원하여 여왕에게 잘 보이려 하고 있어요."

지나이다는 말을 이었다.

"그러면 여왕은 아첨을 좋아하는군요?"

루신이 물었다.

"어머, 역시 짓궂은 분! 번번이 남의 이야기를 가로막고…… 세상 그 누가 아첨을 싫어하겠어요?"

"여왕에게는 남편이 있습니까?"

말레프스키가 끼어들었다.

"거기까지는 생각을 안해봤어요……. 아, 없어요! 남편이 무슨 필요가 있나요?"

“물론 그렇겠지요.”

말레프스키가 맞장구를 쳤다.

“남편이 무슨 쓸모가 있겠어요.”

“다들 조용히!”

프랑스말이 서투른 마이다노프가 외쳤다.

“고마워요.”

지나이다가 그에게 말하였다.

“여왕은 사람들의 아첨을 듣기도 하고, 가끔씩 음악에 귀를 기울이기도 해요. 하지만 어느 손님에게도 눈길을 돌리지 않아요. 천장에서 마룻바닥까지 커다랗게 난 여섯 개의 창문은 모두 열려 있고, 그 사이로 밤하늘에 빛나는 별들과 나무들이 무성한 어두운 정원이 보여요. 여왕은 그 정원을 물끄러미 바라봐요. 정원에 있는 분수 하나가 어둠 속에서도 하얀 물줄기를 뿜어내는데, 마치 유령이 흐느적거리는 것처럼 보이지요. 여왕은 주변의 이야기와 음악을 들으며, 분수의 물소리에도 귀를 기울이지요. 그녀는 그 쪽으로 시선을 두면서 이런 생각을 해요. ‘여러분, 당신들은 모두 멋진 사람들이지만, 다들 나를 따르고 나의 말 한마디에 벌벌 떨면서 누구나 내 발 아래서 죽을 수 있다고 생각하지요? 나는 여러분 위에 군림하고 있어요. 그런데 저 분수 옆에, 저 살랑거리는 물줄기 사이에 지금 내가 사랑하는, 나를 지배하고 있는 사람이 나를 기다리고 있어요. 그 사람은 좋은 옷을 입지도, 값진 보석을 갖고 있지도 않아요. 우리 중 어느 누구도 그분을 아는 사람이 없지요. 하지만 그분은 내가 나가리라는 것을 굳게 믿고 있어요. 그래요. 나는 꼭 가겠어요. 내가 그분에게로 갈 때, 어떤 힘도 나를 막을 수는 없어요. 나는 그분의 품속으로 뛰어들어, 그분과 함께 정원의 어둠 속으로, 나뭇잎 소리와 분수의 물보라 그늘 사이로 사라질 거예요.'"

지나이다는 입을 다물었다.

"그건 만들어 낸 이야기입니까?"

말레프스키가 약간 빈정거리는 투로 물었다.

지나이다는 그에게 눈길조차 주지 않았다.

"그런데 여러분! 만약에 우리가 그 손님들 가운데 있다가, 분수 곁에 있던 그 행운아에 대해 알게 된다면 우리는 어떻게 해야 할까요?"

느닷없이 루신이 입을 열었다.

"잠깐 기다려요."

지나이다가 그의 말을 가로막았다.

"여러분들이 그런 경우에 직면한다면 어떻게 하실지, 내가 한 사람 한 사람 말해볼게요. 베로브조로프, 당신은 풍자

시를 쓸 거예요. 아, 당신은 풍자시를 잘 쓰지 못하니까 아마도 바르비에식의 장편시를 써서 텔레그라프 같은 잡지에 싣겠지요? 닐마츠키, 당신은 그에게 돈을 빌리겠죠? 아니, 당신은 반대로 그에게 돈을 꾸어 주고 이자를 받겠지요. 그렇지요? 그리고 의사 선생님, 당신은?”

그녀는 할 말이 잘 떠오르지 않았는지 잠깐 머뭇거렸다.

“그런데 정말 당신은 어떤 짓을 할지 알 수가 없군요.”

“나는 시의(侍醫)라는 직분상, 손님들에게 마음이 없을 때에는 무도회를 열지 말라고 말씀드리겠어요!”

“당신의 말씀이 맞을지도 모르겠네요. 백작께서는 어떻게 하시겠어요?”

“나요?”

말레프스키는 특유의 음흉한 미소를 띠며 반문하였다.

“당신은 분명 그 사람에게 독이 든 과자를 선물 할거예요.”

말레프스키의 얼굴이 순식간에 일그러지더니 순간 유태인 같은 표정이 되었지만, 곧 그는 크게 웃어 대기 시작했다.

“볼리데마르, 당신은 아마도……”

지나이다는 말을 이었다.

“뭐, 됐어요. 이건 이제 그만하고 다른 놀이를 합시다.”

"무슈 볼리데마르는 종이니, 여왕이 정원으로 달려 나갈 때 뒤에서 치맛자락이라도 잡아 드리겠지요."

말레프스키의 말에는 가시가 있었다.

나는 화가 치밀어 올랐다. 그러나 그때 지나이다가 내 어깨에 손을 얹고 의자에서 몸을 일으키더니 떨리는 목소리로 말하였다.

"백작님, 나는 당신에게 그런 무례한 말을 하도록 허락한 적이 없어요. 그러니 지금 이 자리에서 나가 주셨으면 해요."

이렇게 말하며 그녀는 손가락으로 문을 가리켰다.

"미안합니다. 아가씨!"

말레프스키는 새파랗게 질린 표정으로 중얼거렸다.

"아가씨 말이 맞습니다."

베로브조로프가 큰소리로 외치며 일어났다.

"정말 나는 절대로 그런 의도로 한 말이 아닙니다."

말레프스키는 말을 계속하였다.

"맹세하지만 정말 그런 뜻이 아니었습니다. 당신을 모욕하려는 생각 같은 건 꿈에도 없었습니다. 제발 용서하십시오."

지나이다는 싸늘한 눈으로 그를 내려다보며 싸늘한 미소를 보였다.

“그렇다면 앉아요. 그대로 있어요.”

그녀는 귀찮다는 듯 아무렇게나 손을 흔들며 말하였다.

“나와 무슈 볼리데마르가 화를 낼 필요까지는 없겠지요. 당신은 항상 그런 빈정거리는 농담을 즐겨하는 분이니까요. 원하신다면 얼마든지 하세요.”

“정말 미안합니다. 용서하세요.”

말레프스키는 거듭 용서를 빌었다. 나는 지나이다의 태도를 다시 생각해보며, 진짜 여왕일지라도, 아니 그 이상의 위엄을 지녔다 할지라도 무례한 사내에게 문을 가리키며 나가라 말할 수는 없을 것이라고 생각하였다.

이 사소한 사건 이후, 벌칙놀이도 금방 끝이 났다. 모두들 흥이 깨어져 있었다. 그러나 사실 이 사건 때문이라기보다는 알 수 없는 무거운 감정들이 마음을 짓눌렀기 때문이었다. 어느 한 사람도 그것을 입 밖에 내지는 않았지만, 모두들 서로에게서 그것을 느끼고 있었다.

마이다노프가 자작시를 낭송하자, 말레프스키가 과장된 표현과 지극히 정중한 태도로 그 시를 칭송하였다.

“백작은 그 일 때문인지 무척 애를 쓰는군.”

루신이 나에게 속삭였다.

우리는 얼마쯤 시간이 흐른 후 제각기 흩어졌다. 지나이다는 어느새 무언가 생각에 잠겼고, 공작부인은 사람을 시켜서 두통이 난다고 전해 왔다. 닐마츠키의 극심한 신경통이 발작했기 때문이었다.

나는 그날 오래도록 잠을 이룰 수가 없었다. 지나이다의 이야기로 인한 큰 충격이 가시지 않았기 때문이다.

'그 이야기 속에 담긴 뜻이라는 게 도대체 무엇이었던가?'

나는 스스로에게 물었다.

'대체 누구를 그리고 무엇을 암시한 걸까? 그런데 무언가를 암시할만한 근거가 있다고 하더라도, 어째서 그녀는 그렇게 거침없이 말을 할 수 있었을까? 아니, 그럴 리 없어.'

나는 붉어진 양 볼을 베개에 대고 몸을 뒤척이며 혼자 중얼거렸다. 그런데 갑자기 그 이야기를 하던 지나이다의 표정이 눈앞에 떠올랐다. 그리고 문득 네스크치느이 공원에서 루신이 하던 말과 나에 대한 그녀의 태도가 급격하게 변한 것을 생각해냈다. 그러나 나는 도저히 알 수가 없었다.

'그 사람은 대체 누구일까?'

이 말 한마디가 온통 내 머리를 뒤덮고, 내 눈앞에서 어른거리고 있었다. 나는 습기를 가득 품은 낮은 구름이 내 머리 위에 자리 잡은 것 같은 생각이 들었다. 그리고 그것이 혹시나 폭풍으로 변하지 않을까 하는 생각에 불안해하였다.

그 무렵 나는 여러 가지 일에 익숙해져 있었다. 자세킨 댁에서 많은 것을 보고 들었기 때문이다. 무질서한 생활들과 값싼 촛대, 부러진 나이프와 포크, 언제나 우울한 표정의 하인과 차림새가 허술한 하녀들, 공작부인의 수준 낮은 언행. 나는 이제 이 기묘한 광경에도 그다지 놀라지 않게 되었다. 그러나 지금 지나이다에게서 느껴지는 변화들에는 도무지 익숙해 질 수가 없었다.

'말괄량이!' 언젠가 한 번 어머니는 그녀를 이렇게 불렀다.

하지만 그 말괄량이가 바로 나의 우상이며, 나의 신이 아닌가? 그 단어가 내 가슴을 찔렀다. 나는 그 생각에서 벗어나려고 베개에 얼굴을 묻었다. 하지만 화가 나는 것은 어쩔 수 없었다. 그러면서 한편으로는 분수 곁의 행운아가 될 수만 있다면 무슨 짓이라도 할 수 있을 것 같은 생각이 들었다. 그리고 어떠한 희생도 각오할 수 있을 것 같았다!

나의 몸 안에서 피가 들끓어 올랐다.

'정원…… 분수…….'

나는 생각했다.

'정원에나 가 봐야겠다.'

나는 급히 옷을 걸치고 조용히 집을 빠져 나왔다. 밖은 이미 어두워지고, 나무들은 산들산들 바람에 흔들리고 있었다.

하늘에서 밤의 찬 기운이 조용히 지상으로 내리고, 밭에서
채소 향이 풍겨 왔다. 나는 정원을 이리저리 거닐었다. 나는
내 발소리에 놀라기도 하고, 다시 용기를 얻기도 하였다.

나는 가끔 멈춰 서서 무엇인가를 기다리듯 내 심장의 고
동에 귀를 기울이기도 하였다. 나는 담 가까이로 다가가 길
고 가느다란 말뚝에 몸을 기대었다.

그 순간, 내 잎에 언뜻 어인의 모습 하나가 지나가는 것이
었다. 아니, 어쩌면 내가 그렇게 생각하였을 뿐인지도 모르
지만, 나는 눈을 크게 뜨고 어둠 속을 한참 노려보았다. 나
는 숨을 죽였다. 방금 그것은 무엇인가? 나의 귀에 들렸던
것은 사람의 발걸음 소리인가? 그렇지 않으면 내 심장의 고
동 소리를 착각한 것인가?

“거기 누가 있나요?”

나는 기어들어갈 듯한 목소리로 중얼거렸다. 분명 사람의
목소리가 들리는 듯했다. 소리를 죽여 웃고 있는 사람의 소
리, 아니면 나뭇잎이 바람에 살랑거리는 소리란 말인가? 그
렇지 않으면 누군가 내 뒤에서 내뿜는 숨소리인가?

나는 덜컥 겁이 났다.

“거기 누가 있는 거야?”

나는 먼저보다도 더 낮은 목소리로 말하였다.

바람이 스치는 느낌과 함께 하늘에서 한줄기 빛이 번쩍하였다. 유성이 떨어졌다.

'지나이다?'

나는 소리를 지르려고 하였지만, 그 말은 나의 입술에서 얼어붙고 말았다. 갑자기 주위가 쥐 죽은 듯이 고요해졌다. 숲속의 귀뚜라미 울음소리까지도 멈추고 어디선가 창문 닫는 소리 같은 것이 철컥하고 들려 왔을 뿐이었다. 나는 한참 동안을 꼼짝 않고 서 있다가 싸늘한 내 방의 침대로 돌아 왔다.

나는 이상한 기분이 들었다. 마치 애인을 만나러 나갔다가 기다림에 지쳐 다른 이의 행복을 곁눈질하며 쓸쓸하게 되돌아온 심정이었다.

17

이튿날 지나이다는 공작부인과 함께 마차를 타고 어디론가 나가 있었다. 그 대신 나는 별채 앞에서 루신과 말레프스키를 만났다.

무슨 일인지 루신은 나를 보고도 인사를 하지 않았다. 말레프스키는 기분 나쁜 웃음을 지으며 나에게 말을 걸어왔다.

별채에 드나드는 손님들 중에서 어쩐 일인지 그만은 용케 우리 집에 드나들고 있었다. 어머니의 호감을 산 모양이지만, 아버지는 그에게 호의적이지 않았기에 내가 보기에도 실례가 될 정도로 그에게 신중한 태도를 취했다.

"아, 그녀의 종이시구만!"

말레프스키가 입을 열었다.

"만나서 반갑네. 자네가 모시는 그 아름다운 여왕께서는 안녕하신가?"

그의 말쑥한 용모가 그 순간 나에게는 혐오스럽게 생각되었다. 게다가 그의 눈에는 경멸하는 듯한 조롱의 빛을 띠고 있었으므로 나는 아무 대꾸도 하지 않았다.

"자네, 지금 나에게 화를 내는 건가?"

그는 말을 이었다.

"왜 나에게 화를 내는가? 자네에게 종이란 칭호를 붙인 것은 당신의 여왕님 아니었던가. 그나저나 실례가 안 된다면 내가 충고 하나만 하세. 자네는 지금 종의 임무를 다하고 있지 않은 것 같아 말일세."

"왜 그런 생각을 하는 거죠?"

"종은 언제나 여왕님 곁에 있어야 하는 것 아닌가. 종은 여왕님의 일거수일투족을 따라 다니며 모든 것을 다 알아야 한다네.”

그는 낮은 목소리로 덧붙였다.

“항상, 낮이나 밤이나 말이야.”

“그게 무슨 뜻이지요?”

“무슨 뜻이냐구? 나는 알아듣게 말한 것 같은데. 낮이나 밤이나 말일세. 낮에는 괜찮아. 날도 밝고 사람들의 눈도 있으니 말이야. 그런데 문제는 밤이란 말이야. 밤에는……. 어쨌든 자지 말고 잘 살피라고! 있는 힘을 다해 잘 살펴야 할 걸세. 자네도 기억하고 있겠지. 정원 안에 있는 분수가, 그런 곳에서 지키고 있어야 하네. 자네는 조만간 꼭 나에게 사례를 하게 될 걸세.”

말레프스키는 크게 웃고 나서, 나에게 등을 돌렸다. 아마도 그는 별 뜻 없이 말했을 것이리라. 그는 본래 말도 안 되는 이야기를 잘하기로도 유명하고, 특히 가장무도회 같은 데서도 사람들을 농락하고 다니는 걸로 악명 높았었다. 이 모든 것이 그의 몸 속 깊숙하게 배어 있는 무의식적 허위성에서 오는 것이리라. 하지만 그가 단지 나를 놀리려고 지껄인 말들이 무서운 독이 되어 내 혈관 속으로 흘러 들어왔다. 온몸의 피가 거꾸로 솟는 느낌이었다.

“아! 그랬었구나!”

나는 그제야 깨달았다.

"그렇지! 그러고 보면 지난밤 내가 정원에 마음이 끌린 것도 우연한 일이 아니었구나! 그럴 수가!"

나는 주먹으로 가슴을 치며 큰소리로 외쳤다. 그런데 도대체 무엇이 어쨌다는 것인지, 나 스스로도 잘 알 수 없었다.

'그래! 그런 말을 했던 말레프스키 자신이 정원으로 나올 시도 모르지.'

나는 생각했다.

'무의식중에 그런 말을 꺼냈다고 생각할 수도 있어. 그는 충분히 그럴 수 있는 사람이니까. 우리 집 담이야 낮으니까, 살짝만 뛰어도 들어올 수 있으니 문제가 아니지. 아무튼, 누구든 내 눈에 뜨이기만 하면 무사하지는 못할 것이다. 그럼! 내 눈에 뜨이지 않는 게 좋지! 온 세상 사람들과 그 배신자(나는 이미 그녀를 배신자로 낙인찍었다.)에게 나도 복수할 수 있다는 것을 보여 주어야지!'

나는 즉시 내 방으로 돌아와 책상 서랍에서 최근에 사온 영국제 나이프를 꺼내어 그 날을 시험해 보았다. 그리고 이마를 잔뜩 찌푸리고, 싸늘하게 굳어진 표정을 하며 그것을 호주머니 속에 넣었다. 마치 그런 짓을 하는 것이 어색하지도 않고, 처음도 아닌 것 같았다. 심장이 적의에 불타 고동치다가 곧 돌처럼 굳어 버렸다.

나는 찌푸린 이마를 한시도 펴지 않고 밤이 되기를 기다렸다. 꼭 다문 입술의 긴장도 늦추지 않았다. 한 손을 호주머니에 넣고 불덩이처럼 뜨거워진 나이프를 부여잡고, 앞으로 일어날 끔찍한 일에 대하여 미리 마음의 준비를 하며 방 안을 왔다 갔다 했다. 지금까지 알지 못하던 새로운 감각에 정신이 팔리고 마음이 들떠 있었기에 소중한 지나이다에 대한 생각은 거의 나지 않았다. 나에게는 젊은 집시 아레코의 모습이 끊임없이 떠오를 뿐이었다.

'어디로 가나, 아름다운 젊은이여! 지금 그대로 누워 잠들라……'

그리고 '온몸이 피투성이로군! 넌 대체 무엇을 하고 있었는가? …… 아무것도 하지 않았어요!'

나는 잔인한 웃음을 띠면서 이 '아무것도 하지 않았어요!' 하는 한마디를 되풀이하였던 것이다!

아버지는 마침 집을 비우고 없었다. 하지만 최근에 들어 언제나 초조함에 사로잡혀 있는 어머니는 심상치 않은 나의 행동을 눈치 채고 저녁 때 이런 말을 하였다.

"너는 어째서 곡식을 노리는 쥐처럼 그렇게 볼이 부어가지고 있는 거니?"

나는 대답 대신에 그저 미소를 지어 보일 뿐이었다.

'모두가 내 마음속을 알아버린다면!'

이렇게 생각하는 사이 시계가 열한 시를 쳤다. 나는 내 방으로 돌아갔으나 옷은 벗지 않고 있었다.

그리고 기다리던 열두 시를 알리는 소리가 들려 왔다.

'바로 지금이다!'

나는 이를 악문 채 중얼거리면서, 윗옷의 단추를 모조리 채우고, 소매를 걷어 올린 다음 정원으로 나갔다.

나는 미리부터 망을 보고 서 있을 곳을 생각해 두었다. 정원 한쪽 끝, 우리 집과 자세킨 댁 뜰 안을 가로막고 있는 담 옆에 있는 전나무 아래였다. 그 무성한 가지 아래에 서 있으면, 어둠이 허락하는 한 주위에서 일어나는 모든 것들을 바라볼 수가 있었다.

한 갈래 좁다란 길이 뱀처럼 담 밑을 따라 구불구불하게 이어져 아카시아 나무 정자가 있는 쪽으로 뻗어 있었다. 나는 전나무 아래로 가서 그 나무줄기에 기대어 망을 보기 시작하였다.

오늘 밤도 어제와 마찬가지로 조용하였다. 하지만 어제보다 구름이 훨씬 적어서 키가 큰 화초의 모양새까지 환히 보였다.

처음 얼마 동안은 서 있는 것 자체가 숨이 넘어갈 지경이었다. 아니, 무서울 정도였다. 하지만 나는 어떠한 일이라도 결론을 낼 각오를 하고 있었다. 다만 어떻게 결론짓느냐 하는 방법을 여러 모로 궁리 하는 중이었다.

'어디 가는 거지? 거기 서! 바른대로 말해. 그렇지 않으면 죽여 버릴 테다!'

호통을 쳐야 할 것인가, 아니면 말없이 일단 찌르고 볼 것인가……. 바스락거리는 소리, 나뭇잎이 흔들리는 소리도 수상하게 느껴졌다. 나는 정신을 바짝 차리고 언제든 뛰어나가려는 자세로 몸을 앞으로 굽혔다.

그러나 30분이 지나고 한 시간이 지나면서 끓어오르던 피는 점차 식어가기 시작했다. 이게 대체 무슨 짓이란 말인가? 내가 생각해도 내 몰골은 좀 우스꽝스러웠다. 말레프스키에게 농락당하였다는 생각이 점점 더 강해지기 시작했다.

나는 기다리고 있던 장소에서 벗어나 뜰 안을 한 바퀴 돌았다. 마치 누군가 일부러 그런 것처럼, 바스락 하는 소리 하나도 들려오지 않았다. 주변은 조용하기만 하고, 집을 지키는 개까지도 사립문 옆에서 웅크리고 잠들어 있었다.

나는 무너진 온실 벽에 기어 올라가 멀리 들판을 내다보고, 지나이다와 만났던 일을 회상하며 생각에 잠겨 있었다.

그 순간 나는 움찔하였다. 삐걱 하고 문이 열리는 소리가
나고, 뒤이어 나뭇가지가 부러지는 소리가 들린 것 같았다.
나는 두어 번 만에 온실 위에서 아래로 뛰어내려, 숨을 죽이
고 그 자리에 얼어붙은 듯이 서 있었다. 재빠르고 가벼우면
서도 조심스럽게 발을 떼는 소리가 뜰 안에서 분명히 들려
왔기 때문이다. 발소리는 점점 가까이 다가오고 있었다.

'왔다! 드디어 나타나셨군!'

나는 떨리는 손으로 호주머니에 손을 넣어 나이프를 꺼내
고는 곧 그것을 펼쳤다. 무슨 불꽃같은 것이 눈앞에 번쩍이
더니, 곧 두려움과 증오심이 뒤섞여 머리털이 뾰족하게 곤두
서는 느낌이었다.

발소리는 곧장 내가 있는 쪽으로 다가왔다. 나는 몸을 낮
추고 소리가 나는 방향을 주시하였다. 드디어 누군가 나타났
다. 그런데 이게 웬일이란 말인가! 그것은 나의 아버지였다.
검은 망토로 온몸을 둘러싸고 모자를 깊숙이 눌러쓰고 있었
지만, 나는 곧 그것이 내 아버지라는 것을 알아챘다. 아버지
는 발뒤꿈치를 들고 조심스럽게 내 옆을 지나갔다. 나를 감
춰 주는 것은 아무것도 없었지만, 지면에 최대한 붙어 웅크
리고 있었기에 아버지는 나를 보지 못한 모양이었다.

질투에 불타 살인을 결심하고 있던 오델로는 순식간에 어

린 아이로 변해 있었다. 나는 예상치 못했던 아버지의 등장으로 너무 놀라, 처음에는 아버지가 어디서 나타나서 어디로 사라졌는지조차 알 수 없을 정도였다.

'아버지는 어째서 한밤중에 뜰 안을 거닐고 있을까?'

주위가 다시 조용해진 뒤, 그제야 나는 겨우 일어나 생각했다.

나는 너무도 두려운 나머지 나이프를 풀숲에 떨어뜨렸지만, 그것을 찾을 생각도 하지 못했다. 나는 부끄러워 견딜 수가 없었다. 그때 갑자기 제정신이 들었다. 서둘러 집으로 돌아가기로 했다. 하지만 그 와중에도 전나무 아래 있는 그 벤치에 가서 지나이다의 침실 창문을 쳐다보기를 잊지 않았다.

밖으로 굽어 있는 유리창은 밤하늘의 빛을 받아 푸르스름한 빛을 띠고 있었다. 그런데 갑자기 창의 유리 빛이 변하였다. 나는 분명히 그것을 보았다. 그리고 들창 안쪽으로 하얀 커튼이 조심스럽게 쳐지고, 창문턱까지를 다 가리고는 다시는 꼼짝도 하지 않았다.

'이건 또 무슨 일일까?'

나는 방으로 들어와 무의식중에 낮은 목소리로 중얼거렸다.

'꿈인가, 우연인가? 아니면……'

갑자기 떠오른 상상이 너무나 놀랍고도 괴상한 것이어서, 나는 그것에 대해 더 이상 생각하려 들지 않았다.

18

다음 날 자리에서 일어난 나는 심한 두통에 시달렸다. 지난밤 나를 가득 채웠던 흥분은 사라져버렸다. 그 대신 수많은 의혹들과 이전에는 느끼지 못했던 슬픈 감정들이 나를 사로잡고 있었다. 마치 나는 내 마음속에서 무언가가 죽어가고 있는 듯한 느낌이 들었다.

"무슨 일이 있는 거요? 뇌수를 절반쯤 빼앗긴 토끼처럼 왜 그러고 서 있는 거요?"

나를 만난 루신이 이렇게 말하였다.

아침 식사 때, 나는 아버지와 어머니의 모습을 번갈아 쳐다보았다. 아버지는 여느 때와 다름없이 침착하였으나, 어머니는 드러내지 않으려 노력하는 듯 보였지만 어딘지 모르게 초조한 기색이었다. 혹시 아버지가 나에게 상냥한 투로 말을 걸어주지 않을까 해서 그 자리를 한참 동안 지켰으나 아버지는 나를 신경 쓰지 않고 있었다.

‘지나이다에게 모든 것을 말해야 할까?’

나는 생각하였다.

‘지금 이렇게 된 마당에 어찌 되든 마찬가지가 아닌가? 어차피 우리 두 사람 사이는 완전히 끝난 것이다.’

나는 그길로 그녀를 찾아갔지만 아무 말도 하지 못하였을 뿐만 아니라, 간단한 안부조차도 서로 물을 시간이 없었다. 집에는 공작부인의 열두 살 난 아들이 유년 학교에서 휴가를 얻어 페테르스부르크에서 돌아와 있었기 때문이다. 지나이다는 곧 자기 동생을 소개시키고는 내게 동생을 맡겨 버렸다.

“볼로자 씨!”

그녀가 말하였다. 사실 그녀가 이런 애칭으로 나를 부른 것은 처음이었다.

“인사하세요. 이 아이의 이름도 볼로자니까, 아무쪼록 잘 부탁해요. 이 아이가 아직 철이 없긴 하지만, 착한 아이니까 네스크치느이 공원 구경도 좀 시켜주고, 함께 산책도 다니면서 돌봐 주세요. 그렇게 해주실 수 있겠지요? 당신은 무척 친절한 분이니까!”

그녀가 친절하게 내 어깨에 두 손을 올려놓았을 때 나는 어리둥절할 수밖에 없었다. 이 소년이 도착한 이후 나는 완전히 어린아이가 되었다. 내가 가만히 그 소년을 바라보자, 상대방도 잠자코 내 얼굴을 바라보았다. 지나이다는 크게 소리 내어 웃더니 우리 두 사람의 몸을 끌어당겼다.

"자, 어린 친구끼리는 이렇게 껴안아 주는 거예요!"

우리는 껴안았다.

"자, 우리 뜰에 나가 볼까?"

나는 소년에게 물었다.

"네, 감사합니다."

그는 유년 학교 학생다운 목소리로 대답했다. 지나이다는 다시 소리를 내어 웃어댔다. 그녀의 얼굴이 전에 없이 아름다운 붉은 빛을 띠었다.

나는 소년과 함께 뜰로 나갔다. 뜰에는 낡은 그네가 하나 있었다. 나는 그를 좁다란 안장 위에 앉혀 놓고 밀어 주었다.

소년은 옷깃에 금빛 테두리가 있는 굵은 나사로 만든 새 제복을 입고 있었는데, 가만히 걸터앉은 채 꼼짝도 않고 앉아서 그넷줄을 단단히 붙잡았다.

"깃에 있는 후크도 풀어야지."

"아, 괜찮아요. 이젠 습관이 돼서요."

그는 이렇게 말하면 헛기침을 하였다.

그는 자기 누나를 많이 닮아 있었다. 특히 그 동그란 눈은 그녀와 똑같았다. 나는 그를 돌봐 주는 것이 즐거웠지만, 동시에 어제의 그 슬픔이 심장을 쑤시는 듯하였다.

'이제 나도 어린아이와 같아졌군.'

나는 생각하였다.

'맞다. 어제…….'

나는 어제 나이프를 떨어뜨린 것을 생각하고 그것을 찾아 내었다. 소년은 나를 졸라 나이프를 받아 들더니 풀가지를 잘라서 피리를 만들어 불기 시작하였다. 곁에서 나, 오델로도 함께 피리를 불어야 했다.

그러나 그날 저녁, 바로 이 오델로가 지나이다의 팔에 안겨 얼마나 슬프게 울었는지 모른다. 그녀가 나를 정원 한구석에서 찾아내고 무엇 때문에 그렇게 슬픈 얼굴을 하고 있느냐 물었을 때, 나는 나도 모르게 눈물을 쏟고 말았다. 그녀는 적잖이 당황한 눈치였다.

"무슨 일이에요, 볼로자! 어떻게 된 일이에요?"

그녀가 다그쳐 물었지만, 나는 대꾸도 하지 못했다. 그녀는 끝없이 흐르는 눈물로 얼룩진 내 뺨에 키스를 하려고 했다. 그러나 나는 얼굴을 돌리고 흐느껴 울면서 중얼거렸다.

"다 알고 있어요. 당신은 왜 나를 노리개로 삼았던 거죠? 도대체 왜, 당신에게 왜 내 사랑이 필요했던 거냐고요."

"미안해요. 내가 잘못했어요, 볼로쟈……."

지나이다는 말했다.

"정말 내가 잘못했어요."

이렇게 말하면서 그녀는 두 손을 꼭 쥐었다.

"내게는 어째서 이렇게 어둡고 좋지 않은 것이 많은 걸까요? 그렇지만 지금 나는 당신을 그저 놀리는 것이 아니에요. 나는 당신을 사랑하고 있어요. 왜 사랑하는지 어떻게 사랑하고 있는지는 당신이 꿈에도 상상하지 못하겠지만……. 그런데 당신은 대체 무엇을 알고 있다는 거예요?"

내가 그녀에게 무슨 말을 할 수 있었겠는가? 그녀가 내 앞에 서서 나를 빤히 쳐다보고 있었다. 그녀가 내 얼굴을 바라보는 순간부터, 나는 또다시 완전한 그녀의 것이 되어 버린 것이었다.

조금 후 나는 다시 어린 아이가 되어 유년 학교 학생과 지나이다와 함께 뜰을 달리고 있었다. 나는 웃고 있었다. 하지만 웃을 때마다 부어오른 눈에서 눈물이 한 방울씩 떨어지는 것은 어쩔 수가 없었다.

나는 목에 지나이다의 리본을 매고 그녀의 허리를 붙잡을 수 있었던 그 순간이 너무 좋았던 것이다. 그때 나는 너무나 기뻐 허공에 소리를 질러댔다. 생각해보면 나는 그녀의 손아

귀에서 놀아나고 있었다.

19

실패로 끝난 그날 밤의 원정 이후 일주일 동안, 내 마음속에 일어난 변화를 자세히 이야기해보라 하면, 나는 매우 곤란한 처지가 될 것이다. 그것은 기묘한 열병에 걸린 것만 같은 시간들이었다. 혼돈과도 같은, 그러니까 온갖 모순된 감정들과 사상, 의혹, 희망 그리고 기쁨과 괴로움이 마구 뒤섞인 시간이 지나가고 있었다.

나는 내 마음속을 들여다보기가 무서웠다. 물론 열여섯 살 난 소년이 자기 마음을 들여다볼 수 있다면 말이다. 어느 쪽이 되었든 무언가를 분명히 하는 것은 두려웠다. 나는 다만 하루하루를 바삐 보내려고 안달할 뿐이었다. 그 대신 밤에는 곤히 잠들 수 있었다. 어린이다운 무분별함이 나를 구원해 주었다.

나는 내가 사랑을 받고 있는지의 여부를 알고 싶어 하지 않았지만, 그렇다고 사랑받고 있지 않다고 단정하려고도 하지 않았다.

나는 아버지는 피할 수 있었으나, 지나이다는 피할 수 없었다. 그녀를 마주하면 나는 온몸이 불타오르는 심정이었다. 나를 타오르게 하고, 녹여 버리는 불이 무엇인지 알 필요는 없었다. 나에게는 불에 녹아 버리는 것이 말할 수 없이 달콤하고 또 행복한 일이었다.

나는 표면적인 모든 것들에 몸을 맡기고, 나 스스로를 속이며 추억을 외면하였다. 그리고 앞으로 일어날 듯한 일에도 눈을 감았다. 이런 상태가 아마 오래 가지는 않을 것이다. 하지만 별안간 찾아온 사건 하나가 모든 것을 결말짓고, 내 인생을 바꿔 놓았다.

한 번은 오랜 시간 산책을 하다가 식사 시간에 맞춰 집에 돌아와 보니, 식사를 할 사람은 나 하나뿐이었다. 아버지는 외출 중이셨으며, 어머니는 아무 것도 먹고 싶지 않은 기분이라고 말하면서 침실로 들어가 버렸던 것이다.

나는 하인들의 표정에서 무슨 심상치 않은 일이 일어났음을 눈치 챘지만, 그들에게 이것저것을 캐물을 용기가 나지 않았다. 하지만 내게는 식당에서 일하는 필립이라는 젊은 친구가 하나 있었다. 이 친구는 시를 좋아하고 기타 연주도 수준급이었다. 나는 이 친구에게 물어 보기로 했다.

그의 말에 의하면, 아버지와 어머니가 크게 싸우셨는데,

식모 방에까지 다 들릴 정도였다고 한다. 가끔씩 프랑스 말로 이야기하기도 했지만, 식모 마샤는 파리에 있는 양복점에서 5년 동안이나 일을 하다 와서 무슨 말인지 알아들을 수 있었다는 것이다.

어머니는 이웃집 딸과의 교제에 대한 이야기를 하며 아버지의 행실을 탓했다. 아버지도 처음에는 변명을 하려 했지만 나중에는 화를 내며 어머니의 나이까지 들추어 가며 대응하였다. 어머니는 울음을 터뜨리며 공작부인에게 준 수표 이야기를 꺼냈고, 부인뿐만 아니라 그 따님에 대해서도 기분 나쁘다는 투로 말하였다. 그때 아버지는 어머니에게 협박 비슷한 말을 했다고 한다.

"이런 일이 일어난 것은 모두……."

필립은 말을 이었다.

"보낸 사람의 이름이 적혀 있지 않은 편지가 한 통 왔어요. 누가 그런 편지를 써 보냈는지는 모르겠지만, 그것만 날아 들어오지 않았어도 이런 일이 일어나지 않았을 겁니다. 그것 외에는 다른 이유가 없으니까요."

"그럼, 이웃집 따님과 아버지 사이에 무슨 일이 있긴 있었던 모양이군."

나는 어렵게 입을 열었다. 나는 몸이 차가워지면서 이상하게 떨리기 시작하였다.

필립은 의미심장한 눈을 하고 이야기를 계속해나갔다.

"당연히 있었지요. 그런 일은 끝까지 숨기는 것이 불가능하지요. 그런 쪽에 있어서는 주인님께서 꽤 조심성이 있으신 편이지만……. 아무래도 마차라도 한 대를 빌리려 하면 남의 도움을 받아야 하니 비밀로 할 수만은 없었겠지요."

나는 필립을 돌러보내고 침대에 누웠다. 나는 소리를 내어 울지도, 절망에 빠지지도 않았다. 그리고 언제 어떻게 해서 이런 일이 생겼는가 하고 자문해보지도 않고 어찌하여 진작 이것을 눈치 채지 못했을까 생각하지도 않았다. 나는 아버지를 원망할 마음이 없었다.

내가 알게 된 이 사실은 도저히 내 힘으로는 어찌하지 못하는 것이었다. 갑작스러운 폭로가 나를 압도하였던 것이다.

모든 것이 끝났다. 나의 꽃은 하나도 남김없이 모조리 꺾여 내 주위에 산산이 흩어진 채 짓밟혀 버렸다.

20

다음 날 어머니는 갑자기 시내로 다시 이사를 나가겠다고 말하였다. 아침에 아버지와 어머니는 침실에서 오랜 시간 동안 이야기를 주고받았다. 아버지가 어떤 말은 했는지는 아무도 듣지 못했지만, 이후 어머니는 더 이상 웃지 않았다. 어머니는 하인을 시켜 식사를 가져오게는 하였으나 방 밖으로는 나오지 않았다. 결심은 변하지 않을 듯 했다.

나는 그날의 일을 또렷하게 기억한다. 나는 그날 하루 종일 밖을 돌아다니며 시간을 보내고 있었다. 그러나 뜰 안에는 발을 들여놓지 않았고, 별채 쪽을 바라보는 일도 없었다. 그런데 그날 밤, 나는 놀라운 장면을 목격하였다.

아버지가 말레프스키 백작의 손을 끌고 현관으로 나와서는 하인들이 보고 있는 앞에서 이렇게 말하였다.

"백작! 며칠 전, 당신은 어떤 집에서 밖으로 나가 달라는 말을 들었다지요? 아무튼 당신과 길게 말하고 싶지는 않군요. 다만 내가 이 한마디만 해두겠는데, 만일 또다시 우리 집에 오면 그때에는 창문 밖으로 던져버릴 테니 그리 아시오. 아, 그리고 나는 당신의 필체가 마음에 들지 않더군요."

백작은 말없이 고개를 숙이더니 이를 갈면서 어디론가 사라져 버렸다.

집에서는 다시 시내로 나갈 준비가 한창이었다. 모스크바 아르바트가에 우리 집이 있었다. 아버지도 지금 상황에서 더는 별장에 남아 있고 싶지 않았던 모양이었다. 그리고 어머니에게 더 이상의 소동이 일어나지 않도록 주의를 준 모양이었다. 준비는 조용하고 천천히 진행되었다.

어머니는 공작부인에게 사람을 보내어, 건강이 좋지 않아 떠나기 전에 인사드리지 못하는 것을 유감스럽게 생각한다는 인사를 전했다.

나는 미친 사람처럼 밖을 돌아다녔다. 어서 빨리 이 일들이 마무리 되었으면 하는 마음뿐이었다. 다만 내 머리에서 떠나지 않는 생각이 하나 있었다. 그것은 그렇게 젊은 그녀가, 공작의 따님인 그녀가 이미 결혼한 것을 알고 있으면서도 어째서 그런 터무니없는 짓을 했을까 하는 것이었다. 더구나 그녀는 좋은 결혼 상대를 고를 수 있었기에 더욱더 의문이 들었다. 도대체 무슨 이유로 그랬던 것일까? 자신의 장래가 다 망가져 버리는 것이 두렵지 않았던 걸까?

'아! 이것이 사랑이다. 이것이 진정 사랑이라는 것이다!'

나는 생각했다.

그리고 언젠가 루신이 무심코 내뱉었던 말이 생각났다.

'자기를 희생하는 것에서 기쁨을 찾는 사람도 있는 걸세.'

때마침 별채의 창에 희미한 그림자가 보였다.

'혹시 지나이다가 아닐까?'

나는 언뜻 생각하였다. 역시 그녀였다. 나는 그녀에게 마지막 인사도 하지 않은 채로 헤어질 수는 없다고 생각했다. 나는 기회를 보아 별채로 넘어갔다.

응접실에는 공작부인이 여느 때와 같이 품위 없는 자세와 무관심한 태도로 나를 맞았다.

"도련님, 어떻게 된 건가요? 왜 그렇게 빨리 옮겨 가는 거지요?"

부인은 늘 그렇듯 냄새 맡는 담배를 코에 쑤셔 넣으며 말했다. 나는 부인의 얼굴을 살펴보고 한결 마음이 가벼워졌다. 필립에게서 들은 수표 이야기가 마음에 걸렸었다. 그런데 그녀는 그런 일 같은 것은 신경 쓰지 않는 것 같았다. 적어도 그때 나에게는 그렇게 보였다.

지나이다가 옆방에서 나왔다. 검은 옷에 창백한 얼굴을 하고는 머리는 부스스하게 늘어져 있었다. 그녀는 조용히 내 손을 잡아끌었다.

"당신 목소리가 들리기에……."

그녀가 말을 계속하였다.

"당신 목소리에 곧장 달려 나왔어요. 우리를 이렇게 쉽게 버리고 갈 수 있는 거예요? 나쁜 사람!"

"나는 작별 인사를 하러 왔어요."

나는 대답하였다.

"아마도 다시는 만나지 못하겠지요. 이미 들었을 테지만, 곧 이사를 합니다."

지나이다가 나를 한참 동안 바라보았다.

"네, 들었어요. 이렇게 와 주어서 정말 고마워요. 다시는 만날 수 없을 거라고 생각했어요. 나를 나쁘게 생각하지 마세요. 가끔 당신을 놀리긴 했지만, 그래도 제가 당신 생각만큼 그렇게 나쁜 여자는 아니에요."

그녀는 내게서 등을 돌리고는 창가에 몸을 기대었다.

"나는 당신이 생각하는 그런 여자가 아니에요. 당신이 나를 질이 나쁜 여자라고 생각하는 것도 다 알고 있어요."

"내가 말입니까?"

"그래요. 당신이…… 당신이 말이에요."

"그러니까, 내가요?"

나는 슬픔에 잠긴 목소리로 그녀에게 반문하였다.

나의 마음은 혼자서는 극복하기 힘든 묘한 힘에 끌려 흔들리기 시작하였다.

"내가요? 믿어줘요, 지나이다! 당신이 어떤 일을 했었든, 그리고 내가 당신에게 한낱 노리개 같은 존재였다 하더라도 나는 한평생 당신을 사랑하고 또 존경할 것입니다."

그녀는 내 쪽으로 몸을 돌리더니, 두 팔을 크게 벌려 내 머리를 껴안고 뜨겁게 키스를 하였다.

그 오랜 작별의 키스가 누구를 향한 것이었는지는 신이 아닌 자로서는 알 수 없지만, 나는 그 순간만은 달콤함에 취해 있었다. 나는 그 달콤함을 다시 느낄 수 없을 거란 것을 알고 있었다.

"안녕, 안녕……."

나는 끊임없이 인사의 말을 되풀이하였다.

그녀는 나를 남겨두고 뒤돌아 나가 버렸다.

나도 밖으로 나왔다.

그때 느꼈던 나의 감정은 표현조차도 어려운 것이었다. 나는 그 감정들이 다시는 되풀이되지 않기를 바란다. 그러나 만일 그때의 그 키스를 맛보지 못했었다면, 나는 내 자신을 평생 불행한 사람이라고 여기며 지냈을지도 모른다.

우리는 곧 시내로 이사를 하였다. 나는 쉽사리 과거의 기억들을 지울 수 없었으며, 다시 예전같이 공부를 시작할 수도 없었다. 상당한 시간이 걸리겠지만, 상처도 조금씩 아물어 가는 것 같았다. 아버지를 바라보는 나의 감정은 하나도 나쁘지 않았다. 오히려 그 이후로 아버지가 내 눈에는 더욱 훌륭한 인물로 보이기도 하였다. ― 이런 모순된 감정들은 심리학자들이 알아서 해석하는 것이 좋을 것 같다.

어느 날, 나는 가로수 길을 걷다가 우연히 루신을 만났다.
나는 정말 반가워서 어쩔 줄을 몰랐다. 나는 그의 솔직함과
올곧은 성품을 좋아하였다. 게다가 오랜만의 우연한 만남으
로 옛 추억들을 하나씩 기억하게 만들어줄 수 있는 사람이
라 고마웠다. 나는 단숨에 그에게 달려갔다.

"이야, 자네였구만!

그는 말하고 나서 눈살을 살짝 찌푸렸다.

"그래 자네였어. 어디 얼굴이나 좀 보세. 여전히 안색은
좋지 않지만, 대신 눈 속에 있던 뿌연 먼지들은 다 사라졌구
만. 이젠 방안에서 기르는 강아지 같은 면은 찾아볼 수가 없
게 되었군. 이리 보니 제법 의젓한 어른이로군. 그래 어떤가,
요즘 공부는 잘하고 있나?"

나는 대답 대신에 한숨을 내쉬었다. 거짓말을 하기는 싫
었고, 그렇다고 사실을 말하기도 좀 부끄러웠다.

"어쨌든 전보다는 확실히 좋아졌군!"

루신이 말을 계속하였다.

"기죽을 필요 없어! 지금부터라도 다른 곳에 정신 팔지
말고 정상적인 생활을 하는 거야. 이것저것에 신경써봐야 무
슨 소용이 있겠나? 물결이란 것은 어느 한 쪽으로 몰리면 좋

을 리 없으니까……. 인간은 벼랑 위에 세워 놓더라도 두 다리만 있으면 악착같이 버티는 동물이라네. 나는 요새 가끔 이렇게 기침을 심하게 하네. 아, 그런데 베로브조로프 말이야…… 자네, 소식 좀 들었나?"

"그 사람에게 무슨 일이 생겼나요? 거의 소식은 전혀 듣지를 못해서요."

"행방불명이래. 코가서스로 갔다는 소문도 있긴 하던데, 자네처럼 젊은 친구들에겐 좋은 교훈이 될 걸세. 적당한 시기에 단념하고, 그물에서 빠져 나왔어야 하는데, 그 친구는 그렇지 못했어. 자네는 그래도 용케 빠져나온 모양이군. 또 다시 그물에 걸리지 않도록 조심하게. 그럼, 잘 지내라고!!"

'이제는 정말 걸리지 않을 자신이 있지.'

나는 생각했다.

'다시는 그녀를 만나지 않으리라.'

이렇게 다짐까지 했지만, 나는 지나이다와 한 번 더 만날 운명이었던 것이다.

아버지는 날마다 말을 타고 멀리까지 나가 일을 보곤 하였다. 아버지는 영국산의 매우 좋은 밤색 말을 가지고 있었다. 목이 가늘고 다리가 늘씬하며, 지칠 줄 모르는 사나운 말이었다. '일렉트릭'이라고 불리는 이 말은 아버지 외에는 아무도 달 수가 없었다.

하루는 아버지가 오랜만에 기분 좋은 얼굴을 하고 내 방에 들어왔다. 아버지는 외출할 채비를 하고 박차까지 달고 있었다.

이런 일은 흔치 않았기에 나는 함께 데려가 달라고 아버지를 졸랐다.

"그보다는 넓은 곳에서 말을 타며 노는 게 더 좋을 거다."

아버지는 대답하였다.

"너의 그 독일종 말을 가지고는 나를 쫓아오지 못할 거야."

"저도 박차를 달면 쫓아갈 수 있어요."

"그래, 그럼 마음대로 하렴."

우리는 집을 나섰다. 내 말은 털이 복실복실한 새까만 망아지였는데, 다리가 튼튼하여 곧잘 달렸다. 하긴 일렉트릭이 조금이라도 빨리 달릴 때에는 있는 힘을 다해서 발을 굴러야 했지만, 어쨌든 뒤떨어지지 않고 용케 아버지를 쫓아갔다.

나는 이제껏 아버지만큼 말을 잘 타는 사람은 본 적이 없었다. 말에 올라탄 아버지의 모습은 명기수의 모습 그대로였고, 말을 다루는 솜씨 또한 대단하였다. 아버지를 태운 말들도 그것을 알고 자랑스러워하는 듯 보였다.

우리는 가로수 길을 천천히 돌고 나서, 넓은 들판에 나가 몇 번이나 울타리를 뛰어넘고 - 처음에는 그것이 무서웠지만, 아버지가 겁쟁이를 경멸한다는 것을 알았기에 죽을힘을 다해 뛰어넘었다. - 모스크바 강을 두 번이나 건넜다. 나는 이제 집으로 돌아가려니 하고 생각하였다.

아버지는 내 말이 많이 지쳐 있다는 것을 알았던 모양이었다. 아버지는 갑자기 내게서 떨어져 크르임스키 강 근처에서 방향을 돌리더니, 강변을 따라 달리는 것이었다. 나도 그 뒤를 따라 말을 몰았다.

낡은 통나무가 높다랗게 쌓인 곳까지 와서 아버지는 재빠르게 말에서 내리더니, 나에게도 내리라고 말했다. 그리고 아버지는 말고삐를 내게 넘겨주면서, 이 통나무 옆에서 잠깐 기다리라고 하고는 혼자서 좁다란 골목길로 들어갔다.

나는 두 마리의 말을 끌며, 특히 일렉트릭을 나무라면서 강변을 이리저리 돌아다녔다. 일렉트릭은 얌전히 걷지를 못하였다. 계속 머리를 내저으며 몸을 부르르 떨거나, 코를 킁킁거리다가 '으흐흥' 하는 큰소리를 내기도 하였다. 그리고 내가 멈춰 서기라도 하면 두 발로 번갈아 땅을 구르면서 으르렁거리다가, 내 망아지의 목을 물려고 덤비는 것이었다. 가만히 보니, 귀하게만 자란 순종 티를 내는 것 같았다.

아버지는 좀처럼 돌아오지 않았다. 강에서 습기를 가득 머금은 바람이 불어 왔다. 강물의 비릿한 느낌이 풍겨온다 싶더니 가랑비가 조용히 내리기 시작하였다. 나는 그 통나무 옆을 할 일 없이 서성이고 있었다. 왠지 모르게 고독함이 밀려왔다. 그러나 아버지는 여전히 돌아오지 않았다.

이때, 핀란드 사람인 듯 보이는 교통순경이 회색의 제복을 입고 항아리 모양의 낡은 헬멧을 뒤집어쓰고는 경찰봉을 들고 내게로 다가왔다. ─ 교통순경이 어째서 이런 강변에 와 있는 거지? ─ 그는 할머니처럼 주름 가득한 얼굴을 내게 내밀었다.

"너는 어째서 말을 두 필이나 끌고 이런 데에 있는 것이냐? 이리 줘봐라. 내가 좀 붙잡아 줄 테니."

나는 아무런 대꾸도 하지 않았다.

순경은 나에게 담배가 있으면 한 대만 좀 달라고 하였다.

나는 이 귀찮은 사람을 피하기 위해서 — 아버지를 기다리는
것에 지쳐 있기도 하여 — 아버지가 사라진 쪽으로 발길을
옮겼다. 골목 끝에서 모퉁이를 돌아 나는 걸음을 멈추었다.

내가 서 있는 곳에서 40걸음쯤 떨어진 곳에 작은 목조 건
물이 있었는데, 건물의 열려 있는 창문 앞에, 아버지가 내
쪽으로 등을 돌리고 서 있었다. 아버지는 창틀에 기대어 안
에 있는 누군가와 이야기를 하고 있었다. 반쯤 내려진 커튼
사이로 검은 옷을 입은 여자가 보였다. 지나이다였다.

나는 그만 그 자리에 멈추어 서 버렸다. 생각지도 못한 일
이었다. 나는 빨리 그 자리를 피해야겠다는 생각이 들었다.

'아버지가 뒤를 돌아보면 어쩌지?'

나는 생각하였다.

'큰일이다.'

그러나 질투나 공포, 호기심보다도 강한 어떤 감정이 나
를 움직일 수 없게 하였다. 나는 그쪽을 바라보면서 열심히
귀를 기울였다.

아버지가 지나이다에게 무엇인가 이야기하는 것 같이 보
였는데, 지나이다는 아버지의 말에 동의하지 않는 눈치였다.

지금도 나는 그때의 그녀 얼굴을 잊을 수 없다. — 어딘지
슬퍼 보이면서도 진지한 그녀의 아름다운 얼굴. 거기에는 진

심으로 우러나오는 헌신과 사랑, 절망이 뒤섞여 있었다. 그
녀는 '네' 혹은 '아니오' 하는 짤막한 대답만 하고, 눈을 내
리깐 채 엷은 웃음을 띠고 있었을 뿐이었다. - 고집을 꺾을
의향이 없음을 알리는 미소였다. 나는 그 미소에서 예전의
지나이다를 발견할 수 있었다.

아버지는 어깨를 살짝 들썩이더니 모자를 고쳐 썼다. 그
것은 아버지가 초조할 때 나오는 버릇이었다. 이윽고 아버지
의 목소리가 들려왔다.

'그런 것들은 이제 다 버리고, 당신은 떠나야만 해요…
….'

지나이다는 몸을 세우며 한쪽 손을 내밀었다. 그 순간 내
눈앞에는 도저히 믿을 수 없는 일이 일어났다. 아버지가 자
기 옷의 먼지를 털던 채찍을 느닷없이 들어 올리더니, 그녀
의 팔뚝을 내리쳤다. 날카로운 소리가 들려 왔다.

나는 너무 놀라 소리가 터져 나오려는 것을 간신히 참았
다.

지나이다는 잠시 몸을 떨고 나서, 가만히 아버지를 쳐다
보며 손을 입으로 가져가더니 빨간 채찍 자국에 입을 맞추
기 시작했다.

아버지는 들고 있던 채찍을 집어던지고 현관 층계를 뛰어

올라 집안으로 들어갔다. 지나이다도 몸을 돌려 양팔을 벌린 채 고개를 뒤로 젖히면서 창문에서 사라져 버렸다. 나는 두려움과 의혹에 가득찬 마음으로 그곳에서 도망쳐 나왔다. 하마터면 일렉트릭을 놓칠 뻔하였으나 어쨌든 골목길을 무사히 빠져 나와 강변으로 돌아왔다.

냉정하고 인내심이 강한 아버지가 때때로 광적인 발작을 일으킨다는 것은 잘 알고 있었지만, 방금 내가 목격한 것은 이해할 수 없었다. 내가 죽기 전까지 지나이다의 그 몸짓과 눈망울, 미소를 잊을 수 없을 것이다. 뜻하지 않게 내 눈앞에 드러낸 그녀의 모습은 영원히 내 가슴 속에 새겨질 거라는 생각이 들었다.

나는 강물을 바라보며 하염없이 흐르는 눈물을 닦지도 못하고 서 있었다.

'매를 맞았어……. 그녀가…… 그녀가…….'

"뭐하고 있는 거냐. 말을 이리 주렴!"

등 뒤에서 아버지가 소리쳤다.

나는 멍한 표정으로 말고삐를 아버지에게 내주었다. 아버지는 재빨리 일렉트릭에 올라탔다. 추위에 떨고 있던 말이 놀라 몸을 세우고 두 걸음을 한 번에 껑충 뛰어 버렸다. 아버지는 말을 곧 멈추게 하고 말 옆구리를 박차로 꾹 눌렀다.

그러고는 주먹으로 말의 목덜미를 내리치는 것이었다.

"이런! 채찍이 있어야 말이지."

아버지가 혼자 중얼거렸다.

아까 그녀의 팔을 휘감던 채찍 소리가 귀에 맴돌아 몸이 부르르 떨렸다.

"채찍은 어떻게 하셨어요?"

나는 잠시 후에 이렇게 물었다.

아버지는 아무 대답도 없이 말을 달렸다. 나는 아버지의 옆에 바싹 따라 붙었다. 어떻게 해서든 지금 아버지의 얼굴을 보고 싶었던 것이다.

"혼자 심심했겠구나."

아버지가 말하였다.

"네, 그런데 채찍은 어디에 떨어뜨리고 오셨어요?"

나는 다시 한 번 아버지에게 채찍의 행방을 물었다.

"떨어뜨린 게 아니라 버리고 왔다."

아버지는 나를 한번 힐끗 쳐다보고는 대답하였다.

아버지는 생각에 잠긴 듯이 한참 고개를 숙이고 있었다. 이때 나는 처음으로, 그리고 아마 마지막으로 아버지의 얼굴이 얼마나 부드러운 인정을 나타낼 수 있는가를 알게 되었다.

아버지는 말을 달리기 시작하였다. 나는 아버지의 뒤를

쫓았으나 뒤쳐져서 15분이나 늦게 집에 돌아왔다.

'이것이 사랑이라는 것이다.'

나는 그날 밤 책상 앞에 앉아 혼자서 중얼거렸다. 책상 위에는 노트와 참고서가 펼쳐져 있었다.

'이런 것이 정열이다! 어떤 사람에게라도…… 아무리 자기가 사랑하는 사람이라 할지라도 그렇게 맞으면 화를 내지 않을 수 없을 것이다. 그러나 깊은 사랑에 빠지면 그럴 수도 있을 테지. 그런데 나는…… 나는 그저 제멋대로 상상했던 것인가……'

나는 이 일이 있던 한 달 동안에 성숙해질 수 있었다. 그리고 나의 사랑도, 거기 따르는 생각들도 고통들도, 내가 이제부터 알게 될 새로운 그 무엇들과 비교하면 아주 작은 일에 불과하다고 생각하였다. 그 무엇이라는 것은 앞으로 살아가며 무엇을 찾으려 노력하는 중에 언제든지 마주치게 될 것이다.

그날 밤, 이상하고 무서운 꿈을 꾸었다. 나는 천장이 낮은 어두운 방에 들어섰는데, 그곳에서는 아버지가 한 손에 채찍을 들고 서서 발을 쾅쾅 구르고 있었다. 그리고 방 한구석에는 몸을 움츠린 지나이다가 있었다. 그런데 이마에 빨갛게 부풀어 오른 줄이 그어져 있었다. 그리고 두 사람 뒤에는 피투성이가 된 베로브조로프가 창백한 입술을 벌려 분노에 찬 저주를 퍼부어 아버지를 위협하는 것이었다.

그로부터 두 달 후, 나는 대학에 입학했다. 그 후로 반년이 더 지나 아버지가 이곳 페테르스부르크에서 뇌출혈로 세상을 떠났다. 아버지가 어머니와 나를 데리고 그곳에 이사 온지 얼마 되지 않아 일어난 일이었다.

아버지는 돌아가시기 며칠 전에 모스크바로부터 날아온 한 통의 편지를 읽고 충격을 받았던 모양이다. 아버지는 어머니에게 무엇인가 간절히 부탁하더니 눈물까지 흘렸다고 한다. 나의 아버지가 말이다! 쓰러지던 날 아침, 아버지는 나에게 프랑스어로 편지를 쓰다가 중단하였다.

'내 아들아! 항상 여자의 사랑을 조심하여라. 그 행복과 그 독을 두려워하여라……'

어머니는 아버지가 세상을 떠난 후에 상당한 액수의 돈을 모스크바로 보냈다.

22

4년의 시간이 흘렀다. 나는 막 대학을 졸업하였고, 어떤 일을 시작해야 할 지 몰라 끊임없이 고민하는 중이었다. 한 동안 하는 일 없이 빈둥빈둥 놀 수밖에 없었다.

극장 구경을 나갔던 어느 날, 나는 뜻밖에도 마이다노프를 만났다. 외관상으로는 별로 변한 것이 없었으나, 그는 이제 결혼을 하였고 일도 하고 있다고 하였다. 조금은 과장되게 보이는 그의 감정 표현들은 여전하였다.

"그나저나 자네, 알고는 있나?"

이야기 끝에 그가 나에게 말했다.

"지금 돌리스카야 부인이 이곳에 있다네."

"돌리스카야 부인이라니?"

"자네 잊은 건가? 우리가 한때 사랑하던, 자네도 우리와 같은 입장이 아니었던가? 네스크치느이 공원 근처의 별장에서 말일세."

"지나이다가 돌리스카야란 사람과 결혼했나요?"

"그렇다네."

"그리고 지금 여기에 있다고요? 이 극장에 말입니까?"

"아니, 내 말은 페테르스부르크에 있단 말이네. 한 이틀 전쯤 이곳에 왔다는 것 같은데 곧 외국으로 떠난다는 이야기가 있더군."

"남편은 어떤 사람인가요?"

"아주 훌륭한 사람으로 재산도 많다네. 내가 모스크바에 있을 때 동료였네. 자네도 알고 있는 그 사건 이후…… 그 사건은 자네도 잘 알고 있겠지만……."

마이다노프는 뜻 모를 미소를 지으며 이야기를 이어나갔다.

"그 여자는 결혼 상대를 구하기가 무척 어려웠네. 여러 가지 소문이 뒤따라 다녔으니 말이네. 하지만 영리한 그 여자에게 불가능이란 없었다네. 한번 찾아가 보게. 반가워할 걸세. 그 여자는 한결 예뻐졌다네."

마이다노프는 나에게 지나이다의 주소를 가르쳐 주었다. 그녀는 데프트라는 이름의 호텔에 묵고 있었다.

옛 추억이 내 마음을 설레게 하였다.

나는 이튿날 '옛 애인'을 찾아가 보려고 결심하였다. 그러나 갑자기 일이 생겨서 한 주일 두 주일을 그대로 넘기고서야 겨우 데프트 호텔에 가서 돌리스카야 부인을 만나려고 했을 때, 나는 그녀가 4일 전에 아이를 낳다가 죽었다는 이야기를 들었다.

순간 가슴이 철렁하였다. 나는 그녀를 다시 만날 수 있었음에도 끝내 만나지 못하고 만 셈이다. 그리고 이제는 영원히 그녀를 만날 수 없게 되었다. 비통한 마음이 들었다가,

비통함이 나를 향한 비난이 되어 내 마음을 더 아프게 했다.

'그녀가 죽어 버리다니!'

눈물에 점차 흐려지는 눈에는 문지기 소년이 보였다.

나는 말없이 문밖을 나섰다. 정처 없이 걷는 사이, 지난날의 일들이 한꺼번에 떠올라 내 눈앞을 가렸다.

젊은 날, 영원히 빛날 것만 같던 생명이 이처럼 허무하게 끝날 수 있는 것인가. 그 시절 작은 일에도 흥분하고 조급해하며 달려가던 삶의 목표가 고작 이런 것이란 말인가.

나는 세상 그 어떤 것과도 견줄 수 없었던 그녀의 아름다운 모습, 눈, 물결치던 머리카락을 생각했다. 그리고 좁다란 관 속에 눕혀져 이제는 축축한 땅 밑에, 어둠 속에 묻혀 있을 그녀를 상상해 보았다. 그녀에 대한 기억은 아직도 지금의 나에게서 별로 멀지 않은 곳에 있을 것만 같았다. 그리고 나의 아버지에게서는 나보다 더 가까운 곳에 그녀의 기억이 자리 잡고 있을지 모른다. 그런 생각을 하며 오는 사이에 어떤 구절이 내 머리를 울려 왔다.

무심한 사람의 입으로부터 나는 들었노라, 죽었다는 소식을.

그리고 나 또한 무심히 그 말에 귀 기울였노라.

아, 청춘이여! 청춘이여! 너는 아무런 걱정이 없구나. 너는 온 세상의 모든 보물을 가진 것 같다. 너는 언제나 자신만만하고, 대담하면서도 용감하다. 너는 보란 듯 혼자 나아가고, 혼자 살아가려 한다. 그러나 너의 그 좋은 시절도 흘러가버리고 결국엔 흔적도 없이 사라진다. 네가 차지했던 모든 것들은 햇빛을 받은 밀랍처럼, 그리고 눈처럼 녹아 없어진다. 어쩌면 무엇이든지 네가 해내리라고 생각하고, 또 믿는 것이 너의 매력일지도 모른다. 너는 그저 바람이 부는 언덕에 서서 쓸 곳 없는 너의 힘을 흩날려 버릴지도 모른다.

세상 사람들은 진정으로 자신을 방탕한 자라고 간주하며, '아, 시간을 헛되이 낭비하지 않았다면 지금보다 더 나은 삶을 살고 있을 텐데!' 하고 말할 자격이 있다고 정말로 믿고 있는지 모른다.

나도 역시 다른 이들과 다르지 않다. 잠시 나타난 첫사랑의 꿈을, 오직 가늘게 새어 나오는 한숨과 서글픈 감촉으로만 간신히 더듬었을 뿐인데, 내가 무엇을 더 바라고 기대할 수 있겠는가! 나는 그 시절 얼마나 풍요로운 미래를 바라고 있었던 건가!

내가 기대하고 소망했던 것들, 그 중에서 무엇이 실현되었겠는가? 내 인생에는 이미 황혼의 그림자가 드리워지기 시작하였으나, 봄날 아침의 소나기 같은 기억 말고는 다른 어떤 생생하게 그리운 것이 남아 있다고 할 수 있을까?

지금 나는, 자기 자신을 지나치게 학대하고 있는 것은 아닐까.

철없던 청춘에도 나는 내 자신에게 스며오는 슬픔이나, 무덤 속에서 들려오는 장엄한 목소리에 귀를 막고 있었던 것은 아니다.

지금도 잊을 수 없지만, 지나이다의 사망 소식을 듣게 된 날부터 며칠인가 지나서 나는 ─ 스스로 누를 수 없는 기운에 의하여 ─ 우리와 같은 건물에 살고 있던 어떤 가난한 노파의 임종을 목격한 적이 있었다. 누더기로 몸을 감싼 채, 딱딱한 널빤지 위에 자루를 베개 삼아 누운 그 노파는 무척 괴로워하다가 애타게 마지막 숨을 거두었다.

그녀의 일생은 하루하루 살아가기 버거웠던 가난한 살림에 쫓기며 살아 왔을 것이다. 기쁨이 무엇인지 알지 못하고, 행복도 느끼지 못했던 그녀로서는, 온전한 자유와 휴식만을 가져다주는 죽음을 겸허히 받아들이리라. 그럼에도 그녀는 늙고 쇠약해진 육체가 아직 숨을 쉬고 있는 동안에, 얼음처럼 싸늘한 손이 놓인 가슴이 아직 고통에 요동치는 동안에, 아직 그 몸에서 최후의 숨이 빠져 나가지 않은 동안에 끊임없이 가슴에 성호를 그으며 중얼거렸다.

'주여, 내 죄를 용서하소서!'

그녀의 의식이 마지막 힘을 쥐어 짜내며 번쩍이다 사그라졌을 때, 마침내 그녀의 눈 속에서는 죽음에 대한 불안과 공포가 겨우 사라졌던 것이다.

나는 지금도 기억하고 있다. 그때 그 가난한 할멈의 마지막 모습을 지켜보며, 나는 문득 지나이다의 최후를 보는 것 같은 무서운 느낌을 지울 수가 없었다. 그리고 지나이다를 위해서나, 아버지 그리고 내 자신을 위해서 간절한 기도를 올리고 싶었다.

꿈

꿈

1

그때 나는 바다를 옆에 두고 있는 작은 도시에서 어머니와 함께 살고 있었다. 그때 내 나이 열일곱이었다.

어머니는 일찍 결혼하여 나를 낳았기에 아직 서른다섯을 넘지 않은 나이였다. 아버지는 내가 겨우 일곱 살 되었을 무렵에 돌아가셨다. 하지만 나는 아버지를 잘 기억하고 있었다.

어머니는 아담한 키에 금발머리의 미인이었다. 그러나 언제나 얼굴에 수심이 가득했고, 피로에 지친 듯 나직한 목소리로 말하였다. 동작 하나하나에도 언제나 불안감이 깃들어 있었다.

젊은 시절부터 어머니는 근방에 미인으로 소문이 나 있었다. 마음씨도 고와서 여인이 갖추어야 할 매력을 모두 가지고 있었다. 깊은 눈은 파랗고 늘 슬픔에 잠긴 듯하고, 가늘고 부드러운 머리털, 아름다운 손. 나는 어머니처럼 아름다운 여인을 그 어디서도 본 적이 없었다.

나는 항상 어머니를 존경했고, 어머니는 나를 사랑해 주셨다. 하지만 우리의 생활은 그다지 즐겁지 못했다. 어머니의 마음속에 깊이 자리 잡은 어떤 비애 때문이었다. 그것은 아버지에 대한 기억과 슬픔에서 비롯된 것만은 아닌 듯했다. 그녀는 그다지 아량이 있는 여인이 아니었을 뿐더러, 아버지를 많이 사랑한 것도 아니었다. 그리고 아버지에 대한 추억을 그렇게 소중하게 간직하고 있지도 않았다.

거기에는 내가 알지 못하는 그 어떤 것이 있었다. 다만 나는 움직이지 않는 잔잔한 눈동자와 부드럽게 다문 어머니의 입술이 영원히 얼어붙은 듯한 모습을 바라보며, 숨겨진 무언가를 어렴풋이 짐작해 볼 뿐이었다.

어머니는 늘 나를 사랑한다고 말했지만 나의 존재가 참을 수 없이 귀찮다는 듯 나를 멀리하는 때도 있었다. 그러나 그럴 때마다 어머니는 나에 대한 태도가 본심이 아니라며 몸부림치고 안타까워했으며, 나를 자기 품에 껴안으면서 눈물 흘리고 뉘우치는 것이었다.

나는 가끔씩 드러나는 어머니의 이런 행동들이 모두 좋지 못한 건강 때문이라고만 생각했었다. 어머니가 나에게 드러내는 적개심 비슷한 것은 대부분의 경우, 이해할 수 없는 이상한 증오감의 연장에서 생긴 것일 수 있으리라. 나만 하더라도 가끔 내 마음속에서 까닭모를 발작이 일어날 때가 있으니 말이다. 하지만 이러한 발작과 어머니가 나를 싫어할 때의 증오감은 서로 다른 것이었다.

어머니는 언제나 검정색 옷을 입고 있었다.

당시 우리는 사람을 많이 알고 지내지는 않았지만, 생활만큼은 여유롭고 남부럽지 않았다.

2

어머니는 언제나 나를 애지중지하며 키우셨다. 아마도 어머니는 나의 생명이 곧 그녀의 것과 다름없다고 여기는 듯했다.

자식에 대한 부모의 지나친 배려가 꼭 자식에게 좋은 것만은 아니다. 그것이 오히려 아이들에게 해를 끼칠 수도 있다. 나는 어머니의 하나밖에 없는 아들이다. 본래 혼자인 아이들, 특히 외아들이란 존재는 대개 잘못되기가 쉬운 법이다.

자식을 기르면서 대개 부모들이 많이 하는 실수는 자식을 자신들보다도 더 애지중지 하는 것이다. 어릴 적부터 나는 다른 집 외아들과는 달리 어리광도 부리지 않고 생떼를 쓰지도 않았지만, 생각은 건전하지 못했다. 그리고 몸도 어머니를 닮아 허약하고, 얼굴 생김도 어머니를 많이 닮아 있었다.

나는 내 나이 또래의 친구들과 잘 어울리지 않았다. 사람들을 멀리하고 어머니와도 이렇다 할 대화를 나누지 못했다. 나는 책을 읽거나 혼자서 산책하며 공상에 잠기는 것을 몹시 좋아했다. 그때마다 내가 어떤 생각들을 했는지 지금 설명하기는 어렵지만 말이다.

가끔씩 나는 어떤 신비로운 비밀이 숨어 있는 방 문 앞에 서 있는 것 같은 착각에 사로잡히곤 했다. 그 문은 항상 절반쯤 열려 있고, 나는 문 앞에서 막연히 무엇인가를 기다리며 생각에 잠긴다. ― 그렇지만 나는 그 문을 넘어서지 않는다. 그저 그 방에는 무엇이 있을까 하고 생각해보는 것이 전부이다. ― 나중에는 정신이 몽롱해진다. 그리고 어떤 때는 그러다가 잠들어 버린다.

아마도 이럴 때 내 마음속에 시적 영감들이 마구 떠올랐
다면 나는 시인이 되었을 것이고, 만일 신에 대한 경외심이
생겼다면 수도사가 되었을 것이다. 그러나 나에게 그런 일은
일어나지 않았다. — 그저 나는 막연하게 공상을 계속했을
뿐이다.
  — 그리고 계속 무언가를 기다리고 있었다.

3

  얼마 전 나는 터무니없고, 쓸데없는 생각에 잠겨 있다가
잠들어 버린 일이 있었다. 나는 본래 잠이 많았다. 그렇게
자면서 꾸는 꿈들이 내 인생에 있어 큰 역할을 하고 있었다.
  나는 거의 매일 꿈을 꾸었다. 나는 꿈 하나하나를 다 기억
하고 있었으며, 해몽하려고 애쓰기도 하고, 여러 가지 일들
을 예상해보기도 하였다. 그런데 그 가운데는 나 자신이 놀
랄 정도로 같은 꿈을 반복해서 꾸는 경우도 있었다.
  특히 나를 당황하게 만들었던 꿈이 있다.
  나는 작은 도시의 좁고 더러운 길을 걷고 있었던 것 같다.
길 양쪽으로 지붕 끝이 뾰족한 고층의 석조 건물이 늘어서

있었다.

꿈속에서 나는 아버지를 찾고 있는 중이었다. 어떻게 된 영문인지 아버지는 죽지 않고, 다만 우리 곁을 떠나 이 석조 건물의 어느 한 집에 살고 있는 것이었다. 나는 통나무와 널 빤지가 가득한 정원을 가로질러 두 개의 둥근 창이 있는 자그마한 방으로 들어갔다.

아버지는 편안한 옷차림을 하고 방 한가운데 서서 파이프 담배를 태우고 있었다. 자세히 살펴보니 그의 얼굴은 내가 잘 아는 친아버지가 아니라 전혀 다른 사람이었다. 나이가 마흔 정도 되어 보이는 그 남자는 매우 마른 체형에, 머리는 검고, 매부리코에 우울하면서도 날카로운 눈을 가졌다. 그는 내가 찾아온 것을 반기지 않았다. 나 역시 아버지를 만난 것이 조금도 기쁘지 않았다. 다만 그의 앞에 어색하게 서 있을 뿐이었다.

그는 조용히 몸을 돌리더니 혼잣말을 중얼거리며 방 안을 걸어 다니기 시작하였다. 그는 차차 나에게서 멀어져 가면서도 여전히 무어라 중얼거리고 있었다. 그가 어깨 너머로 나를 바라보는 순간 갑자기 방이 넓어지며 방 안에 안개가 자욱해졌다. 나는 또다시 아버지를 잃을지도 모른다는 생각에 덜컥 겁이 났다. 나는 아버지를 쫓아 달려갔다. 그러나 나는 끝내 아버지를 찾지 못하였다. 다만 마치 성난 곰의 신음 소리와도 같이 중얼거리는 소리가 들려 올 뿐이었다. 심장이 고동을 멈추었다.

나는 눈을 떴다. 그리고 오랫동안 다시 잠을 이루지 못했다. 이튿날 나는 다시 이 꿈에 대해 곰곰이 생각해 보았다. 그러나 이 꿈에 대해서는 도저히 어떠한 해석도 되지 않았다.

4

6월이 다가왔다.

어머니와 내가 살고 있는 이 도시는 6월이 되면 유난히 부산스러워지곤 하였다. 부둣가에는 많은 배들이 들어오고, 거리에는 낯선 사람들이 오고 가는 시기였다.

이맘때면 나는 찻집과 여관들이 늘어선 부둣가 거닐기를 즐겼다. 가지각색의 옷을 입은 뱃사람들의 모습이며, 천막 안에 앉아 시원하게 맥주를 들이키는 사람들의 모습을 넋을 잃고 바라보곤 하였다.

하루는 어느 찻집 앞을 지나고 있었다. 문득 내 눈에 새까만 윗옷을 걸치고 눈 아래까지 밀짚모자를 내려쓴 남자가 팔짱을 끼고 가만히 앉아 있는 모습이 들어왔다. 부드러워 보이는 새까만 앞머리는 거의 코 밑까지 내려오고, 얇은 입술에는 짤막한 파이프 담배를 물고 있었다. 나는 그 사람 앞에서 걸음을 멈추었다.

그는 어디선가 본 듯 매우 낯이 익었다.

'이 사람은 누구일까? 대체 어디서 그를 보았을까?'

나는 스스로에게 묻지 않을 수 없었다. 거무스름하고 누런 얼굴을 비롯하여 그의 모습 하나하나가 분명 기억 속에서 뚜렷했다.

누군가가 자신을 뚫어질 듯이 바라보는 것을 의식했는지, 남자가 까맣고 날카로운 눈초리를 내게로 돌렸다. 남자가 고개를 돌린 순간 나는 소스라치게 놀라 가느다란 비명을 지르고 말았다.

틀림없이 그 남자는 바로 내가 꿈에서 찾아다녔던 아버지가 아닌가! 틀림없이 그 사람이었다. 너무도 똑같은 모습에 경악하지 않을 수 없었다. 그의 메마른 몸을 감추고 있는 기다란 상의의 빛깔과 모양조차 내가 꿈속에서 본 아버지가 입고 있던 그때의 옷과 흡사했다.

'내가 지금 꿈을 꾸고 있는 것인가?'

나는 곰곰이 생각해 보았다. 그러나 지금은 대낮이었다.

주위에는 많은 사람들이 웅성거리고, 맑게 갠 하늘에선 햇빛이 눈부신 한낮이었다. 내 주위에 있는 사람들은 환영(幻影)이 아니고, 실제로 살아서 움직이고 있었다.

나는 빈자리를 찾아 한 잔의 맥주와 신문을 주문하였다.

— 나는 그 남자로부터 멀지 않은 곳에 자리를 잡았다.

5

나는 신문을 보는 척 그 남자에게로 시선을 돌렸다. 여전히 그는 꼼짝도 않고 자리를 지키고 앉아 때때로 흘러내리는 머리카락을 넘겨 올리곤 하였다. 아마도 누군가를 기다리고 있는 모양이었다.

그를 계속 관찰하였다. 나는 마음속으로 이런 생각도 해 보았다. 이것은 그저 내 상상에 불과하고, 나는 지금 내 상상에 속고 있는 것이다!

그때 남자가 갑자기 몸을 돌리더니 조용히 손을 올렸다. 나는 또 한 번 놀랄 수밖에 없었다. 내 앞에 있는 이 남자는 아무리 부정해도 분명 내가 쫓았던 꿈속의 아버지임에 틀림없었다.

남자 또한 끈질기게 자신을 훔쳐보는 타인의 시선을 눈치 챈 모양이었다. 처음에는 약간 당황하는 표정을 짓더니, 나중에는 매우 불쾌하다는 눈을 하고 나를 바라보더니 이내 자리를 뜨려고 하였다. 그가 일어서려는 순간 의자에 기대어 놓았던 지팡이가 땅바닥에 뒹굴었다. 나는 얼른 달려가 지팡이를 집어 그 남자에게 주었다. 갑자기 나의 심장이 빠르게 뛰기 시작했다.

그는 나에게 어색한 웃음을 지으며 고맙다는 인사를 하고 내 얼굴을 한참 쳐다보더니, 마치 무엇에 무척 놀란 사람처럼 눈썹을 치켜 올리며 말했다.

"젊은 사람이 참 친절하기도 하지."

그의 목소리는 메마르고 날카로웠다.

"요즘 세상에 보기 드문 젊은이군. 자네의 친절함에 감사하고 싶군."

그때 내가 그에게 뭐라고 대답했는지 잘 기억나지 않는다. 다만 우리는 곧 이야기를 나누기 시작하였고, 나는 남자가 러시아 사람이라는 것과 여러 해 동안 미국에서 살다가 최근에야 돌아왔다는 이야기, 머지않아 다시 미국으로 떠나야 한다는 이야기를 들었다. 그는 자신을 남작이라고 소개하였다. 사실, 그가 내게 이름을 말했던 것도 같은데, 나는 그의 이름을 똑똑히 기억할 수가 없었다.

그는 나에게 이것저것을 묻다가 내 성과 이름을 말해주자 크게 놀라는 기색을 보였다. 그는 나에게 이 도시에서 산 지 얼마나 되었으며, 다른 가족 누구와 살고 있느냐고 물었다. 나는 현재 어머니와 함께 살고 있다고 말하였다.

"아버지는 어디에 계시는가?"

"아버지는 오래 전에 돌아가셨습니다."

그는 나에게 어머니에 관한 몇 가지를 더 묻더니 까닭 없이 웃었다. 그리고 곧 미안하다고 말하며, 자신은 아직 미국식 관습에 익숙하고, 성격은 까다롭고 거칠다고 알려주었다. 이어 그는 내가 사는 곳을 물었고, 나는 그에게 우리 집을 가르쳐 주었다.

6

남작과 처음 이야기를 나눌 때의 흥분은 차차 가라앉기 시작했다. 한편으로 생각하면, 그와 내가 가까워진 것은 그 자체로 기이하게 생각될 수 있는 일이었다.

남작은 나에게 말을 걸 때마다 얼굴에 미소를 띠고 있었다. 나는 그 미소가 마음에 들지 않았다. 그의 날카로운 눈초리 역시 불편하였다. 그의 교활하면서도 동정어린 눈빛에는 사람을 불쾌하게 하는 그 무언가가 있었다. 나는 꿈속에서도 그런 눈은 보지 못하였다.

자세히 들여다보니 남작은 까칠한 피부에 어디지 모르게 매우 피곤해 보이는 얼굴이었지만, 나이보다는 훨씬 젊어 보이는 얼굴을 가지고 있었다. 나는 그 젊어 보이는 얼굴이 마음에 들지 않았다. 그리고 남작의 이마에는 이마 전체를 비스듬히 가로지르는 커다란 상처가 있었다. 내가 꿈속에서 봤던 아버지는 이런 큰 상처는 가지고 있지 않았다.

내가 남작에게 어머니와 내가 사는 거리와 집의 주소를 말하고 있었을 때, 코 밑까지 코트를 뒤집어쓴, 키가 큰 흑인 사내가 뒤에서 다가와 남작의 어깨를 두드렸다. 남작이 돌아다보았다.

"아아, 드디어 나타나셨군!"

그는 내게 살짝 고개를 끄덕여 인사하더니 흑인과 함께 찻집으로 들어갔다. 나는 천막에 남아서 남작이 나오기를 기다리고 있었다. 그와 더 나눌 이야기가 있는 것은 아니었다. 다만 그의 인상을 다시 한 번 차근차근 살펴보려고 했던 것이다. 사실 나는 그와 무슨 말을 해야 할지도 생각해보지 않았다. 그런데 시간이 흘러 한 시간은 족히 넘었을 시간까지 남작은 나타나지 않았다.

나는 찻집으로 들어가 구석구석을 살폈지만 남작과 흑인의 모습은 찾아볼 수 없었다. 아마도 그들은 뒷문으로 나간 모양이었다.

갑자기 머리가 아프기 시작했다. 시원한 바람이나 쐬면서 머리를 식혀야 할 것 같았다. 나는 해변을 따라 탁 트인 교외의 공원으로 발길을 옮겼다. 나는 커다란 참나무와 플라타너스 그늘에서 두어 시간 산책을 한 다음 집으로 돌아왔다.

7

내가 현관 앞에 이르자, 하녀가 겁에 질린 표정으로 급하게 뛰어나왔다. 나는 하녀의 얼굴을 보고 내가 없는 사이에 어떤 큰 일이 일어났다는 것을 알 수 있었다. 그것은 사실이었다.

한 시간 전쯤 어머니의 침실에서 갑자기 비명소리가 들려왔다는 것이다. 놀라 달려간 하녀는 마루에 쓰러져 있는 어머니를 발견했고, 어머니는 몇 분 동안 실신 상태에서 깨지 못했다고 했다. 어머니는 곧 정신을 차렸지만 침대에서 일어날 수가 없었다. 어머니는 아무 말도 하지 않고 물어도 대답이 없었다. 잔뜩 겁에 질린 얼굴로 사방을 두리번거리며 몸을 부르르 떨 뿐이었다. 하녀는 정원사를 시켜 의사를 불렀다.

의사가 도착했다. 그는 우선 진정제를 처방해 주었다. 어머니는 의사에게도 입을 열지 않았다. 정원사는 어머니 방에서 비명이 들린 후, 낯선 사람이 정원 화단을 가로질러 황급히 달아나는 것을 보았다고 하였다. ― 우리 집은 큰 창문을 통해서 넓은 정원을 드나들 수 있는 단층집이었다. ― 정원사는 그 사람의 얼굴을 자세히 보진 못했지만, 마르고 훤칠한 키에 밀짚모자를 쓰고 긴 프록코트를 걸치고 있었다고 말했다.

순간 나의 머리에 부둣가에서 만났던 남작의 옷차림이 떠올랐다.

정원사는 의사를 부르는 것이 급선무였기에 그 침입자를 따라갈 수 없었다고 했다.

나는 어머니의 방으로 들어섰다. 어머니는 침대에 누워 하얀 베개 위에 맥없이 고개를 늘어뜨리고 있었다. 곧 나를 알아보고 미소 지으며 나에게 손을 내밀었다.

나는 어머니의 곁에 앉아서 이것저것 묻기 시작했다. 어머니는 내가 말하는 모든 것에 아니라는 말만 되풀이 하였다. 그러다가 나중에는 무서운 것을 보아서 그랬노라고만 말해주었다.

"어떤 사람이 이 방으로 들어오지 않았나요?"

내가 다시 어머니에게 물었다.

"아니."

어머니는 또 부정하였다.

"이 방에는 아무도 들어오지 않았다. 아마도 내가 무서운 꿈을 꾸었나 보다……."

말끝을 흐리더니 어머니는 갑자기 손으로 눈을 가렸다. 나는 정원사에게 들은 이야기와 남작과 만났던 이야기까지 모두 말하려다가, 무슨 까닭에선지 입을 닫았다. 나는 꿈속에서 보았던 것은 결코 실제로 나타나지 않는다고 어머니에게 말하고 싶었다.

"나가보렴."

어머니가 나지막한 목소리로 속삭였다.

"제발 나를 가만히 두렴. 너도 언젠가는 알게 될 테니……."

어머니의 손은 차갑고 맥박이 거칠게 뛰었다. 나는 어머니를 안정시키기 위해 약을 드리고는 옆으로 물러앉았다.

어머니는 온종일 자리에서 일어나지 않았다. 미동도 없이
조용히 누워만 있었다. 다만 가끔 깊은 한숨을 몰아쉬고는
무엇엔가 놀란 눈으로 주위를 둘러볼 뿐이었다. 집안사람들
모두가 어머니를 걱정하였다.

8

밤이 되자 어머니는 나를 물러가라고 하였다. 나는 내 방
으로 돌아가지 않고 바로 옆방에 있는 긴 의자에 누웠다. 어
머니의 몸에 열이 오르기 시작해서였다.

나는 15분마다 일어나 발끝으로 걸어서 문틈에 귀를 기울
였다.

방 안은 여전히 조용하였다.

그날 밤 어머니는 가까스로 잠이 든 것 같았다.

다음 날 아침 일찍 내가 어머니의 방으로 들어섰을 때, 어
머니의 얼굴은 붉게 상기되어 있었고, 눈에서 이상한 광채를
발하고 있었다. 낮이 되자 차차 열이 가라앉았다. 그러나 밤
이 되자 다시 열이 오르기 시작하였다. 아무 말도 하지 않던
어머니가 갑자기 빠른 속도로 중얼거리기 시작하였다. 헛소

리를 하는 것은 아니었다.

어머니는 무언가 중요한 말을 하려는 것 같았으나 알아들을 수는 없었다. 나는 어머니 곁을 지키고 앉았다. 자정이 가까웠을 즈음 어머니는 갑자기 경련을 일으키며 자리에서 일어났다. 그리고 연신 물을 들이키며 맥없이 손을 흔들었다.

어머니는 나를 거들떠보지도 않고 아까와 같은 빠른 어조로 말을 시작하였다. ─ 어머니는 잠시 말을 멈추었다가 다시 기운을 차려 이야기를 이어갔다. ─ 정말 이상한 일이었다. 어머니는 마치 꿈을 꾸는 사람 같았다. 그녀 자신이 아니라, 누군가 다른 사람이 어머니의 입을 빌어 말하고 있는 것처럼 보였다.

9

"들어봐라. 이제부터 이야기를 하나 해줄 테니."

어머니는 입을 열었다.

"너도 이제 어느 정도 컸으니 알아두는 것이 좋겠다. 내게는 매우 가까운 친구가 하나 있었다. 그 친구는 자기가 진심으로 사랑하던 남자와 결혼을 했다. 그리고 그녀는 남편과 함게 행복한 나날을 보냈다. 친구 부부는 결혼하였던 그 해 수도에 올라가 휴가를 보내기로 했다. 그들은 일류 호텔에 머물면서 극장에도 가고, 여러 사교모임에도 참석했었다. 친구는 매우 아름다운 여인이었지. 보는 사람마다 그녀의 아름다움에 놀랐었으니까. 많은 청년들이 그녀를 따라다녔어. 그 중에는 장교가 한 사람 있었는데 그는 내 친구와 인사도 나누지 않았을 뿐더러, 말 한마디 나누어 본 일이 없이 그저 멀찌감치서 바라보기만 하는 거야. 뚫어질 듯이 말이다. 내 친구는 어디를 가든 그 남자의 심술궂은 시선을 피할 수가 없었다. 그러다 보니 그 남자 때문에 모처럼 수도에서 누리던 휴양의 즐거움이 다 사라지고 말았어. 친구는 견디다 못해 집으로 돌아가자고 남편을 조르기 시작했어. 그래서 그들은 예정보다 서둘러 돌아갈 채비를 하고 있었는데, 어느 날 남편이 장교들로부터 트럼프 놀이에 초대를 받고 클럽에 놀러가게 되었단다. 바로 그 이상한 남자와 같은 연대에 있는 장교들 말이다. 그래서 친구는 그날 하루 집에 혼자 남게 되었다.

밤늦은 시간까지 남편이 돌아오지 않자, 혼자 침대에 누워 있던 친구는 갑자기 무서운 생각이 들었단다. 그녀는 순간 소름이 오싹 끼치면서 부들부들 떨기까지 했대. 벽 뒤에서 가벼운 노크 소리가 들려오는 것 같아서 그녀는 벽 쪽을 바라보지 않았겠니? 방 한쪽 구석에선 난로가 타고 있고, 방을 빙 둘러 휘장이 쳐져 있었는데, 갑자기 휘장이 움직이더니 벽에 뚫린 구멍 같은 것이 보였다는 거야. 그리고 그 구멍 속에서 눈매가 사납고 키가 큰 남자가 나타났지 뭐야. 그녀는 소리를 지르려 했지만 그럴 시간도 없이 정신을 잃고 말았어. 그 남자는 빠르게 그녀에게 달려들어 그녀의 머리를 무언가로 덮어씌웠던 거야. 그녀는 질식해서 죽을 것 같은 느낌이 들었던 것은 기억하지만 그 이후로는 어떻게 된 일인지 알 수 없었다는구나. 사실 나도……. 잘 모르겠어! 그때 죽는 것이 나았을 수도 있어. 그때의 그 일은 살인과도 같아……. 무서운 순간이 지나고 그때 나는…… 아니…… 그때 내 친구는 제정신을 차렸어. 정신을 차리고 둘러본 방 안에는 아무도 보이지 않았어. 그러고 나서 한참만에야 겨우 소리를 질렀지만 곧 정신을 잃고 말았대. 친구가 다시 정신을 차렸을 때는 남편이 곁에 와 있지 않겠어?

남편은 새벽 두 시까지 클럽에 잡혀 있다가 겨우 돌아왔다고 했어. 그의 얼굴은 지쳐 있었어. 그는 친구에게 무슨 일이냐고 물었지만 친구는 아무 대답도 할 수 없었대. 그녀는 그것으로 인하여 병이 생겼어. 다음 날, 그녀는 방에 혼자 있게 되었을 때 휘장을 걷고 벽 속을 들여다보지 않았겠

어? 그러자 휘장 밑 벽 아래의 비밀문이 눈에 띄었어. 그리
고 그녀는 손에 끼고 있던 약혼반지가 간 곳 없이 사라졌다
는 걸 알았지. 그 반지는 여느 것들과는 달리 옛날부터 전해
오는 그 가문의 보배로, 일곱 개의 금별과 일곱 개의 은별이
서로 엇갈려 있었단다. 남편이 친구에게 반지의 행방을 물었
지만 대답할 수가 없었대. 남편은 아내가 어쩌다 실수로 잃
어버렸으리라 생각하고 여기저기 찾아보았지만, 아무 데서
도 찾아 내지 못했어. 이래저래 남편도 마음이 좋지 않아 둘
은 곧 집으로 돌아가기로 했어. 의사가 허락하기 무섭게 그
들은 수도를 떠난 거야. 그들이 거리로 나섰을 때 어느 손수
레와 마주치게 되었는데, 그 수레 위에는 머리가 깨져 죽은
사람이 누워 있었어. 자세히 보니, 그 사람은 무서운 눈을
한 바로 그 남자였지 뭐야. 간밤에 트럼프 놀이를 하다 죽었
다는 거야! 그녀는 곧 남편과 함께 집으로 돌아왔어. 그리고
아들을 낳고 몇 해를 남편과 함께 살았어. 남편은 아무것도
모르고 있었지. 내 친구인들 남편에게 무슨 말을 할 수 있었
겠니? 그 친구 자신도 아무것도 몰랐으니 말이야.

그들은 행복할 수 없었어. 그들의 생활 속에 어둠이 깃들
기 시작했거든. 그리고 그 어둠은 평생 동안 그들을 따라다
녔지. 그런데 그 후부터는 아이가 없었단 말이야. 그러니 그

아들은……"

어머니는 몸부림을 치며 두 손으로 얼굴을 가렸다.

"가만히 듣지만 말고 무슨 말이라도 좀 해보렴."

어머니는 아까보다 더욱 강한 어조로 말을 이어갔다.

"사실 내 친구에게 무슨 죄가 있겠니? 도대체 어떤 이유로 내 친구는 평생을 자책하며 살아야 하느냔 말이야. 그 여인이 벌을 받고 있는 것이라고 해도, 그 여인에게 자신을 괴롭히는 형벌이 옳지 않다는 것을 신 앞에 주장할 권리가 없을까? 그 여인이 대체 무슨 이유로 죄인이 되어야 하지? 이렇게 오랜 세월이 흘렀는데도, 어째서 과거의 일이 그토록 무섭게 그녀를 사로잡는 것인지! 마크베트는 반코를 죽이고도 그렇게 태연하였는데……. 그런데 나는……."

어느 순간부터 어머니의 말은 두서없이 진행되고 있었다. 나는 어머니의 말을 귀담아 듣지 않았다. 지금 어머니가 잠꼬대를 하고 있는 것이라 생각되었다.

10

어머니의 이야기는 나를 절망에 빠트리기에 충분했다. 나는 어머니가 두서없이 내뱉은 짧은 이야기로도 모든 것들을 알 수 있었다.

나는 어머니가 이야기를 시작하는 그 시점에 그것은 이미 어머니의 친구에 대한 이야기가 아니라, 어머니 자신의 이야기를 하는 것임을 알 수 있었다.

어머니가 무의식중에 내뱉은 말들은 나의 추측들을 더욱 확실하게 해 주었을 뿐이었다. 내가 꿈속에서 찾아 헤매고, 현실에서 만났던 그 남작은 분명 나의 진짜 아버지임에 틀림없었다. 그는 어머니의 생각대로 죽은 것이 아니라, 단지 머리에 상처가 났을 뿐이었으리라. 그리고 지금에 와서 그는 어머니를 찾아왔다가 어머니가 너무도 놀라는 바람에 그대로 도망쳤으리라.

지난날 이해할 수 없었던 어머니의 행동들은 그 까닭이 이제 밝혀졌다. 때때로 뿜어져 나오던 그 증오감, 항상 간직하고 있는 깊은 슬픔, 그리고 우리 둘만의 고독한 생활. 모든 생각이 뒤엉켜 머리가 돌기 시작하였다.

뒤섞이는 기억을 다시 제자리에 넣으려는 듯 나는 두 손으로 머리를 꽉 붙잡았다. 그러나 한편으로는 무슨 일이 있더라도 그 남자를 찾아야겠다는 생각이 머릿속에 가득했다. 그 이유는 굳이 밝히고 싶지가 않았다. 다만 그 남자를 찾는 것이 내 인생과 직결되는 중요한 문제였다!

　이튿날이 되어서야 어머니는 겨우 안정을 되찾았다. 열도 내렸다. 그리고 어머니는 깊이 잠들어 있었다. 나는 하녀와 머슴에게 어머니를 잘 보살피라고 당부하고 남작을 찾아 나섰다.

11

　나는 남작을 만났던 그 찻집으로 발을 옮겨 놓았다. 그러나 찻집에서는 그를 아는 사람이 아무도 없을 뿐 아니라, 모두들 남작을 본 기억조차 없다고 하는 것이었다. 그는 어쩌다가 우연히 그 찻집을 찾은 손님인 모양이었다. 그런데 주인은 본 기억이 난다고 했다. 하지만 그의 차림과 모습이 눈에 두드러졌기 때문에 기억하는 것일 뿐, 그가 누구이며 어디에 사는지 아는 사람은 하나도 없었다.

　나는 혹시나 그가 다시 여길 찾을지 모른다는 생각에 찻집에 주소를 적어 놓고, 부둣가며 해변의 거리를 거닐면서 사람들이 모인 곳은 죄다 살펴보았지만, 어느 곳에서도 남작이나 그 흑인을 찾아볼 수 없었다. 남작의 이름을 알지 못하였기에 경찰에 가서 도움을 청할 수도 없었다.

나는 좀 막연하지만 서너 명의 경찰에게 두 사람의 행방을 알려 준다면 충분히 사례를 하겠다고 넌지시 말해 놓았다. 물론 그들은 놀란 표정으로 나를 바라볼 뿐, 내 말을 믿으려 들지는 않았다. 하지만 나는 그 경찰들에게 두 사람의 용모까지 자세히 설명해 주었다.

그러는 사이 어느덧 점심때가 되어 나는 녹초가 된 채 집으로 돌아왔다. 어머니는 침대에서 몸을 일으켜 앉아 있었다. 어머니의 생활에 또 다른 슬픔이 들어와 있었다. 그리고 그것은 나의 가슴에까지도 전해지는 듯하였다.

다음 날 오후 나는 어머니와 함께 앉아 시간을 보내고 있었다. 우리는 서로 아무 말도 하지 않았다. 어머니는 혼자서 트럼프를 치고, 나는 옆에서 말없이 그것을 구경하였다.

어머니는 어젯밤에 일어난 일들, 그리고 자기가 내뱉었던 이야기에 대해서는 한마디도 하지 않았다. 우리 둘은 어제의 무서운 일을 다시는 입에 올리지 않기로 약속이라도 한 듯 서로 아무 말도 하지 않았다.

어머니는 자기 자신에게 화가 난 모양이었다. 그리고 어제 자기의 행동을 부끄럽게 생각하는 눈치였다. 그러나 어머니는 흥분 속에서 정신을 잃었을 때, 자신이 한 이야기에 대해서는 기억하지 못하였다.

나는 자연스럽게 어머니를 용서해 드렸다. 어머니도 그것을 어렴풋 알고 있는 듯했다. 어머니는 오늘도 어제와 같이 나의 시선을 피하였다. 나는 그날 밤새도록 잠이 오지 않았다.

바깥에서 무서운 폭풍이 몰아치기 시작하였다. 바람이 사납게 휘몰아치며 유리창을 마구 흔들어댔다. 바람소리는 마치 찢어지는 듯한 비명과 신음 소리같이 들려 왔다. 밖에서는 물건이 부서지고 집 위로 그 파편들이 날아다니고 있었다.

새벽녘이 되어 나는 깜빡 잠이 들었다. 그때였다. 누군가가 내 방으로 들어와 나직하고 힘없는 목소리로 계속 내 이름을 불렀다. 꼭 나를 찾는 것만 같았다.

순간 잠이 깬 나는 고개를 번쩍 쳐들었다. 그러나 주위에는 아무도 눈에 띄지 않았다. 알 수 없는 일이었다. 나는 놀라기는 했지만 한편으로는 무언가 일이 풀릴 징조라는 생각이 들었다. 갑자기 무언가 목적을 달성할 수 있으리라는 확신이 내 머리를 스쳐갔다. 나는 재빨리 옷을 갈아입고 밖으로 나섰다.

폭풍은 멈추었으나 아직도 폭풍의 여운은 남아 있었다. 시간이 이른 탓인지 폭풍의 여운 때문인지 거리에는 사람 하나 얼씬거리지 않았다. 여기저기 폭풍이 지나간 흔적들이 뒹굴고 있었다.

'사나운 폭풍 속에서 바다에는 밤새 어떤 일이 일어났을까?'

폭풍이 남긴 흔적들을 바라보다가 문득 바닷가 생각을 하였다. 그리고 곧 바다 쪽으로 발을 옮겼다.

그러나 나의 다리는 마음속 가득한 호기심을 이길 수 없었다. 나는 다른 방향으로 무작정 걷기 시작했고, 10분도 지나지 않아, 나도 모르는 사이에 지금까지 한 번도 와본 적이 없는 거리에 서 있었다.

나는 말로 설명할 수 없고, 보아도 믿을 수 없는 신비스러움을 동경하였다. 그리고 그 신비스러움이 현실에서도 통하리라고 생각하는 것이다.

13

나는 20여 걸음 앞에서, 그때 남작과 함께 이야기하던 흑인을 찾아내었다. 정말 내가 기다리던 신비한 일이 일어난 것이다. 그 흑인 남자는 땅속에서 솟기라도 한 듯 갑자기 내 앞에 모습을 드러내었다.

그는 내 기억에 생생하게도 그 코트를 걸치고 있었다. 그는 내 앞에서 구불구불하고 좁다란 보도를 따라 빠르게 걷고 있었다. 나는 그 뒤를 쫓았다. 그는 뒤도 돌아보지 않고 빠르게 걸음을 옮기고 있었다.

그러다가 그는 불쑥 튀어나온 집 모퉁이로 자취를 감추었다. 내가 재빨리 흑인의 뒤를 따라 모퉁이를 돌았지만 어쩐 일인지 그는 온데간데없고 앞에는 좁은 길이 하나 나타났을 뿐이었다. 아침 안개가 뿌옇게 깔려 있었다.

나는 한 눈에 골목 끝까지 훑어보았지만, 사람 그림자라고는 찾아볼 수 없었다. 나는 그냥 우두커니 서 있을 수밖에 없었다. 주변의 건물들을 천천히 살펴보았다. 그 순간 나는 또 다른 생각이 들었다. 지금 내 눈앞에 보이는 이 길이 왠지 모르게 낯익은 느낌이었다. 나는 이 길을 알고 있었다. 바로 내가 꿈속에서 아버지를 찾아 헤매던 길이었다. 소름이 끼쳤다. 싸늘한 아침 공기 때문이리라. 그러나 내 마음을 스치고 지나간 온갖 생각들이 내게 이상한 확신을 갖게 만들었다. 나는 무작정 걸음을 옮겼다.

나는 눈을 크게 뜨고 더듬어 나갔다. 바로 그곳이었다. 모퉁이를 돌아 보도로 나오는 오른편 집, 내가 꿈속에서 찾아가던 집이 나타난 것이다. 낡은 문하며 문 옆 돌기둥의 나선형의 조각들까지. 다만 유리창의 모양이 조금 다르긴 하였으나 그것이 중요한 것은 아니었다.

나는 조심스럽게 문을 두드렸다. 안에서 기척이 없자 초조해진 나는 점점 더 세게 문을 두드렸다. 마침내 문이 삐걱하고 소리를 내며 마치 하품을 하듯이 천천히 열렸다. 머리가 헝클어지고 약간 졸린 눈을 한 젊은 하녀가 나타났다. 막 잠에서 깨어난 듯한 표정이었다.

"이곳에 남작이 살고 계시죠?"

나는 이렇게 물으면서도 그 집안의 길고 좁다란 정원을 보며 재빨리 기억을 더듬고 있었다. 모든 것이 꿈에서 본 그대로였다. 하다못해 널려 있는 통나무들의 위치까지도 그대로였다.

하녀가 대답하였다.

"이 집에 남작은 계시지 않습니다."

“없다니요, 그럴 리가 없을 텐데요?”

“지금은 확실히 없습니다. 그분은 어제 떠났어요.”

“어디로요? 어디로 떠난다는 말은 없었습니까?”

“미국으로 떠난다고 들었습니다.”

“미국으로?”

나는 나도 모르게 그 말을 되뇌고 있었다.

“그럼, 그분이 돌아오시기는 합니까?”

하녀는 나를 이상한 눈으로 바라보았다.

“그것은 알 수 없지만, 아마 다시는 오지 않을 거예요.”

“그분은 여기 오래 계셨나요?”

“아뇨. 한 일주일 정도 계셨습니다. 지금은 완전히 떠나셨어요.”

“그런데 그 남작의 성은 뭐라고 합니까?”

하녀는 나를 물끄러미 바라보다가 입을 떼었다.

“당신은 그분의 성을 모르시나요? 우리는 그분을 남작이라고만 불렀어요.”

그녀는 내가 안으로 걸음을 옮기려고 하자 급히 누군가를 불러냈다.

“표트르! 이리 나와 봐요. 이상한 사람이 와서 이것저것 자꾸 물어요.”

건장하고 우락부락하게 생긴 머슴 하나가 밖으로 나왔다.

"무슨 일입니까?"

그는 목이 쉰 소리로 말하였다. 그리고 험상궂은 얼굴을 하고 나의 말을 듣고는, 하녀가 했던 말을 되풀이하였다.

"그럼, 이 집에는 누가 삽니까?"

내가 반문하였다.

"우리 주인님입니다."

"그분은 어떤 분이십니까?"

"가구사(家具師)입니다. 이 거리는 가구사들이 모여 살고 있으니까요."

"혹시 이 집 주인을 만날 수 없을까요?"

"지금은 안 됩니다. 아직 주무시고 계십니다."

"집 안을 한 번 둘러볼 수 없을까요?"

"안 됩니다. 그만 돌아가 주십시오."

"그럼 나중에 오면 주인을 만날 수 있을까요?"

"어떤 일로 그러시지요? 만날 수는 있습니다. 그분은 장사를 하시는 분이니 아무 때라도 만날 수 있는 게 당연하겠지요. 그런데 지금은 돌아가 주십시오. 시간이 너무 이릅니다."

"그럼 그 흑인은 만날 수 있습니까?"

내가 느닷없이 흑인에 대해 묻자 머슴은 의아한 눈초리로 나를 쳐다보더니, 곧 하녀에게로 시선을 옮겼다.

"대체 어느 흑인을 말하는 것입니까? 돌아가십시오. 다음에 오셔서 주인님과 이야기하십시오."

나는 다시 거리로 나왔다. 등 뒤에서는 쾅하고 요란한 소리를 내며 대문이 닫혔다. 이번에는 삐걱거리는 소리도 들리지 않았다.

니는 골목과 집을 눈여겨보면서 걸음을 옮겼다. 그러나 집으로 돌아가지는 않았다. 밀려드는 공허함을 주체할 수 없었다. 꿈속의 아버지도, 남작도 말로 설명할 수 없는 신기하기만 한 일이었다. 이 일은 이렇게 허무하게 끝나고 말았다.

나는 그 집에서 내가 꿈속에서 보았던 그 방을, 그리고 그 방 한복판에서 실내 옷을 입고 파이프 담배를 물고 앉은 남작을, 나의 친아버지를 보리라고 확신하였던 것이다. 그런데 집주인이 가구사라니. 나는 언제든지 필요할 때면 그 사람을 찾아갈 수 있다. 그리고 그에게서 가구를 주문할지도 모른다. 하지만 내 아버지는 미국으로 떠났다. 나는 이제 무엇을 어찌해야 한단 말인가! 모든 일들을 어머니게 말씀 드릴 것인가? 그렇지 않으면 그를 만났던 일을 영원히 묻어 버려야 하는 것인가? 나는 꿈속에서부터 시작되었던 이 일이 이렇게 무의미하게 끝나리라고는 상상도 못했다.

나는 집으로 돌아가고 싶지 않아, 그저 발길 닿는 대로 걸음을 옮겼다.

14

내가 어디로 향하는지도 모른 채 고개를 숙이고 발을 옮겼다. 그리고 나는 멍하니 생각에 잠겼다.

일정하게 반복되는 요란한 소음이 생각에 잠겨 있던 나를 깨웠다.

내가 고개를 들었을 때. 불과 50걸음쯤 떨어진 곳에서 파도가 치고 있었다. 나는 그제야 내가 바닷가의 모래 위를 거닐고 있는 것을 알게 되었다. 지난밤의 폭풍으로 어질러진 바다에는, 잔파도가 하얗게 춤을 추며 줄을 지어 몰려와서는 세차게 해변가에 부딪치는 것이었다.

나는 해변가로 다가갔다. 그리고 파도가 백사장 위에 남겨 놓은 흔적을 따라 또 걷기 시작했다.

모래밭 위에는 미끈미끈한 해초 조각들과 조개껍데기들이 사방에 널려 있었다. 하얀 갈매기들이 애처롭게 울어대며 머나먼 곳을 향하여 바람을 타고 날아가고 있었다. 회색빛깔의 구름 위로 솟아올랐다 다시 아래로 내려오는 모양이 마치 파도가 출렁이는 것 같았다. 그 중에 몇 마리는 모래밭 가운데 우뚝 솟은 커다란 바위 위를 쉬지 않고 돌고 있었다.

바위 한쪽에는 여기저기 해초가 붙어 있었고, 해초 줄기가 엉켜 있는 사이에 검고 둥그런 물체 하나가 눈에 띄었다. 나는 눈을 비비고 다시 바라보았다. 그것은 움직이지 않고 길게 누워 있었다. 내가 점점 가까이 다가가자 그것의 윤곽은 점점 뚜렷해지기 시작하였다. 불과 30여 걸음을 남겨뒀을 때였다.

그것은 사람이었다. 익사자의 시체인 것 같았다. 나는 바위 곁으로 조금 더 다가갔다.

아! 그것은 나의 아버지, 남작의 시체였다.

나는 그 자리에 얼어붙은 듯 걸음을 멈추었다. 나는 오늘 아침부터 왜 그런 이상한 힘에 이끌려 왔는지, 그제야 모든 것을 깨닫게 되었다. 그리고 지금 이 순간, 나는 시끄러운 파도소리와 내 운명에 대한 공포 이외에는 아무것도 느낄 수 없었다.

그는 몸을 비스듬히 옆으로 기울인 채 누워 있었다. 왼손으로는 머리를 받치고, 오른손은 그의 기울어진 몸 아래 깔려 있었다. 미끈미끈한 갯벌의 흙이 그의 장화를 덮고 있었고, 소금물에 젖은 남색 재킷은 단추가 모두 채워져 있었다. 목에는 빨간 목도리가 단단히 감겨 있었다.

하늘을 향해 있는 얼굴은 마치 웃고 있는 것 같았다. 치켜 올라간 입술 밑으로 고르지 못한 치아가 드러나 보였으며, 반쯤 감긴 눈꺼풀 사이로 검은자위와 흰자위를 겨우 구별할 수 있을 정도였다. 머릿기름과 먼지가 뒤범벅된 머리카락은 땅에 흐트러져 있었는데, 그 때문에 드러난 이마에 보랏빛의 커다란 흉터가 뚜렷이 보였다. 움푹 패인 양 볼 사이로는 작고 하얀 코가 솟아 있었다.

간밤의 폭풍으로 배가 난파된 것이었다. 그는 다시 미국에 가지 못하게 되었다. 나의 어머니를 욕되게 하고 일생을 짓밟은 남자, 나의 아버지. 그랬다! 그가 나의 아버지라는 것은 의심할 여지가 없었다. 내 아버지가 지금 내 발 옆의 흙 위에 쓰러져 있는 것이다.

순간 나의 마음은 어머니를 위한 복수를 했다는 생각에

흐뭇해지기까지 했다. 하지만 곧 동정심과 함께 공포와 증오심을 느꼈다. 마음 저 밑바닥에서 이유를 알 수 없는 발작이 솟구쳐 올라오는 느낌이었다. 나는 생각하였다. 어째서일까, 핏줄이라는 것 때문인 것인가?

나는 시체를 가만히 들여다보았다. 혹시 죽은 눈동자가 움직이지나 않을까? 굳어진 입술이 열리지나 않을까? 그러나 아무것도 움직이는 것은 없었다. 잔잔한 파도가 그를 내려놓고 간 모래바닥에는 해초조차 말라버려 마치 얼어붙은 듯 움직이지 않았다. 갈매기도 어딘가로 사라져 버리고, 주변에 널려 있던 나뭇조각들도 파도에 휩쓸려 가버렸다. 그리고 어느 곳에서도 사람의 그림자를 찾을 수 없었다. 다만 누워 있는 아버지와 나, 그리고 멀리서 출렁이는 바다가 있을 뿐이었다.

뒤를 돌아보아도 역시 먼 곳의 지평선 위를 달리는 봉우리들이 눈에 띌 뿐이었다. 눈에 보이는 것이 전부였다.

남작을 날짐승의 밥이 되도록 해변가에 버려둘 생각을 하니 소름이 끼쳐 왔다. 마음속에서는 나에게 이렇게 속삭였다. 당연히 사람을 불러 와야 한다. 이 사람을 소생시키기 위해서가 아니라 집으로 가져가 매장하기 위해서라도. 사실 이미 생명은 바랄 수가 없게 된 후였다. 그런데 갑자기 말로 표현할 수 없는 공포가 몰려왔다.

죽은 남작이 마치 내가 지금 여기에 있다는 사실도 알고 있고, 운명적으로 마지막 만남의 자리를 마련한 것만 같은 생각이 들었다. 그리고 나직한 목소리로 무어라 중얼거리는 것같이 생각되었다. 나는 그 자리에서 도망쳐 나왔다.

조금을 달리다가 뒤를 돌아다보았다. 멀리서 무엇인가 반짝이는 것이 내 눈에 띄었다. 그것이 나의 걸음을 멈추게 하였다. 자세히 보니 남작의 손에 끼워진 반지였다. 나는 이내 그것이 어머니의 것이라는 것을 알아챘다.

나는 기억하고 있었다. 나는 다시 시체 곁으로 다가가 가쁜 숨을 몰아쉬며 허리를 굽혀 싸늘하게 굳어진 손가락에서 반지를 뽑아내었다.

반지를 뽑아 들고는 정신없이 뛰고 또 뛰었다. 무언가가 내 뒤를 쫓아, 잡아 세울 것만 같았다.

16

집으로 돌아온 나의 얼굴에는 내가 겪었던 일들이 그대로 나타나 있었다. 내가 어머니 방으로 들어서자, 어머니는 놀라 몸을 일으켜 세우더니 무슨 일이 있었느냐 물으며 놀란 눈으로 나를 바라보았다. 나는 입을 열려다 말고 말없이 어머니에게 반지부터 내보였다.

어머니는 너무도 놀란 나머지 새파랗게 질려 버렸다. 방금 보고 온 남작의 시체처럼 넋을 잃은 것 같았다. 어머니는 짧은 비명을 지르며 내 손에서 반지를 빼앗아 들었다. 그리고 비틀거리며 내 앞에 쓰러지듯 앉더니 움직이지 않았다

어머니는 한동안 멍하니 나를 바라보고만 있었다. 나는 두 손으로 어머니를 끌어안고 그 자리에 서서, 나직한 목소리로 모든 것을 고백하였다. 어느 하나도 숨기지 않았다. 꿈 이야기며, 그를 만났던 것이며, 그 밖의 여러 가지 일들을 ……..

어머니는 말없이 내 이야기를 듣고 있었다. 어머니의 가슴이 세차게 요동치기 시작하는 것이 느껴졌다. 그리고 어머니의 눈에 생기가 돌기 시작했다.

어머니는 눈을 아래로 지그시 감았다 뜨고는 손에 반지를 끼었다. 그러더니 갑자기 코트와 모자를 찾기 시작하였다. 나는 도대체 어디에 가시려느냐고 물었다. 어머니는 적잖이 당황한 눈으로 나를 쳐다보았지만 뭐라 말을 하지 못하고 입술만 들썩거렸다. 어머니는 싸늘한 손을 따뜻하게 하려는

듯 마구 비벼댔다. 그리고 그제야 입을 열었다.

"거기 가 보자."

"어디를 말이에요, 어머니?"

"그곳 말이다. 그 사람이 누워 있는 곳 말이야. 보고 싶다
…… 꼭 봐야겠어……."

나는 갈 필요 없다며 어머니를 만류하려고 하였다. 그러
나 곧 어머니를 붙잡을 수 없다는 것을 깨달았다. 나는 어머
니의 부탁을 거절할 수 없었다. 우리는 해변가로 걸음을 재
촉하였다.

17

나는 또다시 해변가 모래언덕 위를 걷고 있었다. 그러나
이번엔 혼자가 아니었다. 나는 어머니의 손을 이끌며 걸음을
옮겼다.

물이 빠져나간 모래밭은 더욱 넓어졌다. 그러나 바다는
아직도 심하게 요동치고 있었다. 눈앞에 그 바위가 나타났
다. 그리고 그 옆에 해초도 보였다.

나는 두리번거리며 땅 위에 누워 있을 그것을 찾기 시작

했다. 그러나 아무것도 보이지 않았다. 우리는 점점 바위 근처로 다가갔다. 순간 우리는 걸음을 멈출 수밖에 없었다. 검고 움직이지 않던 그것은 거기에 없었다. 그가 누워 있던 자리에는 움푹 파인 흔적만이 남아 있었다. 이미 다 말라버린 모래 위에 해초 줄기가 널부러져 있을 뿐 시체는 간 곳이 없었다.

팔과 다리가 놓여 있넌 사리도 확실하게 알 수 있었다. 주위 해초들이 무엇엔가 밟힌 듯이 보였다. 그리고 발자국 하나가 눈에 띄었다. 어머니와 나는 발자국을 따라가 보았지만, 그 발자국마저도 모래언덕을 넘어서자 바로 없어지고 말았다.

어머니와 나는 여기저기를 찾아보았다. 그러다 서로의 얼굴을 바라보며 무서운 생각에 사로잡혔다.

시체가 혼자 일어나 걸어갔단 말인가?

"확실히 시체를 보았니?"

어머니가 낮은 소리로 물었다.

나는 고개만 끄덕였다. 남작의 시체를 본지 세 시간도 지나지 않았다. 분명 누군가가 발견하고 시체를 옮겼으리라. 우리는 누군가 남작의 시체를 운반해 갔다고 생각하고, 그 시체가 어떻게 되었는가 알아보기로 하였다. 하지만 나는 그보다 먼저 어머니를 보살펴야 했다.

18

　우리가 운명의 장소로 가는 사이, 어머니는 열이 오르기 시작했지만 참고 있었다. 하지만 시체가 없어졌다는 사실이 그녀의 마음을 자극하여 어머니는 몸을 가누지 못하고 그 자리에 쓰러졌다.

　이 일로 어머니가 이성을 잃을까 겁이 났다. 나는 일단 어머니를 침대 위에 눕히고 의사를 데려왔다. 잠시 후에 정신을 차린 어머니는 곧 '그 사람'을 찾아보라고 말했다. 나는 가능한 모든 방법을 동원해 보았지만 끝내 그를 찾아낼 수는 없었다. 나는 경찰에도 이야기를 해놓고, 주변의 마을들을 다 뒤져 보았다. 신문에 수없이 광고를 내기도 하고, 이런저런 방법을 모두 동원해 보았지만 모두 헛수고였다.

　언젠가는 어느 해변가에서 익사자가 발견되었다는 소식을 듣고, 부리나케 달려갔지만 시체는 이미 매장된 후였고, 게다가 그 특징으로 보아 남작과는 전혀 상관없는 사람이라는 것을 알 수 있었다.

얼마 후, 나는 남작이 타고 나간 배를 알아내었다. 처음에는 사람들이 그 배가 폭풍을 만나 침몰했을 것이라고 말하였으나, 몇 달이 지난 후에 그 배가 뉴욕 항에 닻을 내렸다는 소문이 돌기 시작했다.

나는 어떻게 해야 좋을지 몰라 하다가 일단 그때 만났던 흑인을 찾기로 했다. 신문을 통해, 그 흑인이 우리 집에 들르던 막내한 재신을 주겠다고 광고했다.

내가 없는 시기에 우리 집에 외투를 걸친 흑인 한 사람이 찾아온 일이 있었다. 그러나 그는 하녀에게 이것저것을 물어본 후 갑자기 어디론가 사라져 버리고, 두 번 다시 모습을 나타내지 않았다.

나의 아버지는 흔적도 없이 사라지고 말았다. 다시 돌아올 수 없는 곳으로 그렇게 가버린 것이다. 이후로 어머니와 나는 남작에 대하여 단 한마디도 하지 않았다.

어느 날인가 어머니는 그런 기묘한 꿈을 꾸었으면서도 어째서 자신에게 미리 말하지 않았느냐고 나를 책망하였다. 그리고 입을 떼어 말하였다.

"아마 그 사람은 틀림없이……"

그러나 어머니는 자기 생각을 털어놓지는 않았다.

어머니는 오랜 시간 동안 병으로 누워 있었다. 하지만 어머니의 몸이 회복된 후에도 우리는 전과 같은 사이로 되돌아갈 수 없었다. 어머니는 여전히 나를 보기 어려워하였다. 어머니는 죽기 직전까지도 나에게 항상 그런 태도였다. 어머니의 슬픔은 그토록 컸던 것일까. 아무도 그 슬픔을 함께 해 줄 수 없었던 것이다.

세상의 모든 것들은 시간이 지나면 모든 것을 잊게 마련이다. 그러나 가까웠던 두 사람 사이에 어렵고 또 민망한 감정들이 깃들기 시작하면, 그것은 그 어떤 힘으로도 물리칠 수 없는 것이다.

나는 지난날의 그 꿈처럼 나를 불안하게 만들었던 악몽은 다시 꾸지 않았다.

나는 더 이상 아버지를 찾지 않게 되었다. 그러나 나는 지금도 가끔 꿈에서, 어느 먼 곳에서 들려오는 비통한 울음소리를, 원한에 사무치는 이야기들을 듣고 있는 것 같은 착각에 사로잡힐 때가 있다. 그것은 갈 수 없는 높은 절벽 뒤에서 새어 나오며, 조금씩 나의 가슴을 찢어 놓는 것이었다.

나는 자면서 눈물을 흘렸다. 그러나 나는 그것이 어떤 소리인지는 알 길이 없었다. 살아 있는 자의 신음 소리, 혹은 성난 바다의 파도 소리 같기도 한 그것은 다시 야수의 신음 소리처럼 변해 가기도 하는 것이었다.

나는 가끔 이런 꿈을 꿀 때면, 슬픔과 공포에 사로잡혀 번
쩍 눈을 뜨곤 한다.

짝사랑

짝사랑

1

　그때가 스물다섯 즈음이었을 겁니다. ― N.N.이 입을 열기 시작했다. ― 그러니까 정말 아주 오래된 일이지요. 나는 이제 막 자유를 얻어, 이곳저곳 해외로 여행을 다니기 시작하던 때였습니다. 당시에는 너도 나도 학문을 목적으로 해외로 떠나는 것이 유행이었지만, 나는 오로지 넓은 세상에 대한 단순한 호기심으로 바람이나 쏘일 겸 떠나는 단순한 여행이었습니다. 나는 아직 젊고 건강했으며 금전적으로도 풍족하였기에 달리 걱정이란 것을 해본 적이 없었습니다. 나는 반성 없는 나날을 보내며 방탕한 생활을 이어나가고 있었습니다.

인간은 식물과 달리 오래도록 꽃을 피울 수 없다는 사실이 그 당시의 나에게 크게 중요하지 않았습니다. 아무튼 청춘이라는 것은 그저 달콤하기만 한 과자를 입에 넣으면서, 이것이야 말로 진정 일용한 양식이라고 착각하기 마련이니까요. 그러나 그때에는 나이가 들고 때가 오면 남들처럼 그저 한 조각의 빵을 바라게 된다는 것은 상상조차 못했겠지요. 이제 와서 이런 말을 해 봤자 소용은 없겠지만요.

나는 목적도 계획도 없이 여기저기를 여행했습니다. 어느 한 곳이 마음에 들면 그곳에서 오랜 기간 머물렀고, 새로운 사람, 새로운 얼굴을 보고 싶은 마음이 생기면 곧 그곳을 떠나 다른 곳으로 옮겨가는 생활을 계속했습니다.

나의 관심사는 오로지 사람에 한정되어 있었습니다. 진기한 기념비나 골동품 수집 같은 건 질색이어서, 유명한 동상이나 작품 같은 것은 보기만 해도 견딜 수 없이 화가 날 정도였습니다. 드레스텐의 '그뤼네 게뵈르베'에서는 미칠 듯한 감동을 느끼기도 했습니다. 반면에 자연에는 크게 감동을 받았습니다. 다만 괴상하게 솟은 산이나 암석, 폭포라든지 하는 것은 너무 절박감을 주는 것이어서 그다지 마음에 들지 않았습니다. 그러나 얼굴, 살아 있는 인간의 얼굴 – 그 사람들의 이야기, 몸짓, 웃음 하나하나에는 – 그것 없이는 살 수가 없다는 생각이 들게 했습니다.

사람들 가운데 있으면 항상 마음이 홀가분해지면서도 느긋한 기분이 들었습니다. 사람들과 어울리고 이야기 나누는 일도 유쾌했지만, 그와 동시에 다른 사람들의 모습을 바라보는 것 또한 매우 좋았습니다. 사람을 관찰하는 것은 정말 재미있는 일입니다. 아, 관찰이라고 하기에는 조금 거창할 수도 있고, 단순히 호기심을 갖고 사람들을 가만히 바라볼 뿐이라고 말하는 게 더 정확할 것입니다.

이런, 이야기가 잠깐 옆길로 새고 있었군요.

이런저런 이유로 20년쯤 전에, 나는 라인 강의 왼쪽 언덕에 있는 독일의 조그마한 시골 도시 Z에 머문 일이 있었습니다. 나는 혼자서 조용히 생각에 잠길 수 있는 그런 곳을 원하고 있었습니다. 여행 중에 만났던 어느 젊은 미망인에게서 막 상처를 입은 직후이기도 했습니다.

그녀는 무척 아름답고 교양도 갖추었으며, 교태를 부릴 줄 아는 여자였습니다. 나도 잠시 동안은 그녀가 교태를 부리는 상대 중 하나가 되었습니다. 그러나 처음 한동안은 그녀가 나를 소중히 대하는 듯하였으나, 얼마 지나지 않아 나

대신에 볼이 빨간 해군 대위를 가까이 하더군요. 결국 나는 상처받고 물러나야 했습니다.

사실, 마음의 상처는 그리 깊지 않았습니다. 다만 그저 잠시 동안만이라도 슬픔과 고독에 젖어 있지 않으면 안 될 것 같은 생각이 들었을 뿐입니다. 그런 이유로 Z로 옮기고 싶었던 것입니다.

성벽과 높은 탑이 두 개의 높은 언덕 기슭에 자리 잡고 있고, 몇 백 년 된 보리수, 라인 강으로 흘러들어 가는 깨끗한 시내 위에 걸쳐진 무지개 모양의 다리. 나는 이 작은 도시의 모든 것들이 마음에 들었습니다. 그 중에서도 가장 마음에 든 것은 이곳의 포도주 맛이었습니다.

저녁때 해가 지면 ― 그때가 아마 6월쯤이었을 겁니다. ― 외국인과 마주치면 기분 좋은 음성으로 "굿텐 아벤드!" 하고 말을 거는 피부가 뽀얗고 예쁜 금발의 독일 아가씨들을 만날 수 있었습니다. 그 중 몇몇은 주변 집들의 뾰족한 지붕 사이로 달이 솟아오르고, 그 달빛에 다리 위 조약돌들이 또렷하게 모습을 드러낼 시각까지도 좀처럼 돌아가려 하지 않는 것이었습니다.

나는 늦은 시간 거리를 산책하는 것을 좋아했습니다. 맑게 갠 하늘에 떠오른 달이 조용한 거리를 내려다보고 나는 거리에서 그 시선을 의식하며 조용히 서 있었습니다. 평화로우면서도 사람을 설레게 하는 그 고요함이 나는 좋았습니다.

고딕 양식의 높다란 종루 위에는 풍향계의 수탉이 푸르스름한 금빛으로 빛나고, 검은빛 실개천의 수면에도 그와 같은 금빛의 흐름이 번쩍거렸습니다. 슬레이트 지붕 밑의 큰 창문 너머로 희미한 양초불빛이 은은하고, 돌담 너머로 포도덩굴이 덩굴을 늘어뜨리고 있었습니다.

삼각형 모양으로 된 광장의 옛 우물가에 어둠을 틈타 무엇인가가 휙 빠져 나가는 순간 갑자기 야경꾼의 졸린 듯한 호루라기 소리가 울리고, 순한 개들이 나직이 짖어 댔습니다. 밤공기는 부드럽게 내 얼굴을 쓰다듬고, 보리수가 달콤한 냄새를 풍겨주면 나는 어느새 크게 심호흡하며, 감탄이랄 것도 없는 '그레이트헨'이라는 말을 자꾸 되풀이합니다.

Z라는 도시는 라인 강에서 약 20킬로미터쯤 떨어진 곳에 있습니다.

다소 작위적인 느낌도 있기는 했지만, 나는 종종 장엄한 분위기의 이 강을 구경하러 나가곤 했습니다. 그 교활한 미망인의 일을 생각하며 홀로 외로이 서 있는 커다란 물푸레나무 밑에 있는 돌벤치에서 많은 시간을 보내다 오곤 했습니다. 어린아이와 같은 앳된 얼굴을 한 마돈나의 동상이 가슴에 단검을 찔린 채 빨간 심장을 드러내고는 물푸레나무 사이로 슬픈 눈으로 바라보고 있었습니다. 강 건너에는 내가 지금 지내고 있는 도시보다 약간 큰 L이라는 도시가 있습니다.

어느 날 저녁, 나는 내가 좋아하는 돌벤치에 앉아 시냇가와 하늘, 넓은 포도밭을 바라보고 있었습니다. 앞에서는 하얀 머리를 한 아이들이 언덕에 뒤집어 놓은 작은 배 위로 기어 올라가서 놀고 있었습니다. 돛이 불룩해지도록 바람을 안은 작은 배가 조용히 수면을 미끄러져 가면, 푸르스름한 강의 물결이 솟아올랐다가 잔잔한 물결 소리를 내며 그 뒤로 흘러갑니다.

저 건너편 L시에서 음악 소리가 울려 왔습니다. 귀기울여 들어보니 왈츠 소리였습니다. 콘트라베이스가 띄엄띄엄 제 소리를 울리고, 바이올린 소리가 희미하게 울리는 사이로 플루트 소리가 신나게 들렸습니다.

"저 소리는 무엇입니까?"

나는 비단 조끼를 입고 파란 스타킹에 단화를 신은 내 옆의 노인에게 물었습니다.

"저건 말이야 학생들이 B시로부터 콤메르시를 하러 온 것이야."

그는 입술 가장자리에 물고 있던 파이프를 다른 편으로

옮겨 물며 대답했습니다.

'나도 그 콤메르시라는 걸 구경해 볼까? 마침 L시에는 아직 가보지도 못했으니 잘 되었군.'

나는 나루터에서 배를 띄울 사공을 찾아내어 건너편으로 갔습니다.

2

콤메르시란 것이 생소하게 느껴지는 분들을 위하여 소개하자면, 그것은 고향이나 가입한 단체가 같은 학생들의 모임으로 일종의 특별한 축제더군요.

콤메르시에 참가하는 학생들은 거의 모두가 옛날의 독일 대학생복을 입습니다. 그것은 헝가리스타일의 저고리와 커다란 장화, 그 위에 일정한 빛깔의 테두리를 두른 작은 모자를 쓴 차림새입니다.

학생들은 세니요트라고 불리는 간사의 주선 아래 저녁만찬을 즐깁니다. 국왕을 찬양하는 노래와 학생의 노래를 부르기도 하며, 담배도 피우고, 세상 사람들을 비웃으며 아침까지 연회를 계속합니다. 가끔은 외부에서 오케스트라를 불러서 연주도 시킵니다.

이런 콤메르시가 L시의 '태양정'이라는 그리 크지 않은 여관의 작은 정원에서 열리고 있었습니다. 여관의 지붕 위나 마당 앞에는 깃발 몇 개가 나부끼고 있었고, 학생들은 잘 다듬어진 보리수 밑의 테이블 주위에 모여 있었습니다. 한 테이블 밑에는 무섭게 생긴 커다란 불독 한 마리가 엎드려 자고 있었습니다. 그 옆의 담쟁이덩굴로 된 정자 그늘에는 악사들이 자리 잡고, 맥주를 들이키며 연주를 계속하고 있었습니다.

L시의 시민들이 다른 곳에서 온 이들을 구경하려고 나왔는지, 마당과 낮은 담 앞길에는 꽤 많은 사람들이 모여 있었습니다.

나도 구경꾼들 사이로 끼어들었습니다. 학생들의 얼굴을 보는 것만으로도 기분이 좋아졌습니다. 젊은 그들이 쏟아내는 함성과 젊음에서 뿜어져 나오는 순진한 교태로움, 타는 듯한 눈길, 한없이 순수해 보이는 그들의 즐거운 웃음들까지, 이들의 넘치는 젊음의 기운은 내 마음을 움직이고 타오르도록 만들었습니다.

'나도 이들과 함께 해볼까?'

나는 별안간 이런 생각이 들었습니다.

"이젠 됐지? 아아샤."

그때 갑자기 뒤에서 러시아어로 말하는 남자의 음성이 들렸습니다.

"조금만 더 구경하면 안 될까요?"

이번에는 러시아어로 대답하는 여자의 목소리가 들렸습니다.

나는 반가운 마음에 뒤를 돌아보았습니다. 저쪽에서 날쑥한 차림새에 챙 넓은 학생모를 쓴 근사한 청년이 눈에 들어왔습니다. 그 청년은 키가 작은 아담한 소녀의 팔을 잡고 있었는데, 그 소녀의 얼굴 윗부분은 모자의 챙에 완전히 가려 보이지 않았습니다.

"혹시 러시아에서 오셨습니까?"

나는 나도 모르게 그들에게 다가가 질문을 던져버렸다.

청년은 방긋 웃어 보이며 말했습니다.

"예, 러시아에서 왔습니다."

"정말 반갑군요. 뜻밖이네요. 이런 시골구석에서……."

나는 말했습니다.

"아니요, 우리도 뜻밖입니다."

그는 내 말을 가로챘습니다.

"아무튼 반갑습니다. 인사드리겠습니다. 나는 가아긴이라고 합니다. 그리고 이쪽은 내……."

그는 잠깐 말을 더듬었습니다.

"내 누이동생입니다. 실례입니다만, 그쪽은 성함이 어떻게 되시는지요?"

나도 내 이름을 말하고 우리는 서로의 이야기를 시작했습니다. 나는 가아긴도 나처럼 자유로이 여행을 하다가 일주일쯤 전에 L시로 와서 머물고 있다는 것을 알았습니다.

솔직히 말해서 나는 외국을 여행하는 중에는 러시아인에게 잘 접근하지 않았습니다. 그 사람의 걸음걸이나, 옷의 재단스타일 등을 보면 멀리서도 그 사람이 러시아인이라는 것을 짐작 할 수 있지만, 그보다 가장 먼저 눈에 띄는 건 얼굴 표정입니다. 사람을 우습게 보는 듯한 표정, 그 표정은 어찌 보면 고압적으로까지 보이지만 별안간 다른 이들을 경계하는 듯 겁먹은 표정으로 변하기도 합니다. 그러고서는 갑자기 온몸이 경계 태세를 갖추듯 주위를 두리번거리며 침착하지 못하게 굴기 시작합니다.

'아, 혹시 내가 무슨 쓸데없는 말을 하지는 않았나, 이 사람들이 날 비웃고 있는 건 아니겠지?'

그 침착하지 못한 눈길이 이렇게 말하고 있는 듯싶습니다. 그런데 그 순간이 지나 버리면, 다시 그 잘난 체하는 얼굴 표정이 얼빠지고 수상쩍은 표정과 뒤섞이는데, 나는 그런 것이 마음에 들지 않았습니다.

그 이유로 나는 러시아인을 피해 다녔던 것입니다. 그러나 이 사람, 가아긴만은 처음 보자마자 마음에 들었습니다. 러시아인이지만 다정한 얼굴을 하고 있었기 때문입니다. 누가 보든지 기분 좋으며, 마치 모든 것을 감싸주는 것 같은 혹은 친절하게 쓰다듬어 주는 것 같은 얼굴 말입니다.

가아긴은 커다랗고 상냥한 눈, 부드러워 보이는 곱슬머리에 밝고 준수한 얼굴을 하고 있었습니다. 그가 이야기를 하는 모습을 말하자면, 그 얼굴을 보지 않고 목소리만 들어도 웃음 짓는 모습을 상상할 수 있을 정도였습니다.

그가 누이동생이라고 소개한 소녀는 단 한 번 보았을 뿐이지만, 정말 아름다운 소녀였습니다. 그다지 크지 않은 코와, 마치 어린아이 같은 볼과, 맑고 검은 눈동자를 가진 약간 둥근 얼굴 생김새에는 무언가 독특하고 묘한 구석이 있었습니다. 그녀는 약간 마른 몸을 하고 있었습니다만, 어쩐지 아직 다 자라지 않은 것 같은 느낌을 주었습니다. 그녀는 그녀의 오빠와는 조금도 닮지 않았습니다.

"아! 혹시 우리들이 묵는 곳에 함께 가시지 않겠습니까?"
가아긴이 말했습니다.

"독일 사람 구경도 충분히 한 것 같고……. 만일 여기가 우리 나라였다면, 유리가 깨지고, 의자가 부서지고 난리도 아니었겠지만, 이 친구들은 정말 얌전한 편인 것 같군요. 아 아샤 어떠냐. 이젠 슬슬 집으로 돌아가도 되지 않겠니?"

누이동생이라는 소녀는 고개를 끄덕였습니다.

"우리는 교외에 머물고 있습니다."

가아긴은 말을 이어나갔다.

"포도밭 근처의 외딴 곳에 있는 집인데, 높은 언덕 위에 서 있는 굉장한 곳입니다. 한번 구경삼아 오세요. 마침 주인 아주머니가 우리 때문에 산유(酸乳)를 준비해놓기로 하였습니다. 조금 있으면 날도 어두워질 테고, 그리고 오늘은 달이 뜬 다음에 라인 강을 건너는 편이 좋을 것 같습니다."

우리는 외곽으로 나가는 낮은 성문을 지나 넓은 들판으로 향했습니다. 둥근 돌을 쌓아 만든 성벽은 이 도시를 사방으로 둘러싸고 있었는데, 총구멍 하나까지도 허물어지지 않고 고스란히 남아 있었습니다. 들판을 지나 돌담을 따라 백 걸음쯤 걷다보니 좁은 문 앞에 다다랐습니다.

가아긴은 문을 열고, 약간 험한 산길로 우리를 안내했습니다.

양쪽에 계단 모양으로 경작된 밭에는 포도가 가득히 재배

되고 있었습니다. 막 산 너머로 노을이 지고 있었기에 포도
나무 가지와 높은 울타리, 그리고 크고 작은 돌들이 깔린 메
마른 땅에도, 또 우리들이 올라가고 있는 언덕 비탈에 서 있
는 창문이 네 개 붙은 작은 집의 흰 벽에도, 온통 진분홍의
빛깔이 이글거렸습니다.

"여깁니다. 여기가 나와 아아샤가 묵고 있는 곳입니다!"

우리들이 그 작은 집에 다다르자 기이긴이 말했습니다.

"저기서 우유를 나르고 있는 분이 주인아주머니 입니다.
안녕하셨어요, 아주머니? 아, 바로 식사를 하는 게 좋겠군요.
그런데 그 전에 먼저 이곳 경치를 감상하는 건 어떻겠습니
까."

그곳의 경관은 매우 아름다웠습니다.

우리들 눈앞에는 푸른 언덕 사이로 반짝이는 라인 강이
펼쳐져 있었는데, 일부는 저녁놀에 물들어 영락없는 금빛으
로 반짝였습니다. 언덕 한편에 조용히 자리 잡은 도시의 건
물들과 온 거리를 한 눈에 볼 수 있었고, 널찍하게 뻗은 언
덕과 들판이 그 옆으로 펼쳐져 있었습니다.

아래쪽 보다 위쪽의 전망은 더더욱 훌륭했습니다. 그러나
무엇보다도 내 마음을 사로잡은 것은 깨끗한 하늘의 깊이와
맑은 공기였습니다. 상쾌한 공기는 마치 높은 곳에 있는 것

이 당연한 듯이 언덕에 오른 우리를 감싸 안았습니다.

"정말 훌륭한 집을 찾아 내셨군요."

나는 말했습니다.

"이 집은 아아샤가 찾아냈습니다."

가아긴은 대답했습니다.

"아아샤."

그는 말을 이었습니다.

"아래에 말 좀 전해주지 않겠니? 식사를 이쪽에서 할 수 있도록 준비를 좀 해주렴. 저녁은 밖에서 하기로 하자. 여기가 음악도 잘 들리니까 말야. 그런데 잘 아시겠죠?"

그는 나를 바라보며 덧붙였습니다.

"왈츠는 가까이에서 들으면 시끄럽게만 느껴질 수 있어요. 조잡한 소리에 가깝게 들릴 수도 있습니다. 그런데 그 소리를 멀리서 들으면 제법 멋있지요. 정말 마음속의 로맨틱한 감정들을 모조리 건드려 놓는 듯한 기분이 들지요."

아아샤의 진짜 이름은 안나라고 했지만, 가아긴이 그녀를 아아샤라 불렀기에 나도 그렇게 부르겠습니다. 아아샤는 집 안으로 들어갔다가 이내 주인아주머니와 함께 되돌아왔습니다. 둘이서 우유 단지와 함께 커다란 쟁반에 접시, 스푼, 설탕, 딸기, 빵 등을 날라 온 것입니다.

우리는 자리를 잡고 저녁을 먹기 시작했습니다. 아아샤는 모자를 벗었습니다. 그녀의 사내 아이 같은 짧고 뭉뚝한 검은 머리칼은 목과 귀 위에 드리워져 있었습니다. 처음 한동안 그녀는 내게 말을 붙이지 않았습니다. 보다 못한 가아긴이 말했습니다.

"아아샤, 그렇게 무서워할 필요 없어! 손님이 너를 물어뜯으려고 하지는 않으실 테니 말이야."

그녀는 잠시 빙그레 웃더니, 조금 후부터는 내게 말을 걸기 시작했습니다. 나는 전에는 이토록 활발하게 움직이는 사람을 본 적이 없었습니다.

그녀는 잠시도 얌전히 자리에 앉아 있지를 못했습니다. 일어나서는 집 안으로 뛰어 들어가고, 다시 또 뛰어나와서는 노래를 불러대더니, 이상한 소리를 내며 웃는 것입니다. 아무튼 그녀는 누군가의 이야기를 듣고서 웃는 게 아니라, 자기 머릿속에서 잡다한 생각을 하다가 참지 못해 혼자 웃고 있는 것 같았습니다. 그녀는 큰 눈으로 상대를 한참 똑바로 쳐다보았지만, 때로는 살짝 내린 눈꺼풀로 인해 그 눈빛이 매우 깊어 보이기도 했습니다.

우리는 두 시간쯤 이야기를 나누었습니다. 날은 이미 완전히 저물었습니다. 타오르는 듯하던 저녁놀은 이윽고 연분

홍빛으로 파란빛으로 점점 흐려지더니 조용히 언덕에 녹아들어 완전한 밤을 만들었습니다. 그러나 우리의 이야기는, 우리를 감싸고 있는 공기처럼 조용하고 따뜻하게 계속 되었습니다.

가아긴은 라인 술 한 병을 가져오도록 하였습니다. 우리는 서두르지 않고 천천히 술을 마셨습니다. 음악은 여전히 우리가 있는 곳까지 들려왔습니다만, 이제 그 음색은 우리가 식사를 할 때보다도 훨씬 아름답고 부드럽고 더 달콤해진 느낌이었습니다.

도시와 강 위에도 하나둘씩 불이 켜지기 시작했습니다. 아아샤는 머리를 앞으로 내려 눈을 덮어 버리더니 입술을 꼭 다물었다가 한숨을 내뿜었습니다. 이윽고 그녀는 잠이 온다면서 집으로 들어갔습니다. 그러나 나는 그녀가 촛불도 켜지 않은 채 오랫동안 닫힌 창 뒤에 서 있는 걸 보았습니다.

이윽고 달이 떠올라 라인 강물에 달이 비치기 시작했습니다. 그러자 주변의 모든 것이 환히 밝아졌고, 어느 곳은 그늘이 져서 어두워지기도 했습니다. 술잔에 있는 술까지도 신비로운 빛을 내며 반짝이기 시작했습니다. 바람은 그쳐 주변이 고요해지고, 대지는 따스한 흙의 온기를 내뿜기 시작했습니다.

"이제 슬슬 가 볼까!"

나는 중얼거렸습니다.

"지금 가지 않으면 강을 건널 배를 놓칠지도 모르니까."

"아! 그렇군요. 이제 슬슬 가 봐야겠군요."

가아긴이 말했습니다.

우리는 오솔길을 따라 아래로 내려갔습니다. 갑자기 조약돌이 와르르 무너져 떨어지는 소리가 들렸습니다. 아아샤가 우리를 따라온 것입니다.

"아니, 아직 안 자고 있었던 거니?"

그녀의 오빠가 물었으나, 그녀는 거기에 대답도 없이 옆으로 빠져 나가고 말았습니다.

낮에 학생들이 여관 정원에 지펴 놓은 후 타고 남은 장작불이 주변 나무의 푸른 잎들을 비추어 제법 분위기 있는 축제 같은 느낌을 주었습니다.

우리는 강변에서 다시 아아샤의 모습을 발견할 수 있었습니다. 그녀는 뱃사공과 이야기를 하고 있었습니다. 나는 배에 올라, 새로운 친구들에게 작별을 고했습니다.

가아긴은 이튿날 나를 찾아오겠다고 약속했습니다. 나는 그와 악수를 하고, 아아샤에게도 손을 내밀었는데, 그녀는 나를 슬쩍 쳐다보고는 머리를 흔들었습니다.

언덕에서 떨어지자 배는 급류에 휩쓸렸습니다. 뱃사공은 건강한 노인이었는데 순간 긴장한 표정으로 노를 젓기 시작했습니다.

"어머, 배 아래를 보세요. 달빛 속으로 들어가셨어요. 아! 달빛이 깨져 버렸네요!"

아아샤가 나에게 소리쳤습니다.

나는 아래를 내려다보았습니다만 배 주변으로는 검은 물결이 넘실거릴 뿐이었습니다.

"안녕!"

다시 그녀의 목소리가 울렸습니다.

"내일 만납시다!"

이어 가아긴이 말했습니다.

어느덧 배는 반대쪽 언덕에 닿았습니다. 나는 배에서 내려 뒤를 돌아다보았지만 저쪽 언덕에서는 이미 그 어떤 그림자도 볼 수가 없었습니다. 달빛이 기다란 기둥처럼 물 위를 가로질러 마치 황금 다리처럼 뻗어 있었습니다. 오래된 왈츠 소리가 마치 작별을 고하듯 들려왔습니다.

가아긴의 말이 옳았습니다. 왈츠의 선율은 내 마음속 감정들을 모조리 울려 깨웠습니다. 나는 기지개를 펴고 상쾌한 공기를 들이마시면서, 이제는 완전히 어두워져 버린 들길 사이로 집을 향해 걸었습니다.

내 방에 들어왔을 때는 나도 모르는 사이 정말 온몸이 녹초가 되어 있었음을 알았습니다. 나는 오늘 하루가 매우 행복하여 몸이 피곤한 줄도 몰랐던 것입니다. 왜 행복했던 것일까요? 나는 마음속으로 바라는 것도 없었고, 특별한 생각을 했던 것도 아닙니다. 그냥 나는 오늘이 마냥 행복했습니다.

기분 좋은 생각에 들뜨고, 터져 나오려는 웃음을 참으며 이불 속에 들어가 누웠을 때, 나는 오늘 하루 동안 단 한 차례도 그 잔인한 미망인을 생각하지 않았다는 것을 알았습니다.

'이게 어떻게 된 거지?'

나는 내 스스로에게 물었습니다.

'내가 진짜로 사랑을 했던 것이 아니었던가?'

질문에 답을 생각하기도 전에 나는 마치 요람 속의 갓난아이처럼 금세 잠이 들어 버렸던 모양입니다.

3

다음 날 아침 ― 나는 이미 잠을 깨었지만, 아직 자리에서 일어나지는 않았습니다. ― 내 방 창가에서 누군가 벽을 치는 소리가 나더니, 이윽고 가아긴이라 추측되는 목소리가 노래를 부르기 시작했습니다.

아직도 그대 자고 있는가? 내가 기타로 그대를 깨워 드리리까…….

나는 얼른 문을 열었습니다.
"안녕하십니까?"
가아긴이 안으로 들어오면서 인사했습니다.
"아침 일찍부터 미안하게 됐습니다. 그런데 이 얼마나 좋은 아침입니까. 상쾌한 공기 하며, 잎마다 맺힌 아침 이슬도 그렇고, 종달새까지 노래하고 있지 않습니까."
윤기가 흐르는 곱슬머리에 말끔하게 차려입은 복장과 그의 발그레한 볼이 아침의 상쾌한 모습을 대변하는 것 같았습니다.
나는 급히 옷을 갈아입고, 가아긴과 함께 뜰로 나갔습니다.
벤치에 걸터앉아 커피를 부탁하고, 이야기를 시작했습니다.
가아긴은 앞으로의 자신의 계획을 들려주었습니다. 신분도 이 정도면 적당하고, 상당한 재산도 가졌기에 그는 평생을 그림을 그리며 살고 싶다고 하였습니다. 다만 그 결정이 조금 늦어 이런저런 것들에 시간을 많이 낭비한 것이 유감이라고 말했습니다. 이어 나도 나의 장래 계획을 말하고, 게다가 불행하였던 사랑의 비밀까지 털어놓고 말았습니다.

그는 내 이야기를 들으면서 싫은 내색을 하지는 않았지만, 짐작으로는 내 이야기에 그리 큰 감흥을 느끼거나 공감을 하지는 못했던 것 같습니다. 그는 중간에 두어 차례 가벼운 한숨을 지어 보였을 뿐이었습니다. 내 이야기가 끝나자 가아긴은 집에 가서 자기의 습작을 보지 않겠느냐고 물었습니다. 나는 그의 말에 선뜻 응했습니다.

집에 가보니 아아샤는 외출 중이었습니다. 주인아주머니가 말하길 그녀는 '성터'로 구경을 나갔다는 것입니다. L시에서 몇 킬로 떨어진 곳에는 봉건 시대의 성터가 있었습니다.

가아긴은 그의 습작들을 하나씩 내게 보여 주었습니다. 그의 습작품에는 생명과 진실이 넘쳐흐르고, 무엇인가 자유로워 보이는 면도 있었지만, 완성된 것은 하나도 없었습니다. 무언가 정돈된 느낌이 없었고, 붓의 터치는 선명하지 못한 느낌이 강했습니다. 나는 내 생각을 솔직하게 말했습니다.

"사실 그렇습니다."

그는 한숨을 쉬며 말했습니다.

"당신이 말씀하신 그대로입니다. 아직 서툴고 미숙합니다. 하지만 할 수 없어요! 아직 나는 정식으로 공부한 게 아니니까요. 게다가 슬라브의 방탕함에 젖어 무슨 일이든 제대로 끝내기가 어렵더군요. 처음 일에 대한 것을 마음에 그리고 있을 때는, 마치 독수리처럼 하늘을 누비고 다닐 것처럼 꿈틀거렸다가도 막상 그걸 실행하기 시작하면, 그 순간부터 이상하게도 기운이 빠지고 맥이 풀려 버립니다."

나는 그에게 기운을 내보라고 말했지만, 그는 손을 저어 보이더니 그의 그림을 소파 위에 던져 버리고 말았습니다.

"계속 참고 견딜 수 있다면 뭔가 하나는 이룰 수 있겠지만……."

나는 무심코 말을 뱉어내었다.

"그게 불가능하다면, 나는 죽을 때까지 여타의 귀족들처럼 그저 그렇게 살겠지요……. 우리 나가서 아아샤나 한 번 찾아볼까요?"

우리는 바로 출발했습니다.

4

옛 성터로 가는 길은 나무들이 울창한 비탈길이었습니다. 길 아래쪽으로는 조그마한 개천이 흐르고 있었는데, 개천의 물살을 가만히 보고 있자니 이 능선을 빠져나가 큰 강으로 한시라도 빨리 합류하려는 듯이, 바윗돌을 쳐내면서 급류가 되어 흘러내려가고 있었습니다.

가아긴은 따뜻하게 햇빛이 내리쬐는 몇몇 곳을 가리키며 나에게 설명하여 주었습니다. 그의 그런 태도는 잠깐 순간에 라도 흡사 예술가의 모습을 보는 듯한 느낌을 주었습니다.

한참을 그렇게 걷다보니 성터가 눈에 들어왔습니다. 높다 란 절벽의 꼭대기에는 검고 네모진 탑 같은 것이 우뚝 솟아 있었습니다. 튼튼해 보이는 탑을 자세히 보니 도끼로 쪼갠 듯이 세로로 길게 금이 나 있었습니다. 이끼로 덮인 성벽이 탑에서부터 이어져 나오고 있었습니다. 여기저기에는 담쟁 이덩굴이 감겨 있었으며, 해묵은 총구멍과 마모된 돌 틈에는 구불구불한 나무줄기들이 늘어져 있었습니다. 우리는 아직 까지 옛 모습을 지니고 남아있는 성문을 향하여 돌길을 따 라 걸었습니다.

우리가 성문 근처에 다다랐을 때, 갑자기 우리의 눈앞에 얼핏 여자의 모습이 스치는 듯 했습니다. 여자는 폐허가 된 성터의 파편이 퇴적된 위를 지나, 깊은 골짜기의 끄트머리로 뛰어가더니 발길을 딱 멈추는 것이었습니다.

"아, 저건 아아샤가 아닌가?"

가아긴이 외쳤습니다.

"저런 정신 나간 것!"

우리는 성문을 지나 사과나무와 가시덩굴이 가득한 뜰로 나갔습니다. 성벽 근처 아늑한 곳에 자리하고 있는 것은 과연 아아샤였습니다. 그녀는 우리 쪽을 한 번 보고는 곧 소리 내어 웃었지만, 그곳에서는 단 한 발자국도 움직이려 하지 않았습니다. 가아긴은 손가락질로 그녀를 혼내는 시늉을 하고, 나는 나대로 큰소리로 그녀의 무모한 행동에 대하여 이야기했습니다.

"이젠 그만해도 되겠어요."

가아긴이 내게 속삭였습니다.

"저 애를 자극해서 좋을 게 없습니다. 당신은 아직 저 애 성격을 모르십니다. 위험한 짓을 할 것이었으면 벌써 저 탑 위에 올라가고도 남았을 아이니까요. 그것보다도 이 주변을 좀 둘러보시지요. 이 주변에 사는 사람들의 용의주도한 삶의 방식이 정말 놀랍지 않아요?"

나는 그제야 주위를 돌아보았습니다. 작은 판잣집 가게 한쪽 구석에 할머니가 혼자 앉아 양말을 뜨면서 안경 너머로 우리 쪽을 흘깃흘깃 쳐다보고 있었습니다. 그녀는 관광객들을 상대로 맥주나 과자, 음료수 따위를 팔고 있었던 것입니다.

우리는 그 가게 앞에 자리를 잡고 주석으로 만든 묵직한 컵으로 시원한 맥주를 마시기로 하였습니다.

아아샤는 모슬린 스카프로 머리를 감싼 채, 바위 위에 쪼그리고 앉아 있었습니다. 단정한 그녀의 얼굴이 맑게 갠 푸른 하늘 아래서 더욱 뚜렷하고 아름답게 보였습니다. 하지만 나는 그런 그녀를 바라보고 있는 것이 썩 유쾌하지만은 않았습니다. 어젯밤부터 어쩐지 그녀의 태도가 자연스럽지 못하고 작위적인 데가 있음을 느끼고 있었던 것입니다.

'그녀는 그저 사람들을 깜짝 놀래켜 주고 싶은 거겠지.'

나는 생각했습니다.

'하지만 왜 그렇게 어린아이처럼 엉뚱하고 철없는 행동을 하는 걸까?'

그 순간 그녀는 마치 내 생각을 모두 알고 있다는 듯한 눈빛으로 나를 쳐다보더니, 또 한 번 깔깔거리며 크게 웃고 서는 껑충 뛰어 두어 걸음 만에 성벽 아래로 내려왔습니다.

그녀는 가겟집 할머니에게 다가가서는 물을 한 그릇 달라고
했습니다.

"이 물을 내가 마실 것 같죠?"

그녀는 오빠에게 말했습니다.

"절대 아니에요, 저 성벽 위에 꼭 물을 주어야만 하는 화
초가 있어서 그래요."

그 말에 가아긴은 아무런 대꾸도 하지 않았습니다.

그녀는 한 손에 컵을 쥐고는 다시 허물어진 성벽을 기어
오르기 시작했습니다. 잠깐씩 발을 멈추고 정색을 하며, 햇
빛에 맑게 빛나는 물방울을 조금씩 흘리면서 올라가고 있었
습니다.

그녀의 행동들은 어떻게 보면 매력이 넘치는 것이었으나,
나는 그녀의 그런 태도가 싫었습니다. 그러면서도 그녀의 경
쾌하고 어린아이 같은 몸짓에는 나도 모르게 빠져들고 있었
습니다. 그녀는 일부러 위험한 곳에 혼자 올라가 크게 소리
를 지르고, 다시 낄낄거리며 웃어버렸습니다.

나는 더욱더 그런 그녀에게 질려버렸습니다.

"저건 꼭 염소새끼처럼 잘도 뛰어오르는구만."

할머니가 잠시 양말 뜨개질을 멈추고 중얼거렸습니다.

잠시 후, 컵의 물을 다 비운 아아샤가 말괄량이처럼 뛰며

우리들이 있는 곳으로 돌아왔습니다. 이상한 웃음을 지어 보이는 그녀의 눈썹과 입술이 미세하게 떨리는 것이 더 크게 웃을 것을 참고 있는 듯 보였습니다. 그녀는 까만 눈을 동그랗게 뜨고는 나를 쳐다보았습니다.

'내가 굉장히 버릇없다고 생각하시겠죠? 하지만 나는 당신이 정신을 잃고 나를 바라보고 있다는 것을 알고 있어요.' 그녀의 얼굴이 나에게 이런 말을 하려는 듯 보였다.

"잘하는구나, 아아샤! 정말 잘해냈어."

가아긴이 나직하게 그녀에게 말했습니다. 그러자 그녀는 갑자기 부끄러워지기라도 한 듯이 그 큰 눈을 내리깔고, 얌전히 우리 옆에 와 앉았습니다. 그때 그녀는 여태까지 본 중에 제일 변덕스러운 표정이었지만, 나는 그제야 그녀의 얼굴을 자세히 살펴볼 수 있었습니다.

시간이 조금 지나자 그녀의 얼굴은 벌써 뭔가 다른 것에 집중한 듯 슬픈 표정을 하고 있었습니다. 그 얼굴은 전보다 또렷하고, 경건하면서도 약간은 평범해 보였습니다. 그녀는 매우 얌전해졌습니다. 우리는 성터를 한 바퀴 돌며 - 아아샤는 곧 우리 뒤를 따랐습니다. - 경치를 구경했습니다.

이런저런 일들이 있던 사이에 점심시간이 되었습니다. 가겟집 할머니에게 계산을 하기 전, 마지막으로 맥주를 주문한 가아긴은 나를 돌아다보고 짓궂은 표정을 지으며 외쳤습니다.

"당신의 마음속에 둔 여인의 건강을 위하여!"

"어머, 저분에게? 당신에게도 그런 여인이 있나요?"

아아샤가 갑자기 물었습니다.

"마음속에 품은 여인 하나 없는 남자가 어디 있겠니?"

가아긴은 대답했습니다.

아아샤는 잠시 생각에 잠긴 듯 보였습니다. 그러던 그녀의 얼굴빛이 다시 대담하면서도 장난스러운 표정으로 변하였습니다.

돌아오는 길에 그녀는 전보다도 더 잘 웃고, 장난스럽게 굴었습니다. 그녀는 기다란 나뭇가지를 꺾어 그것을 총처럼 어깨에 메기도 하고, 스카프로 머리를 싸매기도 했습니다. 길 중간에서 우리는 금발의 점잖은 영국인 가족과 마주쳤는데, 그들은 그런 아아샤를 보고 놀라는 눈치였습니다. 약간 싸늘한 눈빛을 보내며 그녀를 바라보았으니까요. 그런데 오히려 그녀는 그들에게 빈정거리려는 듯 큰소리로 노래까지 부르는 게 아니겠습니까. 이 기억은 잊혀지지도 않습니다.

집에 돌아오자마자 그녀는 자기 방에 들어가 있다가, 식사 시간이 되어서야 모습을 드러냈습니다. 곱디고운 드레스를 입고, 머리도 곱게 빗고, 단정하게 장갑까지 끼고서 말입니다. 식탁 앞에 앉은 그녀는 예의와 격식을 갖추어 행동하면서 음식에는 거의 손을 대지 않고, 물도 작은 글라스로 마시는 게 아니겠습니까. 내 앞에서 새로운 모습 — 예의 바르고 교양이 있는 아가씨의 모습 — 을 연출하려는 게 분명했습니다. 가아긴은 그런 그녀를 말릴 생각이 없어 보였습니다.

가아긴은 그녀가 어떤 행동을 하든지 그녀 마음대로 하게 내버려두는 것 같았습니다. 그는 다만 이따금 눈짓으로 '아직 철이 없어 그러는 것이니 너그럽게 용서해 주세요.'라고 말하는 듯하면서 어깨를 살짝 움츠릴 따름이었습니다.

식사가 끝나자 아아샤는 자리에서 일어서더니, 우리에게 무릎을 굽혀 인사를 하고는 모자를 쓰면서 가아긴에게, 프라우 루이제에게 다녀와도 되겠냐고 물었습니다.

"네가 언제부터 그런 걸 내게 물어 보게 됐지?"

그는 언제나처럼 그녀를 대하였지만 이번만은 약간 당혹스런 미소를 띠면서 대답했습니다.

"우리하고 함께 있는 것이 지루하냐?"

"그런 게 아니에요. 다만 어제 프라우 루이제에게 오늘 방문하겠다고 약속을 한 걸요. 그리고 난 두 분만 남는 게 더 좋을 거라고 생각했어요. N씨께서 — 그녀는 나를 가리키며 얘기를 이어나갔습니다. — 오빠에게 꼭 해야 할 이야기가 있을 것 같아서요.”

말을 마친 그녀는 밖으로 나가 버렸습니다.

“프라우 루이제란……”

가아긴은 내 시선을 피하려 애쓰면서 입을 열었습니다.

“그 여자는 이전 시장의 미망인으로, 지금은 그저 마음 좋고 평범한 늙은이입니다. 그분이 요새 아아샤를 무척 좋아하게 되었습니다. 그런데 아아샤는 자신보다 신분이 낮은 사람들과 사귀려는 경향이 있어요. 나는 짐작이 갑니다만, 아마 자신의 자존심 때문에 그러는 걸 겁니다. 보시다시피 그 애가 자라나는 동안 계속 응석을 받아주는 편이었으니까요.”

그는 잠시 말을 끊었다가 덧붙였습니다.

“하긴. 나는 사람들에게 심한 소리를 못하는 성격이기도 합니다만, 그 애한테는 더욱더 그러할 수밖에 없습니다. 나는 그 아이, 아아샤에게 너그럽게 대해야만 할 의무가 있습니다.”

나는 아무 말도 하지 않았습니다. 그러자 가아긴이 화제를 바꾸어 다른 이야기를 꺼내었습니다. 나는 알면 알수록 그에게 강하게 끌리는 것을 느꼈습니다. 그를 안 지 얼마 되지 않았지만, 나는 점점 더 그를 이해하기 시작했습니다.

그는 순수한 러시아적 영혼의 소유자로, 성실하고 정직하며 순박한 남자였습니다. 다만 생동하는 기운들이 좀 모자라고, 인내심과 가슴을 태울 만큼의 정열이 없는 것이 안타까웠습니다. 그의 젊음은 끓어오르는 일 없이, 그저 온화한 빛을 발하는 정도였습니다.

그는 총명하고 인상이 좋은 남자였지만, 막상 이대로 그가 성인이 된다면 과연 어떤 인물이 될는지는 상상할 수가 없었습니다. 미술가가 되고 싶다고는 했지만, 꾸준한 노력과 열정이 없는 그에게는 약간 무리인 것 같았습니다. 더구나 그의 온화한 얼굴이나 평소의 그 태연스럽고 침착한 말투를 생각하니 더더욱 그런 생각이 강해졌습니다.

'그래! 노력 같은 걸 할 리가 없지. 자네는 고통스러운 노력의 순간들을 버티지 못할 거야.'

하지만 내 마음은 이미 완전히 그에게 쏠려 있었습니다.

우리는 소파에 앉아 이야기하고, 천천히 집 앞을 걷기도 하면서 네 시간 정도를 보냈는데, 그 짧은 시간동안 우리 두 사람은 완전히 마음이 통하고 말았습니다.

해는 지고 내가 슬슬 집으로 돌아갈 때가 되었는데도, 아아샤는 돌아오지 않고 있었습니다.

"애가 어쩌면 이렇게 제멋대로일까!"

가아긴은 말했습니다.

"당신을 배웅하는 길에 프라우 루이제 댁에 들러서 아아샤가 아직 거기 있는지 물어 볼까요? 그곳이 그다지 먼 곳도 아니니까요."

우리는 큰 거리로 내려가서 좁고 구불구불한 뒷골목에 위치한 어느 4층 집 앞에 당도했습니다. 그 집은 2층이 1층보다 크고 거리 쪽으로 튀어나와 있었고, 3층과 4층은 2층보다도 더 튀어나와 있어 밑에 두 개의 굵은 기둥이 떠받치고 서 있는 특이한 구조였습니다. 뾰족한 지붕에는 기와를 얹었고, 지붕 밑으로 물받이가 새의 부리와 같은 형태로 튀어나와 있어, 그 집 자체가 마치 커다란 새가 웅크리고 있는 것처럼 보였습니다.

"아아샤!"

가아긴이 소리쳤습니다.

"거기 있니?"

그러자 불이 켜진 3층의 창이 덜컹 소리를 내며 열리고 아아샤가 얼굴을 내보였습니다. 그녀의 뒤에서는 이가 빠지고 눈도 그다지 좋아 보이지 않는 늙은 독일인 부인이 우리를 내려다보고 있었습니다.

"나 여기 있어요."

아아샤가 교태를 부리며 창턱에 팔꿈치를 기대고 말했습니다.

"난 이곳이 정말 좋은 것 같아요. 자, 이걸 받아요."

말을 끝내기 무섭게 그녀는 제라늄 가지를 가아긴에게 던져 주었습니다.

"나를 마음속에 품은 연인이라고 생각하세요."

옆에서 듣던 프라우 루이제가 소리 내어 웃었습니다.

"N씨가 돌아가신단다."

가아긴이 말했습니다.

"너에게 인사를 하고 가시려고 들렀단다."

"정말 그래요?"

아아샤가 말했습니다.

"그럼 제라늄 가지를 그분에게 드리세요. 난 곧 내려가겠어요."

그녀는 창문을 닫고 프라우 루이제에게 작별 키스를 하는 모양이었습니다. 가아긴은 내게 제라늄 가지를 내밀었습니다. 나는 조용히 받아 주머니에 넣고는 곧 배를 타고 강을 건넜습니다.

그날의 기억은 잊혀지지가 않습니다. 나는 무엇엔가 가슴이 답답함을 느끼면서 아무 생각 없이 집으로 가는 길을 재촉했습니다. 그런데 갑자기 어쩐지 익숙한 냄새, 물론 독일에서는 맡기 힘든 냄새가 나의 코를 찌른 것입니다. 나는 발을 멈췄습니다. 주위를 둘러보니 길가에 조그마한 삼밭이 자리 잡고 있었습니다. 그 냄새는 문득 나로 하여금 고국에 대한 그리움, 향수를 불러 일으켰습니다. 나는 다시 고국 러시아의 공기를 마시고, 러시아의 흙을 밟고 싶어졌습니다.

'지금 내가 이곳에서 무얼 하고 있는 것인가? 도대체 나는 어떤 이유로 타국에서, 그리고 낯선 사람들 사이에서 방황하고 있는 것인가?'

이것이 가슴 저 끝에서부터 끌어 오르는 외침이었습니다. 내 가슴을 누르는 듯하던 답답함이 타는 듯한 초조함으로 변해갔습니다.

집에 다다랐을 때, 나는 전날 밤과는 전혀 다른 기분이 되어 있었습니다. 마치 무엇엔가 화가 나 있는 것 같은 내 마음을 진정시킬 수가 없었습니다. 불현듯 생긴 초조함을 이기지 못하고 있었던 것입니다. 마음을 누르고 가까스로 자리에 앉자, 문득 지독했던 미망인이 떠올랐습니다. 생각해보니 내 일과의 마지막은 항상 그 여인에 대해 회상이었습니다. 그녀에게서 왔던 편지 하나를 꺼냈습니다. 그러나 나는 그걸 펴보지도 않았습니다. 내 생각은 벌써 다른 쪽을 향해 달리고 있었습니다.

나는 아아샤에 대한 생각을 떠올리기 시작한 것입니다.
가아긴이 무언가 이야기할 때 얼핏 러시아로 돌아가기가 곤
란한 사정이 있다는 말을 비쳤던 것이 머리에 떠올랐습니다.

"정말 동생이 맞기는 한 건가?"

나는 큰소리로 말했습니다.

나는 옷을 벗고 누워 잠들려고 애를 써 보았지만, 한 시간
쯤 지나서 침대 위에서 벌떡 일어나 앉아, 베개에 팔꿈치를
짚고 또다시 그 '변덕 심한 소녀'를 생각하고 있었습니다.

"그녀는 마치 라파엘의 파르네진 속 갈라테야를 닮았어."

나는 중얼거렸습니다.

'그렇다. 그의 동생이 아닌 거다!'

미망인의 편지 같은 것은 달빛을 하얗게 받은 채 마룻바
닥에 떨어져 있었습니다.

5

다음 날 아침, 나는 다시 L시로 향했습니다. 나는 가아긴
을 만나러 가는 것이라고 계속 생각했지만, 사실 은근히 아

아샤가 오늘은 어떤 행동을 할지, 어떤 놀라운 짓을 벌일지
가 궁금하였던 것입니다.

내가 도착했을 때 마침 두 사람이 객실에 앉아 있었습니
다. 그런데 참 이상한 일이었습니다. ─어제 저녁부터 계속
러시아 생각에 잠겨 있어서였는지, 오늘의 아아샤는 완전한
러시아 소녀의 모습을 하고 있었습니다. 그녀는 평소에 입던
옷을 입은 채 머리를 귀 너머로 곱게 빗어 붙이고, 못 박힌
듯이 창가에 앉아 수를 놓고 있었는데, 그 얌전하고 조용한
모습은 정말, 마치 평생 그 밖의 일은 아무것도 하지 않았다
는 듯한 느낌을 주었습니다.

그녀는 거의 한마디도 없이 침착하게 그 일에 열중하고,
그 얼굴에도 이런 것은 아무것도 아닌 아주 당연한 일이라
는 듯한 표정을 띠고 있었으므로, 나는 문득 고향의 소박한
카챠 마아샤와 같은 무리들을 떠올렸을 정도였습니다. 더욱
이 그녀는 그 비슷함을 더욱 완벽한 것으로 하려는 듯이, 나
직한 음성으로 <그리운 어머니>를 부르기 시작하는 게 아
니겠어요?

나는 그녀의 약간 누런빛이 감도는 생기 없는 얼굴을 보
고 있는 사이에, 문득 어제 이것저것 공상했던 일을 생각하
고는, 어쩐지 유감스런 기분이 들었습니다.

오늘 바깥 날씨는 정말 화창하였습니다. 마침 가아긴이 그림을 그리러 나간다고 말을 꺼내기에 나는 내가 함께 가도 방해가 되지 않겠냐고 물었습니다.

"천만에요. 오히려 당신이 좋은 영감을 줄 것 같습니다."

그는 대답했습니다.

그러고는 반다이크 스타일의 둥근 모자를 쓰고는 윗옷을 걸치더니, 겨드랑이에 스케치북을 끼고 출발하였습니다. 나도 그의 뒤를 따라 나섰습니다. 아아샤는 집에 남았습니다. 떠나면서 가아긴은 수프가 너무 묽게 되지 않게 해달라고 아아샤에게 부탁하였습니다. 아아샤는 자주 부엌에 가 살피겠노라고 약속했습니다.

가아긴은 이제는 제법 내 눈에 익은 비탈 옆 골짜기에 당도하자, 이내 자리를 잡고 커다란 나무를 그리기 시작했습니다.

나는 그 근처 풀 위에 누워 책을 꺼냈습니다만, 두 페이지도 읽지 못하였습니다. 물론 그림을 그린다던 그도 아까운 종이만 한 장 버렸을 뿐이었습니다. 우리 두 사람은 각자의 할 일을 하기보다는 대화하는 시간이 더 많았습니다. 우리는 단순한 이야기가 아닌 어떤 일에 대한 태도, 그리고 문제에 대한 해결 방법 등을 이야기하였습니다. 또 현대에 들어서

화가가 갖추어야 할 것은 무엇인가, 하는 등의 이야기도 나누었는데 그 순간에는 두 사람 다 제법 현명하고 자세하게 논하였던 것 같습니다.

그러던 중 가아긴도 더 이상은 안 되겠다 싶었는지 붓을 놓고는 내 옆에 드러눕고 말았습니다. 하려던 일을 놓아버리니 우리는 열띠고, 환희에 가득찬, 그리고 제멋대로 흐르는 평범한 젊은이들의 대화를 할 수 있었습니다. 무슨 이야기를 하던 러시아인의 자연스러운 모습이 녹아나오는 것은 어쩔 수 없었습니다. 우리는 한참 이야기를 하고 나서 마치 큰일이라도 이룬 것 같은 만족감에 도취되어 집으로 돌아왔습니다.

집에는 우리가 떠날 때와 조금도 다름없는 자태로 우리를 맞이하는 아아샤가 있었습니다. 오늘은 그녀에게서 교태를 부리거나, 어색한 연극을 하고 있는 듯한 기색을 발견할 수가 없었습니다. 그래서 그녀의 부자연스러운 행동을 비웃을 기회가 없었습니다.

"하하하."

가아긴이 갑자기 크게 웃고는 말했습니다.

"오늘은 참회라도 하는 것인가?"

저녁이 되자 그녀는 몇 번 하품을 하더니 자기 방으로 들어갔습니다. 나 역시 가아긴과 작별하고 집으로 돌아왔는데,

오늘 돌아오는 길에는 아무것도 상상하지 않았습니다. 그날 하루는 완전히 제정신으로 보냈던 것입니다. 하지만 침대에 누워 막 잠이 들기 전에 무의식중에 소리를 내어 이렇게 말한 것으로 기억합니다.

"정말 카멜레온 같은 아가씨로군!"

그리고 잠시 생각에 잠겼다가 이렇게 덧붙였습니다.

"이쨌든 확실히 그녀는 그의 동생은 아니야!"

6

그렇게 2주일이 금방 흘렀습니다. 그사이 나는 날마다 가아긴을 찾아갔습니다. 아아샤는 나를 피하는 듯한 눈치였습니다. 그리고 우리가 서로 알게 되었던 때만큼 나를 놀라게 했던 그 장난들을 두 번 다시 보이지 않았습니다.

그녀는 지금 슬픔에 잠겨 있거나 무엇인가에 마음이 동요되어 있는 게 분명했습니다. 전보다 웃는 일도 훨씬 줄어 있었습니다. 나는 호기심을 가지고 그녀의 모습을 지켜보았습니다.

그녀는 프랑스어와 독일어를 능숙하게 구사하였습니다.

그런데 그녀를 보고 있으면 가아긴과는 조금 다른 교육을 받은 것처럼 보였습니다. 그녀는 가아긴과는 다르게 어렸을 적부터 여자 손에 자란 흔적이 없었습니다. 가아긴이 아무리 반다이크 스타일의 둥근 모자를 쓰고, 윗옷을 아무렇게나 걸치고 다닌다지만, 그에게는 따스하면서도 여자처럼 연약한 러시아의 귀족다운 품격이 감돌고 있었습니다. 하지만 아아샤에게는 전혀 귀족 따님의 모습을 찾을 수가 없었습니다. 모든 행동들 속에 어딘지 모르게 침착함이 부족하여 마치 덜 익은 술이나 야생의 그것과 같은 느낌을 주는 것이었습니다.

그녀는 본래 내성적이고 소심하며, 자신의 그러한 성격에 스스로 속이 상하여 억지로 용감한 척 행동하려고 애쓰고 있었습니다만, 그것은 실패하는 경우가 더 많았습니다.

나는 가끔씩 그녀에게 러시아에서의 생활이나 과거에 대해 물어 보았지만, 그녀는 내 물음에 대하여 시원스레 답해 준 적이 없었습니다. 그래도 나는 그녀가 외국으로 떠나오기 전까지 오랫동안 시골에서 살고 있었다는 것만은 알아냈습니다.

어느 날은 우연히 그녀 혼자 책을 읽고 있을 때 간 일이 있었습니다. 그녀는 두 손으로 머리를 싸매고, 손끝을 머리칼 속으로 밀어 넣으면서 책장 속으로 빨려 들어갈 듯 책을 읽고 있었습니다.

"브라보!"

나는 그녀 옆으로 다가가서 말했습니다.

"열심히 공부하시는군요!"

그녀는 고개를 들고 나를 빤히 쳐다보았습니다.

"그럼 내기 웃는 것 말고는 아무것도 못하는 여자라고 생각했나요?"

말을 마치자 그녀는 일어나서 나가려고 했습니다.

나는 얼른 책의 제목을 보았습니다. 정확히는 모르지만 아무튼 프랑스 소설이었습니다.

"그런데 책 선택은 칭찬할 수 없을 것 같네요."

"그럼 어떤 책을 읽으면 좋을까요?"

그녀는 큰소리로 말하고는 책을 테이블 위로 던지면서 말을 이었습니다.

"차라리 저쪽에서 바보 흉내라도 내는 게 낫겠네요!"

그러고는 뜰로 뛰어나가고 말았습니다.

바로 그날 저녁, 나는 가아긴에게 『헤르만과 도로테아』를 읽어주고 있었습니다. 처음에는 그저 우리 곁을 맴돌 뿐이던 아아샤가 어느 순간부터인지 내 옆에 앉아서 낭독에 귀를 기울이고 있었습니다.

그다음 날, 나는 내가 사람을 잘못 보았나 싶었습니다. 그러나 이윽고 그녀가 이야기 속의 도로테아처럼 가정적이면서도 훌륭한 부인이 되어야겠다고 생각했다는 것을 짐작했습니다. 그녀는 정말 나에게 있어 수수께끼와도 같은 존재였습니다.

자기애도, 자존심도 강한 그녀는 내가 그녀에 대하여 화를 내고 있을 때마저, 저의 마음을 사로잡았습니다. 아무튼 단 한 가지 생각에 대해서만은 나는 점점 강한 확신을 가졌습니다. 바로 그녀가 가아긴의 동생이 아니라는 것이었습니다. 그가 그녀를 대하는 태도는 아무리 생각해 보아도 오빠답지가 않았습니다. 오빠라고 하기에는 너무나도 부드럽고, 관대하였으며, 어딘지 모르게 다소 어색한 느낌도 있었습니다.

그런데 뜻하지 않던 일이 나의 이런 궁금증들을 풀어 주었던 것입니다.

어느 날 밤이었습니다. 가아긴이 머물고 있는 포도원에 그날따라 자물쇠가 걸려 있지 않겠어요? 나는 평소에 유심히 보아 두었던 담이 살짝 무너진 곳을 찾아내어 훌쩍 뛰어넘었습니다. 거기에서 그다지 멀지 않은 곳에 아카시아나무로 만든 커다란 정자가 있었습니다. 내가 그 옆을 막 지나치려는 순간, 잔뜩 목이 멘 듯한 아아샤의 목소리가 들려왔습니다.

"싫어요, 난 오빠 아닌 다른 사람은 사랑하고 싶지 않아요. 싫어요, 싫어요. 난 언제까지나 오직 당신만 사랑하고 싶어요."

"그만 됐어. 아아샤, 진정해."

가아긴은 목소리였습니다.

"너도 잘 알고 있잖니. 내가 널 믿고 있다는 걸."

정자 안에서 그들의 목소리가 새어 나오고 있었습니다. 자세히 들여다보니 가지 사이로 두 사람의 모습이 보였습니다. 두 사람은 내가 있는 것을 모르고 있었습니다.

"내겐 당신뿐이에요."

그녀는 그의 목덜미에 매달려 흐느껴 울면서, 입을 맞추기도 하고 그의 가슴에 얼굴을 묻기도 하는 것이었습니다.

"이제 됐어. 그만해."

그도 한 손으로 살며시 그녀의 머리칼을 쓰다듬으며 말했습니다.

나는 그 자리에서 꼼짝도 할 수 없었습니다. 그러다 얼마 후, 정신을 차리고 생각했습니다. ― 내가 지금 그들에게 가야 하는 걸까? 아니지, 말도 안 돼! ― 스치는 생각을 뒤로

한 채, 나는 빠른 걸음으로 되돌아와 담을 뛰어넘어 뛰다시
피 하며 집으로 돌아왔습니다. 집으로 돌아온 나는 얼굴에
슬며시 미소를 띠우고 손을 씻어냈습니다. 나는 내 추측이
옳다는 것을 단 한순간도 의심하지 않았습니다. 그저 추측에
불과하던 일을 현실로 보여준 이 조그마한 사건에 놀라면서
도, 나는 한편으로는 큰 슬픔에 빠졌습니다.

'이제껏 어떻게 그렇게 시치미를 떼고 있었던 거지? 둘이
서 나를 잘도 속였군. 그런데 그 대화들은 다 뭐였을까?'

7

그날 밤, 나는 깊은 잠에 들 수가 없었습니다. 이튿날 아
침, 나는 일찍부터 준비하여 여관을 나섰습니다. 물론, 여관
주인에게는 내가 늦더라도 기다리지 말라 이르고, 도시 한복
판을 흐르는 냇물을 따라 난 길로 등산을 떠났습니다.

'개의 등'이라고 불리는 이 길은 지리학적으로 매우 흥미
로운 산의 줄기였습니다. 그곳은 두고 볼만한 현무암층들이
많이 있었지만, 나는 그것을 관찰하고 있을 여유가 없었습니
다. 내 마음속에서 어떠한 변화가 일어나고는 있었으나, 나

조차도 그것이 정확히 무엇인지 알 수 없었습니다. 다만 한 가지, 그들과 다시는 얼굴을 마주하고 싶지 않다는 것은 분명했습니다.

나는 그들에 대한 이 석연찮은 감정들이 그들의 거짓말 때문이라고 계속 생각했습니다.

'도대체 왜 그들은 남들 앞에서 남매와 같은 행동을 보여야만 하는 걸까?'

나는 될 수 있으면 그들의 생각은 하지 않으려 노력했습니다. 산의 여기저기를 걸으며 주변을 관찰하고, 지나치는 이들에게 말을 걸기도 하며, 혹은 한낮에 비치는 햇살에 따뜻해진 바위에 누워 구름을 바라보기도 했습니다. 내가 다니는 동안 화창한 날씨가 계속되었습니다.

사흘 정도를 이렇게 지냈습니다. 가끔씩 밀려드는 답답함을 제외하면, 그럭저럭 괜찮은 여정이었던 것 같습니다. 어찌되었든 내 머릿속의 생각들은 이 지역의 자연들과 아주 잘 어울렸던 것입니다.

나는 그저 편안한 마음으로 우연히 다가오는 느낌들에 나의 모든 것을 맡겼습니다. 그러고 있자니, 우연히 다가오는 듯 느껴졌던 것들이 나의 마음에 스쳐 지나가며 하나의 감정만을 남겼습니다. 그리고 그 중에 사흘 동안 내가 보고,

몸소 느끼고, 또 귀에 담은 온갖 것은 이곳저곳의 수풀에 떠도는 몽롱한 나무진 냄새, 딱따구리의 외치는 소리나 콕콕 나무를 쪼는 소리, 얼룩덜룩한 곤들매기가 물속 모래 위에 그림자를 떨어뜨리고 있는 깨끗한 시냇물이 끊임없이 졸졸 흐르는 소리, 그다지 깊지 않은 골짜기, 가파른 암석, 경건한 오래된 교회와 나무들이 들어서 있는 촌락, 풀밭에서 노는 황새 떼, 눈이 어지럽도록 수레가 돌고 있는 아담한 연자방앗간, 마을 사람들의 순박한 얼굴, 그 파란 저고리나 회색 스타킹, 살이 통통 찐 말과, 때때로 삐걱거리는 소리를 내며 암소가 끌고 가는 한가로운 짐마차의 행렬, 능금이나 배나무에 에워싸인 호젓한 길을 걷는 젊고 긴 머리카락의 나그네들뿐입니다.

지금도 나는 그때 생각을 하면 마음이 편안해지는 것을 느낍니다. 검소하면서도 의식이 족하고, 도처에 부지런한 일손들의 자취, 눅진하기는 하되 참을성이 많은 노동의 흔적을 남기고 있는 검소한 독일의 시골이여, 건재하라. 그대들에게 영광과 평화가 깃들기를!

사흘이 지난 후에야 나는 집으로 돌아왔습니다. 내가 말하지 않은 것이 하나 있다면, 당시 나는 한동안 가아긴에 대한 화를 참지 못해 그것을 잊기 위하여 예전의 미망인을 떠올렸습니다. 하지만 이제는 그 모든 것이 다 소용이 없었습니다.

나는 지금도 기억합니다. 내가 그 미망인에 대한 생각을 떠올리려 노력하고 있을 쯤에 문득 내 앞에 다섯 살 정도 되어 보이는 동그란 얼굴의 여자아이가 맑고 예쁜 눈을 동그랗게 뜨고 서 있는 게 아니겠습니까. 아이가 그 귀여운 모습으로 나를 바라볼 때, 나는 그 순수한 눈망울 앞에서 한없이 내 자신이 부끄러워졌습니다. 나는 그 순수함 앞에서 절대 거짓말을 할 수 없었습니다. 그리고 이내 교활했던 그 미망인에 대한 기억들을 모두 잊기로 하였습니다.

집에 돌아와 보니 가아긴의 편지가 도착해 있었습니다. 편지에는 왜 갑자기 혼자서 여행을 떠났느냐고, 편지를 보면 즉시 본인에게 찾아와 달라고 부탁하는 내용이 들어 있었습니다. 나는 그 편지가 썩 반갑지 않았지만, 그래도 다음 날 날이 밝자마자 L시로 떠났습니다.

8

가아긴은 며칠 만에 집을 찾은 나를 친절하게 맞아 주었지만, 아아샤는 평소에 하던 그대로 내 얼굴을 보고 크게 웃더니 저만큼 도망을 치기 시작하였습니다.

가아긴은 그런 그녀의 뒤통수에 대고 제정신이 아니라며 뭐라 하더니만, 나에게 양해를 구했습니다. 솔직히 말하자면, 나는 그렇지 않아도 아아샤에게 화가 나 있는 상태였는데, 방금 전의 그 웃음으로 인하여 더 참을 수 없는 감정이 끓어올랐습니다. 하지만 나는 아무렇지도 않은 척, 가아긴에게 내 여행 이야기를 들려주었습니다.

그 역시 내가 없는 동안에 어떤 일을 했었는지를 이야기하기 시작했지만, 아무래도 예전처럼 이야기가 활기를 띠지 못했습니다. 아아샤는 오늘도 방으로 들어왔다가 다시 뛰어나가기를 반복하여 온정신을 다 사납게 만들었습니다.

조금 앉아 있다가 나는 급한 일이 있어 그만 가봐야겠다는 말을 꺼냈습니다.

처음에는 가아긴이 자리에서 일어나려는 나를 붙잡으려 하였으나, 이내 내 얼굴을 가만히 들여다보고는 가려거든 자신이 배웅해 주겠노라고 했습니다. 그런데 그날따라 현관에서 아아샤가 갑자기 나에게 손을 내밀어 악수를 청했습니다. 나는 그녀의 손끝을 살짝 잡았다 놓고는 바로 집 밖으로 나왔습니다.

나는 가아긴과 함께 라인 강을 건너 마돈나 상이 있는, 내
가 매우 좋아하는 물푸레나무 곁으로 가서 벤치에 걸터앉아
경치를 살피기 시작했습니다. 그런데 거기서 둘 사이에 기묘
한 이야기가 시작된 것입니다.

별 것 아닌 말 몇 마디가 오고 가다가 이내 둘 모두 입을
다물고 말았습니다.

"그런데……. 아아샤를 어떻게 생각하시나요? 사실 객관
적으로 봤을 때 아아샤가 정상적으로 보이지는 않지요."

갑자기 가아긴이 입을 열었습니다.

"글쎄요."

그가 그녀 이야기를 먼저 꺼낸 것은 예상 밖이었습니다.
나는 놀란 마음을 가라앉히며 대답했습니다.

"그 아이도 정말 마음만은 좋은 아이입니다. 다만 너무 영
리해서 문제라고나 할까요? 그렇다고 다루기가 힘들다고 하
여 그 아이에게만 뭐라고 할 수는 없는 노릇입니다. 그 아이
에 대해 이야기 하려면 먼저 그 아이의 사정을 잘 알아야겠
지요. 당신도 그 아이가 살아온 시간들을 알게 된다면……."

"살아온 시간들을 알게 된다는 건 무슨 뜻입니까?"

내가 그의 말을 가로챘습니다.

"그러나 아아샤는 당신의……."

가아긴이 내 얼굴을 바라보며 이야기를 이어나갔습니다.

"당신은 그 아이가 내 동생이 아니라고 생각하고 계시지 않습니까? 그런데 아닙니다. 그 아이는 분명 내 동생이 맞습니다."

그는 나를 전혀 신경 쓰지 않는 듯 말을 계속했습니다.

"그녀는 내 아버지의 딸입니다. 지금부터 내 말을 진심으로 들어주셨으면 좋겠습니다. 당신은 믿을 수 있는 사람이라 생각되니 편히 말씀드리겠습니다."

"우리 아버지께서는 착하고 지혜로우면서 교양도 있는 분이었지만, 매우 불행한 삶을 살았습니다. 그렇다고 운명이 다른 사람들에 비해서 가혹한 삶을 내렸다고 말할 수는 없겠지만, 아버지는 운명이 던진 첫 번째 과제조차도 견디지 못했습니다.

아버지는 사랑하는 이와 남들보다 조금 일찍 결혼을 하였습니다. 하지만 아버지의 아내이자 나의 어머니였던 분은 매우 일찍 돌아가셨습니다. 어머니가 돌아가셨을 때, 나는 불과 생후 6개월밖에 되지 않았습니다. 아버지는 어린 나를 데리고 시골에 내려가 12년 동안을 지내셨습니다. 혼자서 저를 키우고 제 교육도 맡으셨지요. 만약 큰아버지가 그곳으로 찾아오지 않았다면, 나는 아직도 그 시골에서 살고 있었을 겁니다.

큰아버지는 페테르스부르크에 살고 있었고, 꽤 높은 직위였던 것으로 기억합니다. 아무튼 큰아버지께서 시골을 떠나기 싫어하셨던 아버지를 설득하여 나를 도시로 데리고 오셨습니다.

인적 드문 시골에서는 아이가 혼자 있는 것이 해로울 거라고, 그리고 아버지가 혼자 나를 키우면 분명 또래 아이들에 비해 뒤떨어지게 될 것이라고 설득하였습니다. 처음에는 아버지가 계속 고집을 피웠지만, 끝내는 형의 충고를 듣기로 하였습니다.

아버지와 헤어질 때, 나는 정말 많이 울었던 것으로 기억합니다. 아버지가 웃는 모습 같은 건 본 적도 없는 나였지만, 나는 아버지를 정말 많이 사랑하고 있었던 것입니다. 그러나 큰 도시로 나가 그곳에 익숙해진 나는 곧 음침한 시골구석에서의 생활은 잊고 말았습니다.

시간이 흐르고 나는 육군사관학교에 들어갔습니다. 시골에는 1년에 몇 주 정도 휴가를 내어 찾아갔습니다. 그런데 해가 더할수록 아버지는 점점 더 어둡고, 소심한 사람이 되어갔습니다. 아버지는 교회에 나가시는 것 외에는 아무것도 하고 있지 않았습니다.

내가 스물이 갓 넘어 아버지를 찾아갔을 때, 나는 까만 눈동자를 한 가냘픈 여자 아이가 집에 있는 것을 보았습니다. 열 살 정도 되어 보였던 그 아이가 지금 여기서 나와 살고 있는 아아샤입니다. 당시 아버지는 아아샤가 고아여서 오갈 데가 없기에 우리 집에 데려왔다고 말씀하셨습니다.

나는 특별히 그녀를 신경 쓰지 않았습니다. 그녀는 낯을 심하게 가리고, 말도 없을 뿐더러 성격도 다듬어지지 않은 아이였습니다. 그리고 아버지가 좋아하시는 방, 거기서 어머니가 숨을 거둔 - 낮에도 촛불을 켜야만 하는 커다란 - 음침한 방으로 내가 발을 들여놓기가 무섭게, 그녀는 금세 아버지의 볼테르식 의자나 책장 뒤에 숨어 버리는 것이었습니다. 그 해 이후로 3, 4년 동안은 근무 때문에 시골집에 내려가 볼 수 없었습니다.

아버지는 매달 나에게 편지로 간단하게나마 소식을 전하였습니다. 어쩌다 아아샤에 대한 이야기도 들어있었습니다.

당시 아버지는 이미 50이 넘은 나이에도 매우 젊어 보였습니다. 그래서 갑자기 받은 아버지가 위독하다는 편지 내용이 믿기지 않았습니다. 하인을 통하여 전달된 편지에는 아버지가 위독하니, 만일 아버지의 마지막을 지키고 싶다면 급히 집으로 돌아오라는 내용이었습니다. 놀라 달려가니 아버지는 아직 살아 계셨지만, 곧 돌아가시기 직전이었습니다.

아버지는 나를 보자 매우 기뻐하시더니, 곧 내 눈을 가만히 바라보셨습니다. 그러더니 마지막 소원을 꼭 들어달라는 말씀을 꺼내시고는 늙은 하인에게 아아샤를 데려오도록 이르셨습니다. 노인이 데려온 아아샤는 온몸을 부들부들 떨며 간신히 서 있는 것처럼 보였습니다.

거친 숨을 몰아쉬며 아버지는 간신히 말을 꺼냈습니다.

"내 딸…… 네 여동생을 너에게 맡긴다. 자세한 이야기는 야코프에게 듣거라."

아버지는 늙은 하인을 가리키며 말했습니다.

아아샤는 침대 위에 얼굴을 묻고 울음을 터뜨렸습니다. 그 후로 30분, 아버지는 숨을 거두었습니다.

야코프에게 들은 이야기는 이랬습니다.

아아샤는 어머니가 돌아가시기 전까지 어머니의 몸종으로 있었던 타치야나와 아버지 사이에서 얻은 딸이었던 것입니다.

내가 기억하는 타치야나는 날씬하고, 훤칠한 키에, 크고 까만 눈을 가진 정숙하면서도 매우 엄숙한 얼굴을 한 여자였습니다. 그녀는 자존심이 강하여 쉽게 접근할 수 없다는 소문이 근방에 자자했었습니다.

야코프의 이야기로 안 것은, 아버지는 어머니가 돌아가시고 몇 해가 지난 후부터 그녀를 만났으며, 내가 시골집을 떠난 후 바로 그녀와 결혼하려고 했었다는 것입니다. 당시 가축을 기르는 시집간 언니 집에서 머물던 그녀는 아버지의 청혼을 거절했다고 합니다.

"돌아가신 타치야나 바실리에프께서는……."

야코프는 뒷짐을 지고 문턱에 선 채 내게 말했습니다.

"어떤 일에든 생각이 깊었던 분으로, 아버지의 명예를 손상하는 짓은 하지 않으셨습니다. 어떻게 어르신의 부인이 될 수가 있겠냐고, 본인은 그런 처지가 못된다고 말씀하셨던 겁니다. 분명 제 앞에서 그렇게 말씀하셨습니다."

그래서 타치야나는 우리 집으로 옮겨 오지 않고, 그냥 아아샤와 함께 언니의 집에서 살고 있었다고 합니다.

어릴 적 내가 타치야나를 본 일은 주일에 교회에 나갈 때뿐이었습니다. 소박해 보이는 스카프로 머리를 덮고, 노란 숄을 어깨에 걸친 그녀는 항상 창가의 사람들 틈에 서 있었습니다. 유리를 통해 비친 그 엄숙한 표정을 볼 수 있었습니다. 그녀는 고개를 숙이고 옛날 방식대로 공손하고 정중한 기도를 드렸습니다.

내가 큰아버지를 따라 나섰을 때, 아아샤는 겨우 두 살이었으며 그녀는 아홉 살이 되던 해에 어머니를 잃었던 것입니다.

타치야나가 죽자 아버지는 아아샤를 집으로 데려왔습니다. 아버지는 그전에도 아아샤를 데려오고 싶었으나 타치야나는 그것조차도 거절하였던 모양입니다.

우리 집으로 옮겨온 아아샤는 생활 자체가 모두 바뀌게 되었습니다. 그녀는 태어나 처음으로 비단으로 된 드레스를 입은 날, 주변의 모두가 자신의 손에 키스를 했던 그 순간이 잊혀지지 않는다고 합니다. 자신의 어머니는 살아 있는 동안 자신에게 매우 엄격하였지만, 아버지는 달라 그녀의 생활은 자유 그 자체였습니다. 그녀는 아버지 외에는 누구도 만나본 일이 없었습니다.

아버지는 그녀의 투정과 응석들을 다 받아 주었습니다. 물론 아버지가 그녀의 비위를 맞추어 주었다거나, 그녀의 성격을 버려놓았다고는 생각하지 않습니다. 아버지는 그녀를 몹시 사랑해 주었고, 한편으로는 미안한 마음도 들어 그녀에게는 무슨 일이든 할 수 있도록 해 주었습니다.

시간이 지나면서 아아샤는 누구도 이 집에서는 자신에 대해 함부로 말하지 못한다는 것을 알았습니다. 또한 이 집의 주인이 자기 아버지라는 것도 알았던 것입니다. 그런 반면에 그녀는 점차 자신의 존재가 정상적인 위치가 아니라는 것도 깨달았습니다. 그녀는 자존심이 무척 강해지고, 동시에 세상에 대한 질투와 나쁜 습관들이 몸에 배어, 순진했던 모습들은 자취를 감추고 말았습니다. 나중에 그녀가 내게 해준 말로는 그녀는 세상 사람들이 자신의 출신을 알지 못했으면 좋겠다고 했습니다.

그녀는 자기 어머니를 부끄럽게 생각하면서도, 어머니를 부끄러워하는 자신의 모습을 수치스럽게 여기기도 했습니다. 그리고 다시 자기 어머니를 자랑스러워도 했습니다. 그녀는 어려서부터 너무 많은 것을 알아버렸기에, 그리고 지금도 알고 있기에 저런 모습이 되어 있는 것입니다.

그렇다고 그것이 과연 그녀의 잘못인 걸까요? 아무튼 몸에서는 힘이 넘치고, 피는 끓어오르는데, 그녀를 바른 길로 이끌어줄 만한 사람이 하나도 없었으니 말입니다. 그녀는 지나치게 모든 점에서 자유로웠던 것입니다! 그것이 결코 좋지만은 않다는 것을 잘 아시겠지요.

그녀는 다른 사람들에게 지는 것을 싫어하였습니다. 어느 순간 그녀는 독서에 몰입하기 시작했습니다. 하지만 그렇다고 해서 뭐가 더 나아지거나 하는 것은 없었습니다. 한 번 비뚤어진 것은 누군가가 잡아주지 않으면 영원히 비뚤어진 채로 살아가게 되는 것입니다. 다행스럽게도 그녀의 타고난 심성과 지혜로운 머리는 아직 그대로였습니다.

그런 이유로 내 나이 스물에 나는 이제 열세 살 된 소녀를 맡게 되었습니다. 아버지가 돌아가신 후, 얼마 동안 그녀는 작은 소리에도 몸서리치고, 내가 아무리 부드럽게 대하려 하여도 말을 들으려 하지 않았습니다. 그래도 어느 순간부터 조금씩 그녀가 나를 따르기 시작했습니다. 나중에 내가 완전히 그녀를 나의 동생이라 생각하고 사랑하게 되었다는 것을 알고부터는, 나를 무척 따르기는 하지만 지금도 그 아이는 감정이라는 것 자체를 매우 철저하게 관리합니다.

나는 그녀를 데리고 페테르스부르크로 왔습니다. 그녀와 헤어지는 것은 무척 아쉬웠지만, 그렇다고 그녀와 함께 살 수는 없었습니다. 그래서 나는 그녀를 좋은 기숙 여학교에 입학시켰습니다.

아아샤도 두 사람이 떨어져 살아야 한다는 것을 알았지만, 처음에는 혼자 있는 것이 힘들었는지 병에 걸려 죽을 뻔한 일도 있었습니다. 그러나 곧 극복하고 기숙학교에서의 4년을 잘 보냈습니다. 그런데 내 기대와는 반대로 그녀는 조금도 변하지 않았습니다. 기숙학교의 교장도 가끔 내게 연락하여 그녀를 다루기 어렵다는 말을 늘어놓곤 하였습니다.

“그 애는 어떤 벌을 주어도 효과가 없어요. 그렇다고 부드럽게 대해준다고 나아지는 것도 아니고…….”

교장이 내게 가끔 했던 말입니다.

아아샤는 매우 지혜롭고 성적도 좋았지만, 다른 사람들과 어울리는 일에는 적응하지 못한 모양이었습니다. 억지를 부리고 떼를 써도 나는 아아샤를 혼낼 수 없었습니다. 기숙학교에서의 그 아이 입장에 있었다면, 나라도 비굴하게 굴거나 아예 사람들을 피하거나 둘 중 하나를 택했을 테니까요.

그녀 주변의 친구들은 대부분 성적도 좋지 않을 뿐더러 남들이 잘 사귀려 들지 않는 부류의 아이들이었습니다. 학교 내에서 함께 생활하는 아이들 대부분이 귀족 집안의 아이들이었는데, 모두가 그녀를 좋아하지 않아 그녀의 출신에 대한 이야기를 해대고 때로는 욕설을 퍼붓기도 한 모양이었습니다. 아아샤는 그 아이들에게 지지 않으려고 악을 쓰고 있었던 겁니다.

하루는 수업 시간에 선생이 악덕에 대하여 이야기를 꺼냈다고 합니다.

“비굴함과 겁내는 것이 가장 나쁜 덕입니다.”

당시 아아샤가 큰소리로 이렇게 말했답니다. 그 아이는 주변과 상관없이 자신의 길을 쭉 걷고 있었던 것입니다. 그녀의 태도만이 조금 나아졌을 뿐입니다. 하지만 그것조차도 썩 좋아졌다고는 할 수 없었습니다.

아아샤는 열일곱 살이 되어 더 이상 학교에 머무를 수가 없었습니다. 그때, 나는 꽤 어려운 문제에 봉착했던 것입니다. 그러던 참에 문득 떠오른 생각이 지금의 생활입니다. 하던 일을 그만두고 아아샤와 함께 한 1, 2년 외국에서 살아보는 것도 좋겠다는 생각이 들었습니다. 그리하여 나는 그 즉시 그녀를 데리고 지금 이곳에 오게 되었습니다. 그리고 지금 여기서 나는 끊임없이 그림을 그리고, 그 애는 여전히 장난을 치기도 하고, 남들과 다른 행동들을 하고 있는 것입니다.

이제 당신도 그 아이를 뭐라 하지 않으시리라 믿습니다.

그 아이가 보기에는 아무것도 필요 없다는 듯한 표정을 하고 있지만, 사람들의 의견에는 귀를 기울이는 편입니다. 특히 당신의 말이라면 더욱더 그렇겠지요."

이렇게 말하더니 가아긴은 또 점잖은 미소를 지었습니다. 나는 그의 손을 잡아주었습니다.

"대충 이런 이야기이긴 합니다만……."

가아긴이 다시 입을 열었습니다.

"실은 나도 그 애한테는 몸이 달 지경입니다. 다행히도 지금까지는 마음에 드는 남자가 없었으니 망정이지. 누군가를 사랑하게라도 된다면 그야말로 큰일입니다! 나도 때로는 어떻게 하면 좋을까 하고 주체를 못하는 일이 있으니까요. 며칠 전만 하더라도 무슨 생각에선지 별안간 내가 전보다 냉담해졌다, 자기가 사랑하는 건 당신뿐이다, 영원히 당신 하나만을 줄곧 사랑할 것이라고 떼를 써서 말입니다……. 그런 말을 뇌까리면서 몹시 울었습니다.”

“역시 그랬었군요…….”

나는 입을 열다가 그만 얼른 다물어 버렸습니다.

“그럼 뭡니까?”

나는 가아긴에게 물었습니다.

“이런 이야기까지 나왔으니 말인데, 정말로 여태까지 한 사람도 마음에 드는 남자가 없었다고 합니까? 페테르스부르크에 있었다면 여러 젊은이들과 마주칠 기회가 있었을 텐데요?”

“아아샤는 그런 평범한 사람들은 쳐다도 보질 않습니다. 내 생각에 그녀에게 필요한 것은 영웅과도 같은 그런 사람입니다. 결코 평범하지 않아야 합니다. 그게 아니라면 아마도 도시와는 거리가 먼 아름다움 속에 있는 목동과도 같은 순수한 이가 필요한지도 모르겠습니다. 그렇지만…… 아! 내가 무심코 이런저런 얘기들을 하느라 당신을 곤란하게 했군요.”

그는 이렇게 말하더니 자리에서 일어났습니다.

"어떻습니까?"

이번엔 내가 입을 열었습니다.

"가아긴, 당신의 집으로 돌아가는 건 어떨까요? 사실 나는 아직 집으로 돌아가고 싶지 않습니다."

"하지만 하시는 일은 어떻게 하시려고요?"

나는 이 물음에 어떠한 대답도 하지 않았습니다. 가아긴도 그저 빙긋 웃을 뿐이었습니다. 두 사람은 다시 L시로 돌아왔습니다.

이제는 충분히 익숙해진 포도원길이나 언덕 위에 걸친 하얀 집을 보면서, 나는 무엇인지 알 수 없는 달콤한 기분에 휩싸였습니다. 달콤한 기분에 마음도 느긋해지는 것이 마치 누군가 내 마음에 살며시 꿀을 부어 놓은 것만 같은 느낌이었습니다. 아마도 조금 전 들은 가아긴의 이야기에 기분이 한결 누그러졌기 때문이겠지요.

9

아아샤는 문 바로 앞까지 달려 나와 우리를 맞았습니다.

나는 이번에도 또 크게 웃어젖히고 도망을 갈 것이라 생각하고, 그녀의 행동에 대한 마음의 준비를 어느 정도 하고 있었습니다. 하지만 의외로 그녀는 조금 창백한 얼굴에 말없이 마룻바닥만 쳐다보는 것이었습니다.

"이것 봐! 다시 오셨잖니."

가아긴이 입을 열었습니다.

"거기다 본인이 먼저 되돌아가자고 이야기 하셨단다."

아아샤는 의아한 표정으로 내 얼굴을 한참을 들여다보았습니다. 나는 내 나름대로 아까의 사과의 의미를 겸하여 그녀의 차디찬 손을 꼭 잡아주었습니다. 살아온 이야기를 들어서인지 그녀가 매우 측은하게 여겨졌습니다. 전에는 여러 가지로 사람을 당황하게 만들었던 그녀의 행동들을 이제는 이해할 수 있을 것 같았습니다. 알 수 없는 불안감, 약간은 퉁명스러운 태도, 새침데기의 모습, 그 모든 행동의 이유를 이제는 확실히 알 수 있었습니다.

나는 그녀의 입장에서 생각해보려 노력했습니다. 그녀는 남모를 중압에 줄곧 억눌려, 무경험한 자존심이 불안에 뒤얽혀 몸부림치고는 있었습니다만, 그녀의 존재는 오로지 진리를 동경하고 있었던 것입니다.

이제서야 나는 내가 왜 이 불완전한 소녀에게 신경이 쓰였는가를 알았습니다. 나는 단순히 그 날씬한 몸에서 흐르는 매력에 이끌린 것만이 아니었습니다. 그녀의 정신이 마음에 들었던 것입니다.

가아긴이 다시 자신의 그림을 뒤적이기 시작했습니다. 나는 아아샤에게 포도밭 산책을 나가자고 하여 밖으로 데리고 나왔습니다. 그녀는 기다렸다는 듯이 나를 따라 나섰습니다. 우리는 걷고 또 걸어 산허리에까지 내려와서 약간 넓찍한 바위 위에 자리를 잡았습니다.

"오빠와 내가 없어도 당신은 심심하지 않았었나요?"

아아샤가 입을 열었습니다.

"그렇게 묻는 당신은 내가 없는 동안이 심심하던가요?"

나는 물어 보았습니다.

"예."

아아샤는 살짝 눈을 돌려 나를 한 번 흘긋 쳐다보고는 대답했습니다.

"산에 다녀오니 좋은가요?"

그녀가 계속해서 말했습니다.

"어떤 산에 다녀왔나요? 혹시 구름보다도 높은 산이었나요? 어서 이야기를 좀 해주세요. 어떤 것들을 보고 오셨나요? 오빠에게는 다 말씀해주신 모양이지만, 나는 아무것도 듣지 못했어요.”

“하지만 내가 이야기하는 동안 다른 곳에 갔던 것은 내 이야기에 흥미가 없었기 때문이 아닌가요?”

그녀의 말에 나도 곧 대꾸를 했습니다.

“아까 내가 도망쳤던 건…… 왜냐하면……. 하지만 이제 나는 아무 곳에도 가지 않을 거니까요.”

그녀는 마음이 좀 놓였는지, 이전과는 다르게 상냥한 목소리로 덧붙였습니다.

“오늘 오시면서 분명 화를 내고 계셨지요?”

“내가 말입니까?”

“그래요, 당신 말이에요.”

“아니, 내가요? 천만에요…….”

“어떤 이유였는지는 모르겠지만, 분명 당신은 화를 내고 있었어요. 그리고 그대로 돌아가 버렸죠. 당신이 그렇게 돌아가 버렸기 때문에 마음이 좋지 않았지만, 어쨌든 다시 돌아와 지금 당신이 여기 있다는 게 기뻐요.”

“나도 돌아오길 다행이라고 생각하던 참입니다.”

나는 말했습니다.

아아샤는 어린 아이처럼 어깨를 흔들며 좋아했습니다.

“나는 다른 사람의 마음을 꿰뚫어 볼 수 있어요.”

그녀는 말을 이었습니다.

"예전에는 옆방에서 들리는 아버지 기침 소리만으로도 아버지의 그날 기분을 알아 맞출 정도였으니까요."

이전까지 아아샤는 내게 한 번도 아버지 이야기를 한 적이 없었기에, 이야기를 들으면서 나는 적잖게 놀랐습니다.

"당신은 아버지를 사랑했나요?"

말을 꺼내고는 순간적으로 얼굴이 붉어졌습니다.

그녀는 내 질문에 아무 대답도 하지 못하고 역시 얼굴만 붉혔습니다. 얼마 동안 두 사람 사이에는 대화가 오가지 않았습니다. 그때, 멀리 라인 강 물 위에 배 한 척이 달리고 있었습니다. 두 사람은 배를 바라보았습니다.

"왜 아무 말도 없으세요?"

그녀가 속삭였습니다.

"오늘 왜 내 얼굴을 보자마자 느닷없이 웃기 시작한 거지요?"

나는 물었습니다.

"나도 잘 모르겠어요. 가끔 울고 싶은 데도 그냥 웃어 버리는 때가 있어요. 그러니까 내 행동들을 보고 이상하게 생각하거나, 비판하지 말아 주세요. 아! 혹시 로렐라이 이야기 좋아하시나요? 그녀는 처음에 사람들을 물에 빠지게 했는데,

사람을 사랑하게 된 순간에는 자신이 몸을 던졌다더군요. 난 이 이야기를 좋아해요. 프라우 루이제는 나에게 여러 가지 이야기를 들려주세요. 프라우 루이제한테는 노란 눈을 가진 검은 고양이가 있는데……."

아아샤는 고개를 들더니 손으로 머리칼을 흔들었습니다.

"아, 지금 기분이 아주 좋아요."

그녀가 말했습니다.

그때, 어디선가 일정하고 단조로운 소리가 들려 왔습니다. 교회에서 나온 듯 보이는 많은 사람들이 찬송가를 부르는 소리였습니다. 저 아래에 있는 길에서 십자가와 기를 받쳐 들고 무리를 지어 가는 순례자의 행렬이 보였습니다.

"아, 차라리 저 사람들과 함께 갈 수 있다면……."

아아샤는 점점 멀어져 가는 소리에 귀를 기울이면서 말했습니다.

"신앙심을 가진 사람인 줄은 몰랐습니다."

"그저 어딘가 멀리로 가 버리고 싶어요. 순례도 좋고, 고행이라도 좋으니……."

그녀가 계속 말했습니다.

"시간은 자꾸 흐르고 우리의 인생은 서서히 끝이 보이는데, 나중이 되면 우리는 대체 무슨 일을 했는지 후회하게 될 거예요.”

“보기보단 야심가시군요? 당신은 살면서 무언가 이름을 남길만한 일을 하고 싶으신 거군요?”

“불가능할까요?”

‘불가능하지요.’ 이 말을 뱉으려다가 그녀의 맑은 눈을 보고 노력하면 될 것이라는 말을 해줄 수밖에 없었습니다.

“저기, 궁금한 것이 있어요.”

그녀는 창백한 얼굴을 하고는 내게 물었습니다.

“그 여자를 많이 사랑하시나요? 기억하시죠? 우리가 두 번째 만났던 날, 성터에서 오빠가 그분의 건강을 위해 잔을 들었던 일이 있었잖아요?”

나는 웃음을 터뜨렸습니다.

“그건 당신의 오빠가 장난을 친 겁니다. 지금의 나에겐 사랑하는 사람 같은 것은 없습니다. 적어도 지금은 마음에 드는 여인 같은 건 한 사람도 없습니다.”

“아, 당신은 어떤 여자를 좋아하시나요?”

아아샤는 머리를 뒤로 젖히더니 호기심 가득한 얼굴을 하고 물었습니다.

“질문이 좀 이상한 걸요!”

내가 대답했습니다.

아아샤는 살짝 당황한 기색이었습니다.

"이런 질문은 하면 안 되었나 보네요. 그렇죠? 미안해요. 그저 생각나는 것들을 바로바로 내뱉는 것이 습관이 되어서요. 그래서 가끔은 입을 여는 게 두렵기도 해요."

"두려워할 것 없이 맘 편히 이야기하세요."

그녀의 이야기 중간에 내가 얼른 끼어들어 말했습니다.

"나는 당신이 낯을 가리지 않고, 나를 편히 대하게 된 것을 매우 기쁘게 생각하고 있으니까요."

아아샤는 눈을 내리뜨고 조용히 웃었습니다. 나는 그녀가 이런 맑은 웃음을 가지고 있으리라고는 생각지 못했습니다.

"이제 다시 이야기를 해주세요."

그녀는 오래 있을 모양으로 자세를 편히 고쳐 앉았습니다.

"어서 이야기해 주세요. 아니면 무언가를 읽어 주시겠어요? 언젠가 『오네긴』을 읽어 주셨던 것 처럼요."

그리고 그녀는 갑자기 생각에 잠겼습니다.

"불쌍한 사람의 무덤 위에 있던

십자가, 나무그늘 지금 어디에!"

그녀가 나직한 소리로 읊었습니다.

"푸시킨의 작품인가요?"

나는 말했습니다.

"나는 타치야나처럼 되고 싶어요."

그녀는 여전히 생각에 잠긴 모습으로 말을 계속하였습니다.

"이야기해 주세요."

그녀가 힘차게 말했습니다.

하지만 나는 이야기를 할 만한 상황이 아니었습니다. 나는 온몸에 햇살을 받으며 조용히 앉아 있는 그녀를 가만히 바라보았습니다, 지금 우리를 둘러싼 모든 것들이, 위에 있든 아래에 있든, 하늘도 땅도 물도 세상의 모든 것들이 빛나고 있는 것처럼 보였습니다.

"이것 보세요. 우리 주변의 모든 것들이 너무 좋아요."

나는 무의식중에 그녀를 향해 중얼거렸다.

"정말, 눈부셔요!"

그녀도 목소리를 낮추어 대답했습니다.

"만약에 우리가 새였다면……. 하늘 높이 오르기도 하고, 세상 이곳저곳을 마음껏 날 수 있었겠지요. 하지만 우리는 새가 될 수 없지요."

"그러나 우리에게도 날개가 돋아날 수 있지 않을까요?"

나는 대답했습니다.

"어떻게요?"

"아직은 그렇지만. 조금만 더 기다리면 당신도 아실 겁니다. 우리를 땅 위에서 들어 올릴만한 그런 감정이 있습니다. 언젠가 당신에게도 날개가 돋칠 날이 오게 될 겁니다."

"그럼 당신은 날개가 돋친 적이 있으신가요?"

"글쎄요. 불행히도 난 여태껏 한 번도 날아본 일이 없는 것 같네요."

아아샤는 또 생각에 잠기고 말았습니다. 나는 살짝 그녀 쪽으로 몸을 기울였습니다.

"혹시 왈츠 출줄 아세요?"

갑자기 그녀가 물었습니다.

"알지요."

나는 좀 어리둥절하여 대답했습니다.

"우리 얼른 가요. 우리 오빠에게 가서 왈츠를 연주해달라고 해야겠어요. 날개가 돋쳐 날고 있는 듯한 기분으로 왈츠를 춰보는 거예요!"

말을 마치고 그녀는 집을 향해 뛰었습니다. 나도 그녀의 뒤를 쫓아 뛰었습니다. 그리고 몇 분 후에 우리는 란넬의 달콤한 멜로디에 맞춰 좁은 방 안을 이리로 저리로 돌아다니고 있었습니다.

사실 그녀는 왈츠를 제법 잘 추었습니다. 한없이 소녀 같

기만 하던 그녀의 외모 속에서 부드럽고 여성스러운 모습이
보였습니다.

한동안 내 팔은 그녀의 가녀린 허리를 감고 있었고, 내 귀
는 가까이서 그녀의 가쁜 숨소리를 들었으며, 눈에는 흘어져
내린 곱슬머리 사이로 보이는 창백한 얼굴이 들어왔습니다.
창백하지만 생기가 감도는 얼굴에 거의 감겨 있던 그녀의
검은 눈, 그녀의 모습이 자꾸 아른거렸습니다.

10

그날은 말로 다 할 수 없을 정도로 기분 좋은 하루였습니
다. 우리는 마치 어린 아이들처럼 들떠 있었습니다. 그날의
아아샤는 무척 사랑스럽고 순수했습니다. 가아긴도 그녀의
그런 모습을 보고 몹시 기뻐하였습니다.

나는 날이 저물고도 한참 뒤에야 집으로 돌아왔습니다.
돌아오는 길, 라인 강 중간쯤에서 나는 사공에게 배를 물결
가는 데로 가도록 내버려두라고 부탁했습니다. 사공이 노를
걷어 올리자, 웅장한 강물이 우리를 실어다 주었습니다.

주위를 둘러보며 하루의 일들을 기억해내려 애쓰는 사이

나는 문득 불안한 생각이 들었습니다. 눈을 들어 하늘을 보았지만 그곳에도 평안함 같은 것은 없었습니다. 하늘 가득한 별들은 그저 깜박거리며 제 몸을 움직일 뿐이었습니다. 나는 조용한 물가로 눈을 돌렸습니다. 차가운 수면 위로 별빛이 반사되어 흔들릴 뿐이었습니다. 불안감이 점점 더 깊어갔습니다.

나는 배 끝 쪽에 몸을 기대어 섰습니다. 스쳐가는 바람소리에도 나는 점점 초조해지고, 잔잔한 강물소리마저도 거슬리기 시작했습니다. 주변의 그 무엇도 내 불안감을 가라앉힐 수 있을 것 같지가 않았습니다. 언덕에서 달콤하게 울어대는 새소리가 내 마음에 독이 되어 퍼졌습니다. 이유 없이 눈물이 흘렀습니다. 내가 느끼는 이 감정들은 갑자기 마음이 넓어져 모든 것들을 이해하고 사랑하려는 그런 포용력은 아니었습니다. 그랬습니다. 이 감정들은 행복에 대한 나의 갈망에서부터 일어난 것이었습니다. 솔직하게 말하지만, '확실히 이것이다.'라고 말하지는 못하겠습니다. 하지만 행복이야말로 내가 얻고 싶어 하던 바로 그것이었습니다.

배는 강줄기를 따라 계속 움직이고, 뱃사공은 노에 기대 앉아 졸고 있었습니다.

11

다음 날 가아긴의 집으로 가는 길에도 나는 내 자신이 아아샤를 사랑하고 있는지에 대한 생각 같은 건 하지 않았습니다. 하지만 그녀에 대해서는 여러 가지 생각들을 했고, 그녀의 운명에 대해서도 생각했습니다. 그리고 나는 우리가 친하게 되었던 것에 다시 한 번 기뻐하였습니다.

나는 이제야 내가 그녀를 정말로 알게 된 것 같은 생각이 들었습니다. 이전까지는 그녀가 내게 등을 돌리고 있어서 알 수 없었지만, 그녀가 가까이 다가왔을 때 새삼 그녀의 신비한 매력을 느낄 수 있었습니다.

저 멀리 보이는 하얗고 작은 집을 바라보면서 눈에 익은 길을 힘차게 걸었습니다. 앞으로의 일뿐만 아니라, 내일의 일조차도 나는 생각지 않고 있었습니다. 그저 기분이 좋을 따름이었습니다.

내가 방으로 들어서자 아아샤는 얼굴을 붉혔습니다. 그녀가 평소처럼 멋을 부리고 있다는 것을 눈치 챘을 때, 그녀의 표정이 복장과 전혀 어울리지 않는다는 것을 알았습니다. 그녀는 슬픈 듯한 표정을 하고 있었습니다.

나는 기쁜 마음으로 그녀를 찾았는데! 그녀는 이전처럼

도망치려는 듯 보였지만, 이내 자신을 누르고 자리를 지켰습니다.

그때, 그녀의 표정과는 달리 가아긴은 예술적인 열정과 흥분에 휩싸여 있었습니다. 자연의 영감 세례라도 받은 것 같은 그 상태였습니다. 그는 헝클어진 머리에 온몸에 물감칠을 하고는 그 앞에 펼쳐놓은 캔버스에 붓을 휘두르고 있었습니다. 제가 왔다는 것을 알았는지 저를 보고 고개를 몇 번 흔들더니 다시 그림에 집중하였습니다. 나는 그에게 방해가 되지 않도록 살며시 아아샤의 곁에 앉았습니다. 그녀의 검은 눈동자가 내 쪽을 바라보았습니다.

"오늘은 어제와는 또 다른 당신이군요."

그녀를 미소 짓게 해주고 싶어 이것저것 애를 쓰다가 마지막에 내뱉은 말이었습니다.

"예, 다르겠죠."

그녀는 차가운 말투로, 그러나 침착하게 대답했습니다.

"하지만 별일 아니에요. 어제 밤새 생각을 하느라 잠을 못 잤을 뿐이에요."

"무슨 생각을 그리 오래 한 거죠?"

"아, 그냥 여러 가지 일을 생각했어요. 나는 어릴 적부터 그랬어요. 내가 어머니와 함께 살 때부터요……."

그녀는 말하기를 주저하더니, 이윽고 다시 말을 시작했습니다.

"내가 어머니와 함께 살고 있을 무렵…… 항상 생각하던 것이 있어요. 자기가 앞으로 어떻게 될 것인가 생각은 하지만 왜 그 누구도 그것을 알지 못하는 것일까? 때로는 불행이 다가오는 걸 알고 있으면서 왜 그걸 피할 수 없는 걸까. 어째서 내가 생각하는 것들을 있는 그대로 털어놔서는 안 되는 걸까? 그래서 나는 내가 아무것도 모르기에 공부를 해야만 한다고 생각했어요. 나는 다시 공부해야만 해요. 그리 좋지 못한 교육을 받았으니까요. 나는 피아노도, 그림도, 바느질도, 모든 것들이 서투르니까요. 내게는 재능이 없어요. 나와 함께 있으면 언젠가는 꼭 지루한 느낌이 들 거예요."

"당신은 자기 스스로를 너무 낮게 생각하시는군요."

나는 대답했습니다.

"당신은 교양 있고, 책도 많이 읽고 있잖아요. 게다가 당신만큼 머리가 좋은 사람은……."

"어머, 제가 머리가 좋다니요?"

그녀가 정말 순진한 표정으로 이건 정말 놀랐다는 식으로 되묻는 바람에 나는 나도 모르게 웃음을 터뜨리고 말았습니다. 그러나 그녀는 조금도 웃지 않았습니다.

"오빠, 제가 머리가 좋은가요?"

그녀는 가아긴에게 물었습니다.

그러나 그는 캔버스에다 붓을 휘두르는데 집중하느라 아무 대답도 하지 않았습니다.

"나는 가끔 무엇을 생각하는 것인지 나 자신도 알 수 없는 때가 있어요."

아아샤는 여전히 생각에 잠긴 모습으로 말을 이어나갔습니다.

"가끔은 제 자신이 무서워지는 때도 있는 걸요. 아, 난 정말…… 여자는 책을 많이 읽으면 별로라고 하던데, 그게 사실일까요?"

"많이 읽을 필요는 없겠지만, 그래도……."

"알려줘요, 네? 내가 무엇을 읽는 게 좋을까요? 당신이 하는 말이라면 난 뭐든지 따를게요."

그녀는 순수한 얼굴빛을 내보이며 말했습니다.

나는 지금 상황에서 어떤 말을 해야 할지 생각이 나지 않았습니다.

"그런데 저와 함께 있는 것이 지루하지 않으신가요?"

"천만에요. 전혀 그렇지 않습니다."

나는 대답했습니다.

"고마워요."

그녀가 말했습니다.

"나는 당신이 지루해 할 거라고 생각했어요."

그녀는 작고 따뜻한 손으로 내 손을 잡았습니다.

"N씨!"

그 순간 가아긴이 저를 불렀습니다.

"이 배경 어째 너무 어눕지 않나요?"

내가 가아긴에게로 발을 옮기자 아아샤는 밖으로 나가 버
렸습니다.

12

그녀는 한 시간쯤 지나 다시 돌아왔습니다. 문 앞에 멈춰
선 그녀는 손짓으로 나를 불렀습니다.

"저어…… 그런데."

그녀는 말했습니다.

"만약에 내가 죽으면 나를 불쌍하게 생각해 주실건가요?"

"갑자기 왜 그런. 오늘은 이상한 생각만 하시는군요!"

내가 놀라서 말했습니다.

"나는 가끔씩 내가 죽는 상상을 해요. 주위의 모든 것들이 내게 작별을 고하는 것 같은 기분이 드는 때가 있거든요. 이렇게 사느니 차라리 죽는 편이 나을 것 같아요. 저를 그런 눈으로 보지 마세요. 난 지금 정말 심각하다고요. 자꾸 그런 눈을 하시면 난 또다시 당신을 두려워하게 되고 말거예요."

"전에는 나를 두려워했었나요?"

"나를 이상하다고 생각할지 모르겠지만, 그건 정말 내 탓이 아니에요."

그녀는 대답했습니다.

"보세요. 나는 웃지도 못해요."

그녀는 그렇게 저녁 늦게까지도 슬픈 생각들에 잠겨 있었습니다. 분명 내가 알 수 없는 무엇인가가 그녀의 마음속에서 요동치고 있는 것이 틀림없었습니다.

종종 그녀의 시선이 내게 멈췄습니다. 그녀가 알 수 없는 표정을 하고 나를 볼 때마다 나는 은근히 불안한 생각이 들었습니다.

그녀는 겉으로는 편안해 보였습니다. 하지만 어딘지 모르게 위로가 필요해 보였습니다.

나는 그녀의 창백한 얼굴에서, 그리고 약간 느린 행동들에서도 아름다움을 찾아내었습니다. 하지만 그녀에게는 내가 기분이 언짢은 것으로 보였는가 봅니다.

"저어……."

내가 집으로 돌아가려고 할 때 그녀가 말했습니다.

"어쩐지 당신이 나를 경솔한 여자로 생각하시는 것만 같아 마음이 아파요. 앞으로는 진실만을 이야기할게요. 제 말을 믿어 주세요. 그 대신 당신도 내게 뭐든지 털어놓겠다고 약속해줘요. 난 앞으로 당신에게 뭐든 이야기하겠어요. 약속해요."

그런데 이 '약속'이란 말이 나를 웃게 만들었습니다.

"웃지 마세요."

그녀는 씩씩하게 말을 이어갔습니다.

"계속 그러시면 어제 당신이 내게 했던 '왜 웃는 거요?' 하는 말을 오늘은 내가 할 거예요."

그녀는 잠시 가만히 있다가 다시 말했습니다.

"어제 당신이 날개 이야기를 하셨죠? 그 날개가 내게도 생긴 것 같아요. 그런데 날아갈 곳이 없어요."

"그럴리가요!"

나는 말했습니다.

"당신에게는 모든 길이 열려 있어요."

아아샤는 내 눈을 한참 동안 쳐다보았습니다.

"오늘 나에게 화가 나 있는 것은 아니시지요?"
그녀가 눈썹을 치켜 올리며 말했습니다.
"내가? 당신에게?"
"무슨 일이야. 여기 분위기가 좋지 않은 듯 보이는데."
가아긴이 끼어들었습니다.
"어제처럼 왈츠라도 추면서 분위기를 좀 바꿔볼까?"
"싫어, 싫어요."
아아샤가 주먹을 꽉 쥐며 대답했습니다.
"오늘은 무슨 일이 있어도 싫어요!"
"억지로 하라는 거 아니니까 진정해."
"무슨 일이 있어도 난 싫어요."
같은 대답을 되풀이하는 그녀의 얼굴이 점점 창백해져 갔습니다.
……………

'그녀는 정말로 나를 사랑하는 걸까?'
검은 물결이 빠르게 움직이는 라인 강 쪽으로 걸으며 나는 생각했습니다.

13

'정말로 나를 사랑하고 있는 것일까?'

이튿날 눈을 뜨기가 무섭게 나는 내 스스로에게 다시 물었습니다. 그러나 나는 내 마음속을 들여다 보려고는 하지 않았습니다. 나는 그녀의 어색한 웃음이 내 가슴속 깊숙이 스며들어 이제는 그녀에게서 빠져나갈 길이 없다고 느끼고 있었던 것입니다.

나는 L시에서 거의 하루 종일을 보냈지만, 아아샤를 본 것은 잠깐뿐이었습니다. 그녀는 기분이 좋지 않은데다가 머리까지 아팠던 것입니다. 그녀는 머리를 싸매고, 창백하고 야윈 얼굴로 눈도 제대로 뜨지 못한 채 아래로 내려왔습니다.

"아무 일도 아니에요. 곧 나을 테니 걱정 마세요. 무슨 일이든 다 지나갈 거니까요. 안 그래요?"

그녀는 힘없이 미소를 지으며 말하고는 다시 자기 방으로 올라갔습니다.

나는 어딘지 모르게 공허하고 서글픈 느낌이 들었습니다. 하지만 나는 저녁 늦게까지 그곳을 떠나지 않았습니다, 결국 더는 그녀를 만나지 못한 채 집으로 돌아왔습니다.

다음 날도 역시 꿈속을 헤매듯 하루를 보냈습니다. 다른 일을 해보려고도 했습니다만 손에 잡히질 않았습니다. 그래서 이번에는 아무것도 하지 않으리라 생각했으나 그것도 헛수고였습니다. 나는 하루 종일 거리를 방황하다가 집으로 돌아왔지만, 곧 다시 밖으로 나갔습니다.

"아저씨가 N씨인가요?"

등 뒤에서 어린 아이의 목소리가 들렸습니다. 돌아보니 눈앞에 어린 아이 하나가 서 있었습니다.

"아네트 씨가 이걸 아저씨께 드리라고 하셨어요."

아이는 내게 편지를 건넸습니다. 열어본 편지 속에는 아아샤의 필적이 어지럽게 널려 있었습니다.

편지에는 '꼭 당신을 만나야겠어요.'라고 쓰어 있었습니다.

'오늘 오후 네 시에 무너진 성터로 가는 길에 있는 예배당으로 나와 주세요. 나는 오늘 정말 큰 실수를 해버렸어요. 부탁이니 꼭 나와 주세요. 그럼 모든 일을 아실 수 있을 거예요. 편지를 전해준 아이에게 말씀해주세요.'

"답장하실 건가요?"

아이가 물었습니다.

"알았다고만 전해다오."

나는 대답했습니다. 아이는 어디론가 뛰어가 버렸습니다.

14

나는 방으로 돌아와 생각에 잠겼습니다. 심장이 두근거리는 것을 멈출 수가 없었습니다. 아아샤의 편지를 몇 번이고 다시 읽었습니다. 나는 시계를 보았습니다. 그러나 아직 12시도 채 되지 않았습니다.

그때 갑자기 문이 열리고 누군가가 불쑥 들어왔습니다. 가아긴이었습니다.

그는 심각한 얼굴을 하고는 내게 달려와 내 손을 덥석 잡았습니다.

"대체 무슨 일입니까?"

나는 물었습니다.

가아긴은 의자를 당겨 와서는 나와 마주 앉았습니다.

"그저께였지요?"

그는 억지로 웃어 보이며 머뭇거리더니 곧 말을 꺼냈습니다.

"내 이야기로 당신을 놀라게 했었지요. 하지만 지금부터 할 이야기는 당신을 훨씬 더 놀라게 할 것 같습니다. 이게 다른 사람이라면, 아마도 나는, 이렇게 솔직하게 말하지 못할 겁니다. 하지만 당신은 훌륭하고 좋은 사람이니까, 내게 있어서는 친구니까요. 그렇지 않습니까? 내 말을 좀 들어 주십시오. 사실 내 동생이, 아아샤가 당신을 사랑하고 있습니다."

나는 너무 놀라 자리에서 일어났습니다.

"당신 동생이 말입니까?"

"그렇습니다. 그 애는 지금 제정신이 아닙니다. 덕분에 나까지 정신이 이상해질 지경입니다. 그러나 다행스럽게도 그 아이는 거짓말을 못하고, 무슨 일이든 내게 털어놓으니까요. 정말 그 애는 무슨 생각인 걸까요? 그 아이는 틀림없이 자신을 망치고 말 것입니다."

"잘못 알고 있는 것 아닙니까?"

나는 말했습니다.

"제가 알고 있는 게 맞을 겁니다. 아시다시피 어제는 하루 종일 아무것도 먹지 못한 채 누워 있었는데, 아프다는 소리는 한마디도 하지 않았습니다. 본래 아파도 아프다는 말을 거의 하지 않는 성격이긴 하지만요. 아무튼 저녁때가 다 되어 열이 좀 올랐었지만, 나는 푹 자고 아침이 되면 나아질 것으로 생각하여 별로 신경 쓰지 않았습니다. 그런데 오늘 새벽 두 시쯤, 주인아주머니가 부르는 소리에 잠을 깨었습니다. 동생을 보니 몸이 좋지 않은 것 같다는 것이었습니다.

아아샤에게 급히 달려가 보니, 그 애는 옷도 갈아입지 않은 채 그저 울고만 있는 것이 아니겠습니까? 열이 많이 오른 데다가 몸을 심하게 떨고 있었습니다. 무슨 일이냐고, 어디가 아픈 것이냐고 물었더니, 그 애가 느닷없이 내 목을 껴안으면서 자기를 살리고 싶으면 자기를 어딘가로 데려가 달라고 조르기 시작했습니다. 나는 이 아이가 도대체 왜 이러는 것인지 알 수가 없어서 그저 흥분한 아이를 달래기에 급급했습니다. 그러나 그녀의 울음이 더 커질 뿐이었습니다. 그런데 문득 그 울음 사이에서 나는 뜻밖의 말을 들었던 겁니다. 그 아이가 당신을 사랑하고 있다는 말을 들었습니다. 우리같이 이성적인 사람들은 상상도 할 수 없는 감정과 애착이 그 아이에게 생겨난 것입니다. 아아샤는 그런 것들을 숨길 줄 모릅니다. 더구나 갑자기 찾아든 사랑의 감정은 더 숨기기 어려웠겠지요. 물론 N씨 당신은 내가 보기에도 인상이 무척 좋은 사람임에는 틀림없습니다."

가아긴이 말을 계속 이어나갔습니다.

"그런데 어떻게 그 아이가 당신을 사랑하게 된 것인지 ……. 솔직히 나는 알 수가 없습니다. 그 아이 말로는 첫눈에 당신에게 반했다고 하는데, 아무래도 이틀 전 나에게 아무도 사랑하고 싶지 않다고 떼를 쓴 것도 그 때문인 것 같습니다. 그 아이는 당신이 분명 자신의 태생을 알고는 자기를 무시하고 있다고 생각하는 겁니다. 나에게도 자기에 대한 이야기를 당신에게 했었느냐고 묻더군요. 나는 물론 아니라고 대답했지만, 그 아이의 예감은 무서울 정도였습니다. 그 아이는 이제 떠나기만을 요구하고 있습니다. 나는 아침까지 그 아이 곁에 있으면서 오늘이라도 당장 이곳을 떠나자고 약속을 할 수밖에 없었습니다. 그 아이는 약속을 받아낸 이후로 바로 잠이 들더군요. 나는 어떻게 해야 할지 한참을 고민한 끝에 당신에게 달려온 것입니다. 나도 아아샤의 말이 맞다는 생각은 듭니다. 가장 좋은 방법은 아아샤와 내가 이곳을 하루 빨리 떠나는 것이겠지요. 그래서 오늘이라도 떠나려고 생각했지만, 문득 드는 생각에 그러지 못하고 이리로 온 것입니다. 어쩌면 당신도 내 동생을 마음에 두고 있을지도 모른다고 생각했습니다. 만약에 그렇다면 나와 동생이 이곳을 떠나야 할 이유가 없으니까요. 그래서 이렇게 창피함을 무릅쓰고 당신에게 달려온 것입니다.”

불쌍한 가아긴은 당황한 얼굴이었습니다.

“이런 실례를 용서해 주십시오.”

그는 덧붙였습니다.

“나는 이런 것에 아직 익숙하지가 않아서……”

나는 가아긴의 손을 잡아주었습니다.

"당신은 내 동생을……."

나는 가아긴의 말을 가로챘습니다.

"내가 당신의 동생을 좋아하는지 알고 싶다는 거지요? 네!
나도 좋아합니다."

가아긴은 다시 내 얼굴을 한참 바라봤습니다.

"그런데……."

그는 더듬거리며 말했습니다.

"당신은 그 애와 결혼까지 하실 생각은 없으시겠지요?"

"아, 그런 질문에 지금 당장 대답하라는 것은 아니시겠지
요? 생각해 보십시오. 지금 상황에서 당장 그런 문제의 답을
말하는 게 가능한 건지……."

"알고 있습니다. 물론 나도 알고 있습니다."

가아긴은 내 말을 가로막았습니다.

"내게는 당신에게 대답을 요구할 권리 같은 것도 없다는
것을 압니다. 그리고 내가 지금 하고 있는 이 질문들도 예의
있는 행동은 아니니까요. 하지만 지금 이 상황을 어찌한단
말입니까? 불을 가지고 장난을 칠 수는 없습니다. 당신은 아
직 아아샤를 모릅니다. 그 아이는 크게 병이 나거나 도망을
치려하거나, 혹은 당신에게 직접 만나자고 요청할 수도 있습

니다. 다른 여자라면 모든 것을 마음속에 숨기고 때가 오기
를 기다리기도 하겠지만, 그 아이는 절대 그렇지 않습니다.
그 아이는 무슨 짓을 할 지 알 수 없습니다. 아무튼 그 아이
에게 있어서 이런 감정은 처음일 테니까요. 그래서 더욱 난
감한 것입니다. 당신도 그 아이가 내 앞에서 울어대던 광경
을 보셨다면 지금 나의 걱정을 이해하실 겁니다."

나는 생각에 잠겼습니다.

아아샤가 나에게 직접 만나자고 요청할 수도 있다는 가아
긴의 말에 뜨끔하였던 것입니다. 그가 나에게 모든 것들을
이야기하였기에, 나도 모든 사실을 털어놓을 수밖에 없었습
니다.

"사실은……."

내가 입을 열었습니다.

"당신 말대로입니다. 사실은 한 시간쯤 전에 아아샤가 나
에게 편지를 보냈습니다. 바로 이겁니다."

가아긴은 편지를 펼쳐들고 재빨리 훑어보더니 무릎에 손
을 떨구고는 놀란 얼굴을 하였습니다. 그 표정이 매우 재미
있긴 하였지만, 웃을 여유 같은 것은 없었습니다.

"다시 말씀드리지만, 당신은 정말 훌륭한 분입니다."

그가 다시 말을 시작했습니다.

"그런데 이런 상황에서 나는 어떻게 해야 하는 것입니까? 분명 자신이 먼저 떠나 버리고 싶다고 말하고는 한편으로는 당신에게 편지를 쓰다니. 더구나 자신의 잘못을 반성하는 것 같은 말투하며……. 그나저나 어느새 이런 편지를 썼을까요? 대체 당신에게 무엇을 바라고 있는 걸까요?"

나는 그를 진정시키고 앞으로 우리가 어떻게 해야 할지 상의하기 시작했습니다.

결국 우리는 불행을 피하기 위해서는 내가 아아샤와 만나서 모든 것을 말해야 한다고 결론지었습니다. 가아긴은 그동안 집에 있으면서 아무것도 모르는 척 행동하기로 했습니다. 그리고 저녁에 다시 만나서 이야기를 하기로 했지요.

"나는 당신만 믿고 있겠습니다."

가아긴은 이렇게 말하고는 내 손을 잡았습니다.

"제발 그 애를, 그리고 나를 용서하십시오. 어쨌든 우리는 내일 떠나기로 하겠습니다."

그는 일어나면서 덧붙였습니다.

"당신은 아아샤와 결혼하지는 않으실 테니까요."

"내게 저녁까지 시간을 좀 주십시오."

나는 대답했습니다.

"그러지요. 하지만 당신은 결코 아아샤와 결혼하지 않으실 겁니다.”

그는 집으로 돌아갔습니다. 나는 소파에 털썩 주저앉았습니다. 머리가 어지러웠습니다. 머릿속에 너무 많은 생각들이 한꺼번에 들이찼으니까요.

나는 가아긴의 솔직함이 맘에 들지 않았습니다. 물론 아아샤에게도 화가 치밀었습니다. 그녀가 나를 사랑한다는 것은 나를 기쁘게 만들기도 하였지만 동시에 나를 혼란스럽게 만들기도 하였습니다. 그녀는 왜 그의 오빠에게 모든 것을 털어놓은 것일까요? 나는 짧은 시간 안에 모든 것을 결정지어야 한다는 것이 몹시 고통스러웠습니다.

“열일곱 살 철부지 소녀와 결혼이라니, 그래, 말도 안 되는 일이야.”

나는 자리에서 일어나면서 중얼거렸습니다.

15

약속된 시간이 되어 나는 라인 강을 건넜습니다. 저쪽 언덕에서 나를 기다리고 있던 사람은 다름 아닌 오늘 아침의 그 소년이었습니다. 그 소년은 나를 한참 동안 기다린 모양이었습니다.

"아네트 씨가 보내셨습니다."

소년은 조용히 내게 또 다른 편지를 내밀었습니다.

아아샤가 만나는 장소를 변경한다는 것이었습니다. 편지에 쓰여 있는 내용대로라면, 나는 예배당이 아닌 프라우 루이제 댁에 가서 그녀를 만나야 했습니다.

"이번에도 답을 하시겠어요?"

소년이 물었습니다.

"그래. 그러겠다고 전해다오."

나는 대답하고, 라인 강을 따라 걷기 시작했습니다. 다시 집으로 돌아가기에는 시간이 애매하였고, 그렇다고 거리를 걸어볼 기분도 아니었습니다.

성벽 뒤편에는 볼링을 위한 도구들과 맥주 테이블이 늘어져 있는 공원이 있었습니다. 나는 공원 쪽으로 발길을 옮겼습니다. 나이든 독일 사람들이 볼링을 치고 있었습니다. 공이 육중한 소리를 내며 구르고, 가끔씩 환호성도 울렸습니다.

한참을 울었던 듯 눈이 퉁퉁 부은 종업원이 맥주를 가져다주었습니다.

내가 그 얼굴을 바라보자 그녀는 재빨리 얼굴을 돌려 저쪽으로 가버렸습니다.

"아!"

마침 거기 앉아 있던 살이 찌고 볼이 붉은 남자가 입을 열었습니다.

"한헨은 오늘 하루 종일 울었어요. 약혼자가 군대에 가버렸거든요."

나는 그녀를 바라보았습니다. 그녀는 한쪽 구석에 쪼그리고 앉아 두 손으로 얼굴을 받치고 있었습니다. 손가락 사이로 눈물이 흘러내리고 있었습니다. 누군가가 맥주를 주문했습니다. 그녀는 그 남자에게 맥주를 가져다주고는 돌아와 앉았습니다.

그녀의 슬픔이 나에게 전염된 것 같았습니다. 나는 조금 있으면 일어날 만남에 대해 생각하기 시작했습니다. 하지만 그 생각들은 온통 걱정스럽고 두려운 것들뿐이었습니다. 나는 상당히 무거운 마음으로 그녀와 만날 장소로 가고 있었습니다. 나는 지금 사랑하는 감정에 젖어 있는 것이 아니라, 단지 약속을 지키기 위한 걸음을 옮길 뿐이었습니다.

'아아샤에게는 농담도 해서는 안 됩니다.'

가아긴의 이 말이 화살처럼 날아와 내 가슴에 꽂혔습니다.

바로 엊그제만 해도 파도에 쓸려가는 배 위에서 행복을 얻으려 애쓰던 나의 모습이 떠올랐습니다. 하지만 행복을 얻을 수 있는 지금, 나는 이 상황을 의심하고 오히려 밀어버리려 하고 있습니다. 아니, 어떻게 하든지 밀어내야만 합니다. 그게 너무나도 갑자기 다가와서 놀랐던 것입니다. 총명하지만 남들과 약간은 다른 과거를 가지고 특별한 인생을 지내온 아아샤에게, 그리고 그녀의 매력에 나는 오히려 질려 버린 것입니다.

여러 가지 감정늘이 뒤섞여 마음이 더 복잡해졌습니다.

생각을 계속하는 동안 약속한 시간이 다가왔습니다.

'그래, 그녀와 결혼을 할 수는 없다.'

나는 마음을 정했습니다.

'내가 그녀를 사랑했었다는 것을 그녀가 알아챘을 리도 없어.'

나는 자리에서 일어나 너무 울어 이제는 힘이 다 빠져 보이는 한헨에게 3탈레르를 쥐어 주고는 — 그녀는 고맙다는 인사를 하는 것조차 잊고 있었습니다. — 프라우 루이제 댁을 향하여 걸음을 옮겼습니다. 날은 점점 어두워지고, 좁은 골목 위로 보이는 작은 하늘 사이로 저녁놀이 붉게 타고 있었습니다.

나는 살며시 문을 두드렸습니다. 곧장 문이 열렸습니다. 집 안은 캄캄했습니다. 내가 안으로 들어서자 어느 노파의 목소리가 들렸습니다.

"이쪽으로 와요. 눈이 빠지도록 기다리고 있어요."

내가 머뭇거리며 두어 걸음을 걸어 나가니, 누군가의 손이 내 팔을 잡았습니다.

"당신이 프라우 루이제라는 분이십니까?"

내가 물었습니다.

"그렇습니다."

문이 열리면서 들렸던 노파의 목소리였습니다.

"제가 프라우 루이제입니다."

노파는 약간 가파른 계단으로 나를 안내하더니 3층에 와서 발을 멈추었습니다. 나는 작은 창에 스미는 빛을 통해 전 시장의 미망인, 노파의 주름 가득한 얼굴을 볼 수 있었습니다. 그녀는 초점 흐린 눈을 가늘게 뜨고 늘어진 입술을 잡아당겨 교활하게 웃고 있었습니다.

그녀는 작은 문을 가리켜 보였습니다. 나는 떨리는 손으로 문을 열고 들어가서는 다시 그 문을 닫았습니다.

16

내가 들어선 방은 굉장히 어두웠습니다. 하지만 나는 금세 아아샤를 찾을 수 있었습니다. 그녀는 커다란 숄로 몸을 감싼 채 마치 놀란 참새처럼 얼굴을 돌리고 창가 쪽 의자에 앉아 있었습니다. 그녀는 가쁜 숨을 몰아쉬며 몸을 떨고 있었습니다

나는 그런 그녀가 말할 수 없이 가엾게 여겨졌습니다.

내가 그쪽으로 다가서자, 그녀는 더더욱 얼굴을 돌리는 것이었습니다.

"안나 니콜라에브나!"

나는 말했습니다.

그녀는 몸을 바로 하여 내 얼굴을 보려고 하다가 곧 그러질 못하는 것입니다. 나는 그녀의 손을 잡았습니다. 그 손은 차갑고, 마치 죽은 사람의 것처럼 내 손 위에 놓여 있었습니다.

"나는……."

아아샤는 애써 웃음 지으며 입을 열었습니다. 하지만 이미 파랗게 질린 입술은 말을 듣지 않았습니다.

"나는……. 아, 안 되겠어요. 말이…… 말이 나오지를 않

아요."

겨우 이 말을 하고는 그녀는 다시 입을 닫아버렸습니다. 그녀의 목소리가 마디마다 끊기는 것이었습니다.

나는 그녀 곁에 앉았습니다.

"안나 니콜라에브나!"

내가 그녀를 부르긴 했지만, 나 역시도 더 이상 아무 말도 나오질 않았습니다.

침묵이 계속되는 동안, 나는 그녀의 손을 잡고 가만히 그녀의 얼굴을 들여다보았습니다.

그녀는 여전히 몸을 움츠리고 가쁜 숨을 몰아쉬며, 터져 나오는 울음을 참기 위해 아랫입술을 깨물고 있었습니다.

나는 옆에서 가만히 그 모습을 지켜보고 있었습니다. 겁에 질린 듯 온몸을 떨며 웅크리고 있는 그녀의 모습은 사람의 마음을 안쓰럽게 만들었습니다.

내 마음이 녹아 내렸습니다.

"아아샤!"

나는 겨우 들릴 정도의 소리로 말했습니다.

그녀는 서서히 눈을 들었습니다. 아, 사랑에 빠진 여자의 눈동자는! 누가 그것을 설명할 수 있을까? 그녀의 눈은 무언가를 간절히 바라고, 나에게 모든 것을 내맡긴 듯하였습니다. 나는 그 아름다움을 거절할 수 없었습니다. 순간 내 마음속에 무언가 날카로운 것이 번쩍 스쳐 갔습니다.

나는 몸을 낮추어 그녀의 손 가까이 얼굴을 대었습니다. 그녀의 끊어질 듯한 숨소리와 몸을 떠는 듯한 느낌이 전해졌습니다. 그리고 나는 나뭇잎처럼 바들바들 떨고 있는 그녀의 손이 내 머리카락에 살며시 닿는 것을 느꼈습니다.

나는 고개를 들고 그녀를 바라보았습니다. 그녀의 얼굴이 달라져 있었습니다. 잔뜩 겁에 질렸던 표정은 사라져 버리고, 시선은 어딘가를 멍하니 바라보고 있었습니다. 나조차도 무의식중에 그곳에 시선을 빼앗겼습니다. 살짝 열린 입술, 대리석처럼 하얗게 질려 있는 이마, 곱슬머리는 바람에 날린 듯 뒤로 잘 넘겨져 있었습니다.

나는 나도 모르게 모든 것을 잊고 그녀를 끌어당겼습니다. 숄은 어깨에서 미끄러져 내렸고, 머리는 조용히 내 가슴 위에, 내 입술에 아래 다가왔습니다.

"나는 이제 당신의……."

그녀는 겨우 들릴 듯한 작은 소리로 간신히 속삭였습니다.

나의 두 팔은 이미 그녀의 허리 쪽으로 미끄러져 내려갔습니다. 그러나 갑자기 내 머릿속에 날아든 가아긴의 모습이 나를 깨웠습니다.

"아, 우리가 지금 무슨 짓을 하고 있는 거야!"

크게 소리치고서 나는 몸을 뒤로 뺐습니다.

"당신의 오빠는…… 가아긴은 모든 것을 알고 있습니다. 지금 우리가 여기에서 만나고 있다는 것을 알고 있습니다."

아아샤는 의자 위에 털썩 주저앉고 말았습니다.

"그렇습니다."

나는 일어나 방 저쪽으로 몸을 옮기며 이야기를 계속했습니다.

"당신의 오빠는 모든 걸 알고 있습니다. 나는 모든 걸 이야기하지 않을 수가 없었습니다."

"이야기하지 않을 수가 없었다고요?"

그녀는 알아듣기 힘든 소리로 말했습니다.

그녀는 아직도 제정신을 차리지 못하고, 내 말을 잘 알아듣지 못하는 것 같았습니다.

"네, 그렇습니다."

나는 잔인한 어조로 대답했습니다.

"이렇게 되어버린 것도 모두 당신 때문입니다. 당신 잘못이에요. 왜 오빠에게 모든 것을 털어놓은 겁니까? 왜 스스로가 비밀을 말해버린 것이냐 이 말입니다. 당신 오빠는 나에게 찾아와 당신의 이야기를 전했습니다."

나는 되도록 아아샤와 얼굴을 마주치지 않으려고 방 안 이곳저곳을 돌아다녔습니다.

"이렇게 된 이상 모든 것이 끝났습니다. 모든 것이, 모든 것이!"

아아샤가 의자에서 일어나려 했습니다.

"기다리십시오!"

나는 소리쳤습니다.

"잠깐만 기다리십시오. 부탁입니다. 당신은 그저 정직한 사람을 마주하고 있을 뿐입니다. 네, 그렇습니다. 정직한 사람. 당신의 마음을 움직인 것은 대관절 무엇입니까? 내가 달라졌다고 느껴졌나요? 나는 오늘 당신의 오빠가 나를 찾아왔을 때, 거짓말을 할 수가 없는 상황이었습니다."

'내가 지금 대체 무슨 말을 하고 있는 것인가?'

나는 속으로 생각했습니다.

순간 나 같은 위선자가 세상에 또 있을까 하는 생각들과 함께 가아긴이 모든 것을 알고 있고, 지금의 상황은 모두 엉망이 되었다는 생각만이 머릿속을 맴도는 것이었습니다.

"나는 오빠를 부르지 않았어요."

아아샤의 놀란 목소리가 들렸습니다.

"오빠가 찾아온 거예요."

"지금 상황을 보세요, 당신이 무슨 일을 저질렀는지!"

나는 말을 계속했습니다.

"당신은 곧 이곳을 떠나시겠지요……."

"그래요, 나는 이곳을 떠나야만 해요."

그녀는 조용히 말했습니다.

"내가 당신을 이리로 오게 한 것도 당신과 작별 인사를 하기 위해서였어요."

"그럼, 당신은……. 나는 당신과 그렇게 쉽게 헤어질 수 있을 거라고 생각하셨나요?"

"그런데 왜 당신은 오빠에게 이야기 한 거지요?"

아아샤가 알 수 없다는 표정으로 말했습니다.

"아까 말했던 그대로입니다. 그럴 수밖에 없었다고요. 당신만 비밀을 지켜 주었더라면……."

"나는 방문을 잠그고 내 방에만 있었어요."

그녀는 순진하게 대답했습니다.

"하지만 주인에게 열쇠가 하나 더 있을 줄은 몰랐었다고요."

그녀의 입에서 나온 철없는 변명들이 나를 더 화나게 만들었습니다. 하지만 지금에 와서 그때를 생각하면 감동하지 않을 수가 없는 부분이었습니다. 아, 정직하고도 순수했던 가여운 소녀!

"이제는 모든 것이 끝났습니다."

내가 다시 입을 열었습니다.

"이렇게 된 이상 우리는 헤어질 수밖에 없겠군요."

말을 마치고 나는 슬쩍 아아샤의 얼굴로 시선을 돌렸습니다. 그녀의 얼굴이 빨갛게 달아오르는 것이 보였습니다. 하지만 그녀는 부끄러워하지두, 두려워하지도 않았습니다. 나는 그녀의 그 얼굴을 알 수 있었습니다.

나는 다시 정신 나간 사람처럼 움직여대며 말하기 시작했습니다.

"당신은 이제 막 자라기 시작한 사랑의 감정을 키우지 않은 겁니다. 자신의 손으로 우리 관계를 끊어 버렸습니다. 나를 믿지 못해서였겠지요. 당신은 그저 내 마음을 의심했던 겁니다."

내가 말을 하는 동안 아아샤는 점점 몸을 앞으로 숙이다가, 갑자기 무릎을 꿇고 주저앉아 울음을 터뜨렸습니다. 나는 달려가서 그녀를 일으키려고 했지만, 그녀는 꼼짝도 하지 않았습니다. 나는 여자의 눈물에 약했습니다. 여자가 우는 것을 보면 금세 어쩔 줄 모르게 되어 버리지요.

"안나 니콜라에브나, 아아샤!"

나는 말했습니다.

"제발 부탁이니 그만 울어요."

나는 또 그녀의 손을 잡았습니다. 그런데 갑자기 그녀가 일어나서는 문 쪽으로 뛰어나가 버렸습니다.

몇 분쯤 지나 프라우 루이제가 방으로 들어올 때까지도 나는 너무 놀라 여전히 방 한가운데 우두커니 서 있었습니다. 나는 우리의 만남이 어째서 이렇게 빨리 끝나버리게 되었는지, 어째서 이렇게 끝나게 된 것인지 이해할 수가 없었습니다. 내가 하고 싶었던, 꼭 해야만 했던 말들은 하나도 하지 못하고 아무런 결과도 예상하지 못하게 끝나버린 것입니다.

"아아샤는 돌아간 겁니까?"

프라우 루이제가 눈썹 끝을 치켜 올리며 내게 물었습니다.

나는 순간 무엇엔가 홀린 사람처럼 노파의 얼굴을 잠시 바라보다가 그대로 밖으로 나와 버렸습니다.

17

나는 도시를 빠져나와 넓은 들판으로 향했습니다. 미친 듯이 끓어오르는 분노와 울분이 나를 가만히 두지 않았습니다.

나는 나 자신을 비난할 수밖에 없었습니다. 왜 나는 아아샤가 만날 장소를 바꾼 이유를 이해하지 못했던 건지, 얼마나 슬픈 마음을 안고 그녀가 그 노파에게 갔을지 생각하지 못했는지. 왜 그녀의 의중을 알지 못했는지. 어째서 나는 그녀를 붙들지 못했는지.

어두운 방 안에서 그녀와 단둘이 있었을 때, 나는 어째서 그녀를 뿌리치고 또 그렇게 책망했었는지……. 그녀의 모습이 자꾸 나를 따라다녔습니다, 그리고 나는 그녀의 모습에 용서를 빌었습니다. 그녀의 창백한 얼굴, 눈물이 가득 고인 채 겁에 질려 있던 눈, 가느다란 목에 물결치던 머리카락, 내 가슴에 살며시 기대었던 그녀의 감촉들이 이제는 내 가슴을 태우고 있는 것이었습니다.

'나는 당신 거예요.' 그녀의 속삭임이 귓가에 계속 울리는 것 같았습니다.

'그래, 나는 단지 양심에 따라 행동했을 뿐이다.'

나는 속으로 나 자신을 타일렀지만, 거짓말이었습니다.

"내가 정말 이런 결말을 원했던 것인가? 나는 그녀와 헤어질 수 있을까? 지금 그녀를 놓쳐도 후회하지 않을 것인가? 아, 내가 미쳤었구나! 내가 미쳤어!"

나는 나 자신을 책망하며 소리쳤습니다.

이런저런 생각을 하는 사이에 밤이 되었습니다. 나는 아
아샤의 집을 향하여 걸음을 옮겼습니다.

18

저 멀리서 가아긴이 나를 맞이했습니다.

"동생을 보시지 못했습니까?"

그가 소리쳐 물었습니다.

"집에 들어오지 않았습니까?"

나는 물었습니다.

"아니오. 집에는 없습니다."

"그럼, 아직 돌아오지 않은 건가요?"

"네, 어쨌든 좋지 않은 행동이라고는 생각했지만……."

가아긴은 말을 계속했습니다.

"결국 약속을 어기고 예배당까지 갔습니다. 그런데 그곳
에는 그 아이도 당신도 없더군요. 그러고 보니 그 아이는 애
초에 예배당에 가지 않았던 거군요?"

"네, 그녀는 예배당에 가지 않았습니다."

"그럼 당신도 만나지 못했나요?"

나는 그녀와 만난 이야기를 꺼냈습니다.

"어디에서요?"

"프라우 루이제 댁에서 만났습니다. 한 시간쯤 전까지 그 집에 있다가 이리로 오는 길입니다."

나는 덧붙였습니다.

"나는 당연히 동생분이 집으로 돌아올 기리고 생각했었는데요."

"좀 더 기다려 보지요."

가아긴이 말했습니다.

우리는 집안으로 들어가 나란히 앉았습니다. 둘 사이에는 어색한 기운이 감돌았습니다. 우리는 서로 말도 없이 주위를 둘러보기에 바빴습니다. 그러다가 가아긴이 먼저 일어났습니다.

"그저 이렇게 앉아 있을 수만은 없습니다!"

그가 외쳤습니다.

"걱정이 되어 죽을 지경입니다. 그 아이는 나를 걱정시켜 죽일 셈인 것 같습니다. 당장 그 아일 찾으러 나갑시다."

그렇게 둘은 밖으로 나갔습니다. 바깥은 이미 완전히 어두워져 있었습니다.

"당신은 그 애와 어떤 이야기를 하셨습니까?"

가아긴이 모자를 눌러 쓰면서 물었습니다.

"그녀와 만난 시간은 겨우 5분 정도입니다."

나는 대답했습니다.

"나는 우리가 약속했던 대로 말했을 뿐입니다."

"이렇게 하는 게 어떻겠습니까?"

그는 갑자기 내 말을 끊더니 말했습니다.

"서로 각자 찾아보는 것이 좋지 않을까요? 아무래도 두 방향으로 흩어지는 것이 그 아이를 찾을 수 있는 확률을 높이는 것이기도 하고요. 어쨌든 한 시간이 지나면 다시 이쪽으로 와주십시오."

19

나는 서둘러 포도밭길을 지나 시내 방향으로 뛰기 시작했습니다. 여기저기로 뛰어다니며 온 도시의 모든 곳을 살펴보고, 프라우 루이제 댁의 창까지 들여다보았습니다. 나는 라인 강으로 돌아와 강변을 따라 뛰기 시작했습니다. 가끔씩 여자의 모습이 눈에 띄었습니다만, 아아샤의 모습은 보이지 않았습니다.

아까의 분노와 울분은 지금 나에게 중요하지 않았습니다. 나는 두려움을 느끼고 있었습니다. 두려움뿐 아니라 후회하고 있었습니다. 그리고 뜨거운 연민을, 부드러운 사랑을 깨닫고 있었습니다.

끝도 없는 어둠이 펼쳐진 밤, 강가에서 나는 아아샤의 이름을 불렀습니다. 나는 지금 그녀를 사랑하고 있다고, 이제는 결코 헤어지지 않겠다고 맹세하였습니다. 다시 한 번 그녀의 목소리를 들을 수만 있다면, 다시 한 번 그녀의 순수한 모습을 볼 수만 있다면 나는 이 세상의 모든 것을 다 버린다 해도 후회하지 않을 것 같았습니다.

'그녀가 그렇게 가까이 있었는데, 그토록 굳은 결심으로 그 순수한 마음을 전하려 하였는데도, 또 아무도 손대지 못했던 그 청춘을 내게 바치려 하였는데 나는 어째서 그녀를 안아 주지도 못했는가. 나는 그녀의 아름다운 얼굴에 퍼지는 조용한 웃음을 볼 수 있는 행복을 스스로 밀어낸 것이나 다름없다.'

이렇게 생각하니 더욱 미칠 것만 같았습니다.

'그녀는 대체 어디로 가버렸던 말인가?'

나는 크게 낙담하고 혼자 외쳤습니다.

그때 갑자기 강가에서 무언가 하얀 물체가 눈에 띄었습니다. 내가 잘 알고 있는 곳이었습니다. 그곳에는 70년 전쯤 물에 빠져 죽은 남자의 무덤이 있었고, 그 위에는 반쯤 땅에 박힌 옛 문자가 새겨진 십자가가 서 있었습니다. 온몸에 소름이 끼쳤습니다. 나는 급히 십자가 쪽으로 달려갔습니다. 하지만 하얀 물체는 이미 사라진 뒤였습니다.

"아아샤!"

나는 소리쳤습니다. 거칠게 울리는 내 목소리에 스스로가 놀라고 말았습니다. 아무도 대답하는 이가 없었습니다. 결국 나는 가아긴이 그녀를 찾았는지 돌아가 보기로 하였습니다.

20

급한 걸음으로 포도밭 사이 오솔길을 올라가자, 아아샤의 방에 불이 켜져 있는 게 보였습니다. 나는 어느 정도 마음을 놓을 수 있었습니다.

나는 집 가까이로 다가갔습니다. 아래층 문이 잠겨 있었습니다. 문을 두드리자 작은 창문이 열리더니, 불도 켜지 않은 채 가아긴이 머리를 내밀었습니다.

“찾으셨습니까?”

나는 물었습니다.

“돌아왔습니다.”

그는 속삭이듯 대답했습니다.

“지금 자기 방에서 옷을 갈아입고 있습니다. 별일은 없는 것 같습니다.”

“정말 다행이군요!”

말로 다할 수 없는 기쁨에 나도 모르게 소리쳤습니다.

“네, 다행입니다.”

“이제 우리가 해야 할 이야기를 좀 하면 되겠군요.”

“다음에 다시 뵙죠. 오늘은 이만 실례합니다.”

가아긴이 조용히 창문을 닫으며 대답했습니다.

“네, 그럼 내일 다시……. 내일이면 모든 것들이 해결될 수 있겠군요.”

나는 말했습니다.

“이만 실례하겠습니다.”

가아긴이 거듭 말했습니다. 창문이 닫혔습니다.

나는 하마터면 닫힌 창문을 두드릴 뻔 했습니다. 나는 그때 가아긴에게 아아샤와 결혼하고 싶다고 말하고 싶었습니다. 하지만 이런 늦은 밤에 구혼이라니……

‘그래. 내일 날이 밝으면 하자.’

나는 생각했습니다.

‘내일이면 나도 행복한 사람이 될 수 있다.’

내일이면 드디어 나도 행복하게 된다! 그러나 행복에는 내일이란 것이 없습니다. 행복이라는 것은 과거를 기억하지 않으며, 미래를 생각하지도 않습니다. 그것은 다만 현재에 있을 뿐, 그 순간에 있을 뿐입니다.

어떻게 내가 Z시까지 오게 되었는지 도통 기억이 나지 않습니다. 나를 이곳으로 오도록 만든 것은 내 발도 아니고 배도 아니었습니다. 뭔가 커다란 날개 같은 것이 나를 이끌었습니다.

나는 새가 노래하는 숲을 지나다가 발을 멈추고 오랜 시간을 그 황홀한 소리에 귀 기울였습니다. 그 소리가 마치 나의 사랑, 나의 행복을 노래하는 것처럼 들렸습니다.

21

다음 날 나는 아침 일찍, 이제는 낯이 익은 건물로 다가가다가 깜짝 놀랐습니다. 모든 창문이 다 열려 있었고, 현관문

까지도 활짝 열려 있었습니다. 집 앞에는 종이들이 어지럽게 날리고 있었습니다. 집 주변을 청소하던 하녀를 발견한 나는 그리로 다가갔습니다.

"떠나셨습니다!"

가아긴이 집에 있느냐고 묻기도 전에 그녀가 내게 말했습니다.

"떠났다고요?"

나는 되물었습니다.

"떠났다니요? 어디로?"

"네, 떠나셨습니다. 오늘 아침 6시쯤 가셨는데, 어디로 가신다는 말씀은 듣지 못했습니다. 아, 잠깐만요. 혹시 N씨이신가요?"

"내가 N입니다."

"주인어른이 당신에게 전하는 편지를 가지고 있습니다."

하녀는 2층으로 올라갔다가, 편지를 가지고 내려왔습니다.

"여기 있습니다."

"그럴 리가 없어……. 대체 뭐가 어떻게 된 걸까?"

하녀는 멍한 얼굴로 나를 보고 있다가 다시 집 앞을 쓸기 시작했습니다.

나는 급히 편지 봉투를 뜯어보았습니다. 가아긴의 편지였

습니다. 그 안에는 아아샤의 말은 단 한 줄도 들어 있지 않
았습니다. 그는 내게 갑작스럽게 떠나게 된 것에 대해 화내
지 말아 달라고 부탁하고, 이성적인 당신이라면 자신의 결심
을 이해해줄 것으로 안다고 쓰여 있었습니다. 그리고 그는
이 위험한 상황에서 다른 돌파구를 찾을 수 없었다고 했습
니다.

'어제 저녁' 그가 쓰고 있었습니다.

'둘이서 아무 말 없이 아아샤를 기다리는 동안, 나는 우리
는 반드시 떠나야만 한다는 확신을 굳혔습니다. 세상 사람들
에겐 선입관이라는 게 있어요. 나는 그걸 존중하는 바입니
다. 당신이 아아샤와 결혼할 수 없는 것을 나는 잘 압니다.
그 아이는 나를 믿고 있기에 모든 것을 이야기해 주었습니
다. 나는 그런 그 아이를 달래기 위해서라도 떠날 결정을 할
수밖에 없었습니다.'

마지막에는 우리의 만남이 이렇게 빨리 끝나게 된 것을
유감으로 생각한다며, 나의 행복을 빌며 친구로서 진심어린
악수를 보내노라고, 그리고 제발 우리 둘을 찾지 말아달라고
부탁하고 있었습니다.

"도대체 어떤 이유란 말인가!"

나는 그가 듣고 있기라도 하듯 소리쳤습니다.

"아! 이게 도대체 무슨 일인가! 누가 내게서 그녀를 빼앗을 권리를 가진 것인가?"

나는 두 손으로 머리를 감싸 쥐었습니다.

하녀가 큰소리로 주인을 부르려고 했습니다. 그녀가 놀라는 모습에 나는 겨우 정신을 차렸습니다. 반드시 두 사람을 찾아내야만 한다, 어떤 일이 있더라도 나는 그들을 찾아내야만 한다는 생각이 강해졌습니다. 이런 결말을 그저 수긍하고, 또 참고 견딘다는 것은 불가능한 일이었습니다.

나는 집주인을 통해 두 사람이 아침 6시에 배를 타고 라인 강 아래로 내려갔다는 말을 들었습니다. 나는 즉시 표를 파는 곳으로 뛰어갔습니다. 거기서 두 사람이 쾰른까지 가는 표를 샀다는 것을 알 수 있었습니다. 나는 그 즉시 집으로 걸음을 재촉했습니다. 짐을 챙겨 그들을 따라가기 위함이었습니다. 프라우 루이제 댁을 지나야만 했습니다.

갑자기 누군가 나를 부르는 소리가 들렸습니다. 고개를 들어보니 어제 아아샤와 만났던 그 방의 작은 창에서 시장 미망인의 얼굴이 보였습니다. 그녀가 음흉한 미소를 띠고 나를 부르고 있었던 것입니다.

나는 그냥 지나치려 하였으나, 무언가 전할 것이 있다고 부르는 소리에 발을 멈추었습니다. 나는 그 집으로 들어갔습니다. 다시 그 작은 방에 들어섰을 때의 기분을 나는 어떤 말로 표현해야 할까요!

"사실은,"

그녀가 작은 쪽지 하나를 내밀며 입을 열었습니다.

"사실 이것은 당신이 스스로 나를 찾아왔을 때만 주기로 하였지요. 하지만 잘생긴 젊은이, 받아요."

나는 그 쪽지를 받아 들었습니다.

그 쪽지에는 연필로 급히 갈겨쓴 듯한 글씨로 이런 말이 적혀 있었습니다.

"안녕히 계세요. 우리는 이제 두 번 다시 만날 수 없을 겁니다. 나는 결코 자존심 때문에 떠나는 것이 아닙니다. 어제 내가 당신 앞에서 울음을 터뜨렸을 때, 당신이 내게 한마디, 단 한마디 말씀만 해주셨더라도 나는 떠나지 않았을 겁니다. 하지만 당신은 결국 내게 아무 말씀도 하지 않으셨습니다. 아마도 그 편이 모두에게 좋았던 것 같습니다. 그럼 안녕히 계십시오. 영원히!"

한마디. 아, 나는 무슨 짓을 한 것인가! 그 한마디, 어젯밤 그 한마디를 눈물과 함께 몇 번이나 바람에 띄워, 인기척 없는 들판에서 몇 번이고 연습하지 않았던가. 그런데 정작 그녀 앞에서는 그 말을 하지 않았던 것입니다.

‘나는 당신을 사랑하고 있다.’

끝까지 나는 말하지 못했던 겁니다. 그 어두운 방에서 그녀와 만났을 때, 나는 아직 그녀를 향한 사랑에 확신을 가질 수 없었습니다. 그녀에게 말할 수가 없었습니다. 그것은 그녀의 오빠와 한참의 침묵 속에서 어색하게 서로를 마주하고 있을 때조차 아직 눈뜨지 못했던 것입니다. 그 감정들이 깨어난 것은 내가 그녀의 이름을 부르며, 그녀를 찾아 헤매기 시작하면서 부터였습니다. 하지만 그때는 이미 늦었던 것입니다.

‘어떻게 그럴 수가 있느냐!’

사람들은 이렇게 이야기하겠지요. 그런 일이 어떻게 일어난 것인지는 나도 알 수 없지만, 확실한 것은 그것이 사실이라는 것입니다.

아아샤가 자신의 감정 속에 조금이라도 거짓이 있었다면, 그런 잘못된 상황에 처하지만 않았다면 이렇게 떠나지는 않았을 것입니다. 하지만 그녀는 다른 여자들과 달랐습니다. 다른 여자들이라면 참을 수 있는 것들을 참지 못했던 것입니다. 나는 그것을 알지 못했습니다. 불이 꺼진 창문 앞에서 가아긴과 얼굴을 마주하고 있었을 때, 나오려던 고백은 내 안의 무엇인가가 잡아 당겼기에 나는 마지막 기회마저도 잡을 수 없었습니다.

그날 나는 짐을 꾸려 L시로 돌아왔습니다. 그리고 퀼른으로 떠났습니다.

배가 출발하고 나는 그곳의 모든 것들을 천천히 바라보며 작별을 고했던 것을 기억합니다. 그 모든 장소와 이제는 영원히 잊을 수 없을 그곳과 작별의 인사를 나누었지요. 저 멀리 강변의 벤치에서 한헨의 모습이 보였습니다. 그러나 그녀는 더 이상 슬픈 것 같지 않았습니다. 젊고 잘생긴 청년이 그 옆에 서서, 웃으면서 그녀에게 뭔가 이야기를 하고 있었습니다.

라인 강의 저쪽에는 나의 마돈나 상이 늙은 물푸레나무 사이로 그 얼굴을 드러내 나를 슬프게 바라보고 있었습니다.

22

퀼른에서 나는 가아긴의 흔적을 찾을 수 있었습니다. 그들이 런던으로 간 것을 알았습니다.

나는 즉시 런던으로 출발했습니다. 하지만 런던에서의 노력들은 끝내 헛수고가 되고 말았습니다. 나는 그들을 찾는 일을, 아니 그녀를 찾는 일을 단념할 수 없었습니다. 그 사실을 인정할 수가 없었습니다. 그러나 곧 두 사람을 찾을 희망을 버려야만 했습니다.

그 이후로 나는 두 사람을 만날 수가 없었습니다. 나는 아아샤를 영원히 만나지 못했습니다. 가아긴에 대한 이상한 소문은 들은 적이 있지만, 그녀는 영원히 내게서 사라져 버렸습니다. 아직 살아 있는지조차 나는 알 수 없었습니다. 얼마 전 외국에서 기차를 타고 가던 중에 그 얼굴을, 그 잊지 못할 모습을 생각나게 한 부인이 있었습니다만, 아마도 우연히 닮은 여인이었던 것 같았습니다.

내 기억 속의 아아샤는 아직도 어린 소녀입니다. 마지막 보았던 그 모습 그대로 작은 나무 의자에 등을 기대고 앉아 있던 모습 그대로의 작은 소녀입니다.

지금 고백하건데, 나도 그렇게 오랫동안 그녀 생각에 슬퍼하지는 않았습니다. 나는 오히려 운명이 나와 그녀를 맺어 주지 않은 것을 다행이라고까지 생각했습니다. 그런 여자를 아내로 맞았더라면 지금도 나는 행복하지 못했으리라는 생각이 제 자신에게 큰 위안이 되었던 것입니다.

그 무렵의 나는 젊었으므로 미래라는 그 짧고도 눈 깜빡할 사이에 지나가 버리는 순간이 한없이 길 것으로만 생각했던 것입니다. 한 번 있었던 일이 되풀이되지 않을 리가 없다. 아니 틀림없이 더 좋은, 더 멋진 일만 일어날 것이라고 나는 생각했던 것입니다.

그 후, 나는 여러 여자를 만나보았습니다. 그러나 아아샤에게서 전해지던 그 감정들은 두 번 다시 느낄 수가 없었습니다.

그 어떠한 눈도, 그 시절 그녀의 새까만 눈동자를 대신할 수는 없습니다. 내 품에 안겼던 어떤 여자에게서도 내 가슴은 그때와 같이 기쁨에 차고, 온몸이 저리도록 달콤하게 대답한 일이 없었습니다.

운명은 나에게 집도 자식도 없는 고독한 삶을 내려주었습니다. 지금은 그저 긴 목숨에 쓸쓸한 세월을 보내고 있지만, 나는 아직도 그녀의 편지와 말라버린 제라늄 꽃을 간직하고 있습니다. 그녀가 창에서 내게 던져준 그 꽃을 마치 신성한 무엇이기라도 한 것처럼 소중히 간직하고 있는 것입니다. 그 꽃은 지금도 약간씩 향을 풍깁니다. 내게 꽃을 던져주던 그 작은 손은, 단 한 번 내 입술에 닿았던 그 손은 이미 오래 전에 무덤 속에서 사라져 버렸는지도 모릅니다. 지금의 나를 좀 보십시오. 젊은 날 그 행복에 젖어들던 날들, 날개라도 돋친 듯했던 희망의 날들이 과연 무엇을 남겼단 말입니까?

보잘 것 없이 시들어가는 꽃조차도 인간의 슬픔과 기쁨을
경험하고, 인간보다도 긴 수명을 유지하는데 말입니다.

꿈결 같은 사랑의 기억에 대하여

김 석 봉(울산대학교)

1. 투르게네프는 누구일까

투르게네프는 퇴역 기병장교인 아버지 세르게이 투르게네프와 스파스코예루토비노보에 방대한 영지를 소유한 어머니 바르바라 페트로브나 사이에서 태어났다. 아버지는 1834년에 죽어 어머니만큼 그에게 영향을 끼치지 못했다. 그러나 훗날 그는 아버지에 대한 기억을 애틋하게 되새기기도 했는데, 그의 유명한 단편소설 「첫사랑 Pervaya lyubor」(1860)에 나오는 아버지의 초상에서 가장 힘 있게 구현되어 있다. 그의 소년기와 청년기를 지배했던 위압적인 어머니의 모습은 그의 주요소설에서 우위를 차지하는 여주인공의 원형은 아니지만 하나의 보기를 제시했다. 전제적 기질을 지닌 어머니는 아들의 삶과 스파스코예 영지를 똑같이 마음 내키는 대로 지배했다.

투르게네프는 스스로 인정했다시피 유럽적 시각과 정서를 가진 유일한 러시아 작가로 성장했다. 비록 그는 가정과 모스크바의 학교들, 그리고 모스크바대학교와 상트페테르부르크대학교에서 교육을 받았지만 스스로 자신의 교육은 1838~41년 베를린대학교에 다니며 '독일의 바다'에 빠져 있던 시기에 주로 이루어졌다고 여겼다. 그는 영국의 시인 바이런의 문체를 본뜬 시극(詩劇) 「스테노」(1834)와 파생적 운문을 썼으나 처음으로 비평가들의 관심을 끈 작품은 1843년 출판된 장시 『파라샤』였다.

1840년대에 투르게네프는 「대화」·「안드레이」·「지주」 등 좀 더 긴 시와 몇 편의 비평을 썼다. 상트페테르부르크대학교에 교수 자리를 얻는 데 실패하고 관직도 포기한 뒤 짤막한 산문작품을 발표하기 시작했다. 이 작품들이 그 세대의 전형인 '의지가 박약한 지식인'에 관한 연구이며 이 가운데 가장 유명한 것은 「잉여인간의 수기」(1850)이다. 여기에서 그는 러시아 문학 전반과 또 그의 작품에도 자주 등장하는 의지가 약한 지식인 주인공들에게 '잉여인간'이라는 통칭을 붙여주었다.

그는 1847년 외국 여행길에 오르기 전에 문학잡지 ≪소브레멘니크≫ 편집실에 단편 습작 「호르와 칼리니치」 원고를 두고 떠났다. 오룔 지방에 사냥여행을 떠났다가 만난 두 농부의 이야기를 다룬 이 글은 <사냥꾼의 수기 중에서>라는 부제를 달고 출판되어 성공을 거두었다. 이 작품을 시작으로 그에게 명성을 안겨준 『사냥꾼의 수기』 연작이 탄생했고 1852년 출판되었다. 작품의 대부분은 작가의 체험을 기반으로 시골 영지 생활의 단편들, 농노를 소유한 러시아 젠트리 계층이 펼치는 일화와 다양한 지주의 초상을 묘사한다. ≪소브레멘니크≫에 여러 가지 제목으로 따로 발표되었던 작품들이 『사냥꾼의 수기』로 한데 묶여 처음 출판되자 투르게네프는 체포당했고 1개월간 상트페테르부르크에 억류되어 있다가 스파스코예로 강제 이송되어 18개월간 칩거했다. 이러한 조처의 명목상 이유는 그가 검열 규정을 어기고 고골리의 사망기사를 발표했기 때문이다. 그러나 『사냥꾼의 수기』에 나타난 농노제에 관한 그의 비판적 견해, 그것도 어떤 도덕적 규범에 의해 어조가 약화되어 단지 농민들에 대한 지주의 잔혹함을 다룰 때만 드러낸 견해만으로도 그의 예술이 이와 같이 일시적으로 고난 받을 충분한 이유가 되었다.

그는 상트페테르부르크에 억류당한 기간 동안 농노제의 잔인성을 적나라하게 폭로한 「무무」 등의 작품을 썼으나 점차로 「야코프 파신코프」(1855)처럼 집중적으로 등장인물을 분석하고 「파우스트」나 「편지」(1856) 등에서처럼 비뚤어진 사랑을 섬세하게 또는 염세적으로 고찰하기 시작했다. 더욱이 시대적·민족적인 문제가 그를 짓눌렀다. 크림 전쟁(1854~56)에서 러시아가 패하자 투르게네프의 세대, 즉 '40년대 사람들'은 이미 과거에 속한 사람들이 되었다. 1850년대에 발표한 2편의 장편소설 「루딘」과 「귀족의 보금자리」는 이 10년 전 세대의 특징인 나약함과 무력함에 대한 아이러니컬한 향수에 젖어 있다. 그는 크림 전쟁 후 대두한 급진적인 젊은 세대 사상의 일부 경향에 동조하지 않았을지라도 이들 신세대 남녀의 긍정적인 열망을 신중하고 솔직하게 묘사하고자 노력했다. 그러나 젊은 세대를 이끈 급진적 비평가 니콜라이 체르니셰프스키와 니콜라이 도브롤류보프 등은 그에 대해 대체로 냉담한 태도를 보였으며 때로는 매우 적대적이었다. 어느 정도 방종한 기질을 지닌 그는 이 젊은 동시대인들의 강력한 도전을 받았다. 그는 체르니셰프스키가 공격했던 유형의 주인공들의 잘못을 강조하는 대신 단편소설 「아샤」(1858)를 출발점으로 삼아 그들의 젊은 혈기와 윤리의식에 초점을 맞추기 시작했다. 이들 속성은 투르게네프가 공감할 수 없는 혁명성을 내포하고 있었는데, 그의 자유주의는 점진적 변화를 수용할 수 있었으나 그보다 급진적인 어떤 것도 반대했으며 특히 농민봉기 사상을 거부했다.

장편소설 「전야」는 크림 전쟁 전야에 젊은 인텔리겐치아가 당면한 문제를 다루고 있으며 1861년 농노해방이 선포되기 이전 러시아에 닥칠 변화들을 이야기하고 있다. 이 작품에는 그의 염세주의가 뚜렷하게 반영되어 있다.

자신의 문학적 명성에 대해 민감했던 투르게네프는 거의 한 목소리로 터져 나오는 비판의 소리에 상심하고 러시아를 떠났다. 그는 은퇴한 비아르도 부인이 휴양중인 남부 독일의 바덴바덴에 정착했다. 톨스토이·도스토예프스키와의 언쟁과 러시아 문단과의 전면적인 결별로 그는 망명한 것이나 다름없었다.

1870~71년 프랑스-프로이센 전쟁이 발발하자 비아르도 부부는 바덴바덴을 떠나야 했고 투르게네프도 그들을 따라 런던을 거쳐 파리로 갔다. 그는 1870년대 파리에서 러시아의 명예 외교사절 몫을 하게 되었다. 조르주 상드, 귀스타브 플로베르, 공쿠르 형제, 그리고 젊은 에밀 졸라, 헨리 제임스 등 많은 문인들과 편지를 나누고 친목을 도모했다. 그는 1878년 파리 국제문인대회에서 부회장으로 선출되었으며 1879년에는 옥스퍼드대학교 명예학위를 받았다. 러시아에서도 연례 방문 중에

환대를 받았다.

투르게네프의 작품은 정밀하게 계산된 과장의 억제, 균형, 예술적 가치에 대한 고려 등으로 동시대 가장 유명한 대가들의 작품과 뚜렷이 구분된다. 그의 걸작으로 꼽히는 작품은 모두 시사적이며 의식이 있는 작품으로서 고상한 사랑 이야기와 등장인물의 예리한 심리묘사 등으로 보편적 호소력을 지닌다. 그 자신 역시 아주 매력적이고 재치 있으며 정직한 문인이었다. 그의 명성은 도스토예프스키나 톨스토이에 가려 덜 빛났을지는 모르지만 명석하고 도시적 세련미가 넘치는 인품, 그리고 삶 속의 아름다움을 매우 소중히 다루는 의식은 그의 작품에 변함없는 호소력을 지닌 마력을 부여한다.

2. 「첫사랑」, 「꿈」 그리고 「짝사랑」 - 그 기억을 찾아서

표제작인 「첫사랑」은 투르게네프의 대표작으로 중편소설이다. 누구에게나 한 번은 있었을 '첫사랑'이라는 흔한 소재를 취해서 공전의 히트를 기록한 작품을 쓸 수 있었던 데에는 투르게네프에게 독특한 묘사의 힘에 있지 않을까라는 느낌을 갖는다. 이 작품은 첫사랑에 빠진 블라지미르의 감정을 적절하게 묘사해 나고 있으며 또 그 상대가 되는 여성의 마음을 들여다보는 통찰력이 번득인다.

흔히 누구나 갖고 있는 첫사랑의 기억을 떠올려 보자. 과연 그 기억이 여기 실린 작품처럼 아름다울까? 처음 이 질문을 받았을 때 사람들은 고개를 끄덕일 것이다. 그렇지만 곰곰이 그 기억을 되살려 본다면 처음 대답을 할 때와는 조금 달라질 것이다. 어쩔 줄 몰라 하고 마음에 품은 그 사람이 좋아하는 것이 무엇인지를 상상하고 우왕좌왕하게 마련이다. 그것은 상대방을 배려하는 것이라기보다는 자신을 향한 감정인 경우가 훨씬 더 강하다. 다시 말해 '첫사랑'이라는 것은 사랑이라기보다는 고뇌에 더 가까운 그런 것이다. 그럼에도 투르게네프의 첫사랑이 가슴을 울리는 이유는 바로 그 지점, 살아오면서 처음 느낀 그 가슴 뜀, 그렇게 가슴 뛰는 자신을 어떻게 해야 할지 모르겠는 나 자신의 모습을 있는 그대로 그려 내었기 때문은 아닐까?

이러한 주인공의 내면의 흔들림은 두 번째 작품 「꿈」으로 그대로 이어진다. 열일곱의 나이에 어머니와 함께 살고 있었던 나는 우연히 남작을 만나고 그에게서 왠지 친근감을 느낀다. 그런 남작이 자신의 아버지였다는 것이 이 작품의 내용이다. 자신의 처음 사랑으로 흔들리는 마음이 첫 번째 작품 「첫사랑」이었다면 두 번째는 그 사랑이 자신의 혈육으로 화장되고 있음을 보여 준다.

세 번째 작품인 「짝사랑」의 경우는 독일의 시골 도시에서 벌어진 어떤 일을 다루고 있다. 제목에서 짐작 할 수 있는 것처럼 서사의 중심은 나의 짝사랑과 관련되어 있다. 그러나 이러저러한 사정으로 나의 사랑은 이루어지지 않는다.

이처럼 세 편의 중·단편은 모두 이루어지지 못한 사랑, 나 자신의 감정을 스스로 인식하고 통제하지 못하는 남성의 이야기를 다루고 있다는 사실을 알게 된다. 스스로의 마음을 아는 것이야 나이가 들면서 스스로 가능해지는 것이라고 하더라도, 그 마음을 통제하는 것은 무척 어려운 일이다. 바로 여기서 문제가 발생하는 것이다. 내 마음이 누군가에게 쏠린다고 하더라도 그것을 바로잡고 통제할 수 있는 힘의 출현. 어쩌면 그것은 세상 많은 사람들이 함께 바라는 것이 아닐까. 그리고 작가의 세 작품을 통해 우리는 어쩌면 인간의 그 작은 소망이 그만큼 이루어지기 힘든 것이라는 작은 사실을 깨닫게 되는 것인지도 모를 일이다.

3. 나머지 것들

무심한 사람의 입으로부터 나는 들었노라, 죽었다는
소식을.
그리고 나 또한 무심히 그 말에 귀 기울였노라.

옛 기억을 떠올리며 지나이다를 찾았다가 그녀가 아이를 낳다가 죽었다는 소식을 접한 블라지미르의 뇌리에 떠오른 어떤 구절이다. 무심한 듯 보이는 어떤 이로부터 들은 사랑했던 이와 관련된 어떤 소식을 나 역시 어느 순간엔가 무심한 듯 그 사실을 떠올린다는 것. 어쩌면 이 세 작품을 통해 작가가 진정으로 하고 싶었던 말은 이것이 아니었을까? 누군가의 소식을 듣고 슬피 우는 것, 어쩌면 그것은 그 소식을 들었을 때 옆에 함께 있는 사람들에 대한 인간으로서의 최소한의 예의라고 볼 수는 없는 것일까. 그리고 최소한의 예의를 갖춘 다음에 남는 것은 삶을 살아야 하는 인간으로서는 최소한의 그 무엇이다. 삶이 아무리 힘들고 팍팍하더라도 그 삶을 견뎌 내는 것, 내 앞에 놓인 일이 아무리 힘들어도 그것을 넉넉히 견뎌 내는 것 말이다. 그리고 그 견딤에 바질 수 없는 것이 바로 무심히 귀 기울였던 누군가의 죽음이고 누군가의 서러움이다.

여기까지 오면 문제는 간단해진다. 삶을 견디는 것, 삶을 살아내는 것. 그것이 이 세 작품을 통해 우리가 내린 결론이다.

작가 소개 – 이반 세르게예비치 투르게네프

이반 세르게예비치 투르게네프(Ivan Sergeyevich Turgenev, 1818년 11월 9일~ 1883년 9월 3일)
는 러시아 소설가이다. 그는 러시아 중부 오룔 시의 부유한 귀족 가문에서 1818년 10월 28일에
태어났다. 아버지가 육군 대령으로 퇴직하고 스파스코예 마을로 이주함에 따라서 투르게네프는
유년 시절의 대부분을 이 시골 마을에서 보냈다. 그 후 모스크바대학교 문학부와 페테르부르크
대학교 철학부, 그리고 독일의 베를린대학교에서 수학하였다.

그는 러시아 고전 작가들 가운데 가장 서구적인 작가로 알려져 있다. 인생의 많은 세월을 서유럽
에서 보냈고 서구인들과의 교류도 활발했으며, 사상적 기반도 서구주의적 입장이었기 때문이다.
따라서 그의 작품에는 러시아의 대자연과 시골 풍경이 섬세하고 수려한 필치로 묘사되고 있으며,
동시에 서구의 자유주의 사상과 휴머니즘이 조화롭게 반영되어 있다.

그는 1852년에 25편의 중단편 모음집으로 출간된 『사냥꾼의 수기』로 주목받는 작가의 반열에 올
랐다. 그 후 당시의 시대상과 인간상을 섬세한 서정적 필치로 심층 묘사하여 그에게 '러시아 인
텔리겐차의 연대기 작가'라는 별칭을 얻게 해준 장편소설들 『루딘』(1856년), 『귀족의 둥지』(1859
년), 『아버지와 아들』(1862년), 『연기』(1869년), 『처녀지』(1877년) 등이 출판되었다. 그는 1883년
8월 22일 러시아가 아닌 프랑스에서 사망했으며, 그의 유해는 러시아로 옮겨져 그 해 9월 27일
에 페테르부르크에 안장되었다.

번역 – 윤여천

전문번역가. 잘 번역된 작품은 원작을 능가할 수 있다는 믿음을 갖고 있다. 원래 한글로 쓰였던
작품인 것처럼 번역을 하는 것이 앞으로의 소망이다.

작품 해설 – 김석봉

문학평론가. 울산대학교 국어국문학부 교수.
대표 저서로는 『신소설의 대중성 연구』, 『한국 현대 문학의 현장』 등이 있다.

국문학 교수들이 추천한 글누림세계명작선

첫사랑

초판 1쇄 발행 2012년 2월 15일

지 은 이 이반 투르게네프
옮 긴 이 윤여천
펴 낸 이 최종숙
펴 낸 곳 글누림출판사

진　　행 이태곤
책임편집 전희성
편　　집 권분옥 이소희 박선주 임애정
디 자 인 이홍주 안혜진
마 케 팅 박태훈 안현진
관　　리 이덕성

주　　소 서울시 서초구 반포4동 577-25 문창빌딩 2층(137-807)
전　　화 02-3409-2055(대표), 2058(영업), 2060(편집)
팩　　스 02-3409-2059
전자메일 nurim3888@hanmail.net
홈페이지 www.geulnurim.co.kr
등록번호 제303-2005-000038호(2005.10.5)

정 가 13,000원
ISBN 978-89-6327-179-8 04890
　　　 978-89-6327-167-5(세트)

출력·알래스카 인쇄·신화프린팅 제책·동신제책사 용지·에스에이치페이퍼

＊잘못된 책은 바꿔드립니다.